KB216817

# 도쿄 하이드어웨이

TOKYO HIDEAWAY

by Kazue Furuuchi


First published in Japan in 2024 by Shueisha Inc., Tokyo.


This Korean edition published by arrangement with Shueisha Inc., Tokyo
in care of Tuttle-Mori Agency, Inc., Tokyo,
through JM Contents Agency Co., Seoul.

# 도쿄 하이드어웨이

후루우치 가즈에 소설

민경욱 옮김

INFLUENTIAL
인플루엔셜

# 차례

**일러두기**

- 본문의 주는 모두 옮긴이가 독자의 이해를 돕기 위해 붙인 것입니다.

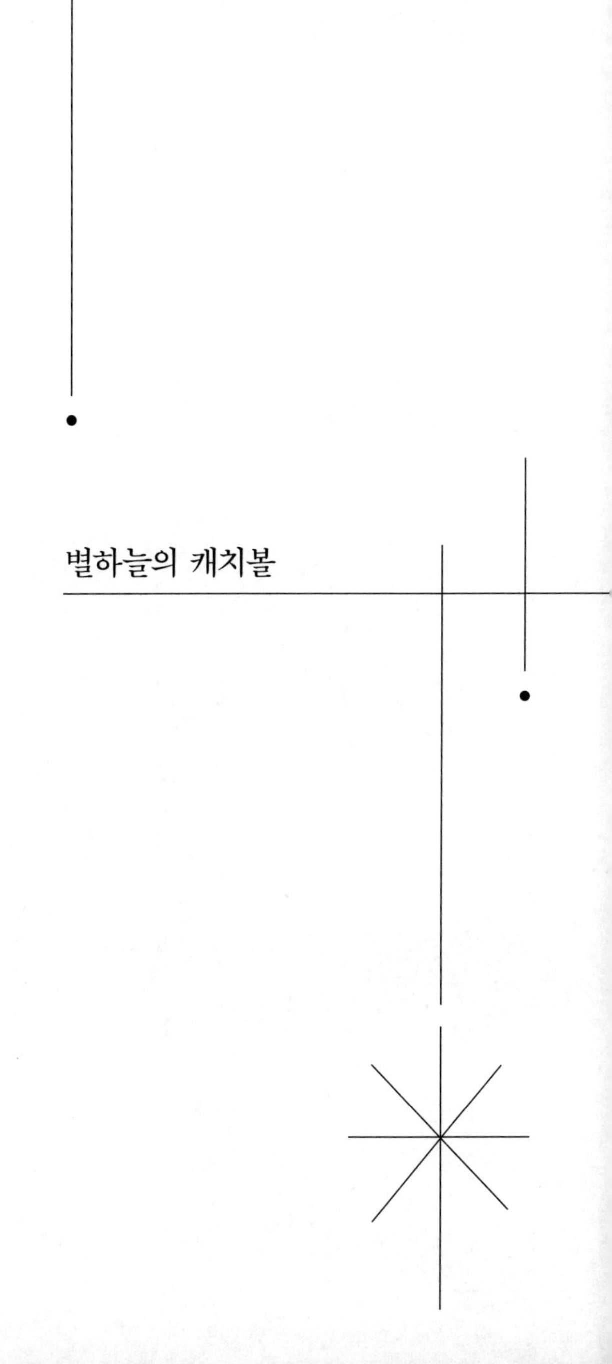

# 별하늘의 캐치볼

날카로운 전자음이 울리는 바람에 야하기 기리토는 흠칫 몸을 떨었다.

알람을 끄고 잠시 멍하니 가만히 있는다. 밤사이 깨서 에어컨을 끈 탓에 가슴과 등 전체가 땀범벅이다. 기리토는 일단 샤워부터 하려고 비틀비틀 일어섰다.

올여름은 너무 덥다.

매년 그랬을 텐데 올여름 도쿄는 특히 심하다. 6월 말에 일찌감치 장마가 끝났다는 보도가 나오더니 연일 폭염이 이어지고 있다. 초여름을 건너뛰고 갑자기 한여름이 찾아온 상황이다.

호랑이해는 무더위와 추위가 극단적으로 찾아오는 경향이 있다고 한다. 12년 전인 2010년 여름에도 30년 만에 온 이상

고온에 시달렸다고, 얼마 전 버라이어티 프로그램에서 기상 예보관 출신 탤런트가 말했다. 그때는 말도 안 된다고 생각했는데 이렇게 더운 날이 이어지니 간지(干支)와 기후의 인과관계에도 어떤 신빙성이 있는 듯하다.

사실 관계가 있든 말든 상관없지만…….

기리토는 여전히 멍한 머리로 욕실에 들어갔다.

미지근한 물로 샤워하니 안개 낀 듯한 머리가 드디어 또렷해졌다. 열사병을 예방하려면 밤새 에어컨을 켜놓는 게 좋다고 하는데 아무래도 아깝다는 생각을 버리지 못하고 있다. 가난뱅이 습성이라고 해야겠지.

어릴 때, 기리토의 집은 유복함과는 거리가 멀었다. 특히 극도로 절약하는 아버지는 전기요금부터 어머니가 사 오는 식재료까지 하나하나 엄격하게 검사하곤 했다. 춥고 더운 날에도 냉난방을 하지 않는 게 싫었으나 반항할 엄두도 못 냈다. 폭력을 가하지는 않았으나 아버지는 집에서 절대적인 존재였다. 당연히 용돈을 제대로 받아본 기억도 없다.

지금은 스스로 버니까 다른 사람 눈치 볼 필요도 없는데 어릴 때 길러진 감각이라는 게 스스로 깨닫지 못할 만큼 깊이 뿌리를 내리고 있다.

기리토는 아침부터 우울감이 차올라 물이 쏟아지는 샤워기 아래에서 고개를 저었다.

고령자와 달리 아직 이십 대인 자신은 잠든 상태에서 탈수 증세를 일으킬 만큼 체력이 약하지는 않을 터이다.

"어차피 잠도 제대로 못 자는데 뭐."

샤워하며 세수까지 하면서 반쯤 자포자기한 심정으로 혼잣말한다.

오늘도 하늘이 하얗게 밝아지고 난 뒤에야 간신히 잠들었다.

잠들 때까지 30분 이상 걸리면 수면 장애라는 기사를 인터넷 뉴스에서 자주 봤는데 기리토의 불면은 그리 간단한 게 아니다. 잠자리에 들고 몇 시간씩 잠들지 못하는 건 당연하다. 더 큰 문제는 중간에 너무 자주 깬다는 점이다. 최악일 때는 한 시간마다 깬다.

최근 들어 생긴 일은 아니다. 학창 시절부터 내내 이랬다. 마지막으로 푹 잔 게 언제였더라, 이제는 생각도 나지 않는다. 사회인이 되고는 수면 보조제를 써보기도 했는데 효과는 전혀 없었다.

그래도 어떻게든 생활하고 있다.

욕실에서 나와 목욕 수건으로 온몸을 감쌌다. 또 조금 야위었나. 손가락에 닿는 갈비뼈의 감촉이 생생하다. 거울에 비친 낯빛도 영 좋지 않으나 특별히 몸이 안 좋은 건 아니다.

불면 정도는 아무것도 아니다.

최종적으로는 늘 이 결론에 도달한다.

기리토는 수면 장애의 원인이 무엇인지, 깊이 생각하려 하지 않았다. 스트레스겠으나 과연 스트레스 없는 사람이 이 세상에 있을까. 전혀 못 자는 것도 아니고…….

시간을 보려고 TV를 켜고 출근 준비를 시작한다. 7월 초 아침 뉴스 프로그램의 내용은 여전히 신종 코로나바이러스 소식이 대부분을 차지하고 있다.

이 성가신 감염증으로 긴급 사태 선언이 내려지고 2년 3개월이 지났다. 처음에는 이토록 사태가 길어질 줄 전혀 몰랐다.

백신 접종이 거의 끝나면서 한때 상황은 조금 가라앉는 듯 보였으나 다시 감염자가 폭발적으로 늘기 시작했다. 최근 기리토 주위에서도 감염자가 속출하고 있는데 지금은 전처럼 강력한 규제는 없다.

무리도 아니지. 화면에 나오는 감염자 수를 대충 바라본다.

작년 도쿄 올림픽은 거의 무관중 경기로 개최되었는데 이제 경제적으로나 정신적으로나 더 이상 자숙을 요구하기에는 한계다.

새로운 변종이 등장할 때마다 급증하는 감염자 수의 파도도 올여름으로 일곱 번째이다. 영원히 끝날 것 같지 않은 바이러스와의 술래잡기에 다들 질릴 대로 질렸다.

다행히, 기리토는 아직 한 번도 걸리지 않았다. 만성적인 수면 부족에 시달리면서 일곱 번이나 되는 파도를 잘 헤쳐 나왔으니 면역력은 나름대로 괜찮은 모양이다. 그것만으로도 감지덕지하는 마음이다.

아침은 식욕이 없어서 늘 젤리 음료를 위에 털어 넣고 마스크를 쓰고 방을 나온다.

재택근무 장려도 효과가 없는지 직통으로 가는 통근 전차는 상당히 혼잡하다.

통근 시간은 약 40분 정도로, 지하철을 한 번 갈아타고 2년 전 가미야초와 가스미가세키 사이에 신설된 도라노몬힐스역에서 내린다. 전에는 본사에 갈 때마다 가미야초역에서 내려 꽤 걸어야 했는데 이 역이 생긴 덕분에 통근이 훨씬 편해졌다.

사실 기리토는 올봄부터 도라노몬에 있는 본사로 출근하기 시작했다.

5년 전, 기리토는 인터넷 종합 쇼핑몰을 운영하는 중견 전자상거래 기업 파라웨이에 대졸 신입 사원으로 입사했다. 기리토는 지방 출신이라 사무실이 미나토구에 있다는 사실만으로도 가슴이 뛰었는데 연수 후에는 지바현 우라야스시의 물류창고에 배치되었다. 파라웨이는 쇼핑몰 운영과 함께 제휴 브랜드와

제조업자로부터 물류도 도급받고 있다.

솔직히 실망했다. 스무 명 정도였던 동기 가운데 창고에서 근무하게 된 사람은 둘뿐이었다. 게다가 다른 한 명은 '희망 업무와 다르다'라는 이유로 일찌감치 때려치웠다. 기리토는 회사에 남는 쪽을 선택했으나 왜 본사 근무가 아닌지 인사 담당자를 남몰래 원망한 적도 있다.

그러나 일단 업무가 시작되자 업무를 익히느라 정신없어 잡념은 사라졌다. 원래 꼼꼼하고 성심성의껏 일하는 스타일이라 발송 실수가 있어서는 안 되는 물류 현장에서 상사와 거래처의 사랑을 듬뿍 받았다.

물론 계속 창고에 있을 마음은 없었다. 가끔 본사를 방문하면 도심 고층 빌딩 안에서 멋지게 근무하는 동기들이 너무나 부러웠다.

특히 마케팅부의 꽃인 뷰티팀에 배속된 데라시마 나오야는 인터넷에서 막강한 영향력을 지닌 인플루언서들과 손을 잡고 입사 1년 차부터 착실히 매출을 늘리고 있다고 했다.

학력도 좋고 용모도 빼어난 나오야는 연수 때부터 자기주장이 강해 동기 사이에서 리더 역할을 맡았다.

나오야처럼 뛰어난 활약까지는 아니더라도 기리토는 늘 점포가 많지 않은 소규모 기업과 소비자를 이어주는 일에 광고라는 수단을 활용하고 싶다고 생각해왔다.

그게 바로 이커머스의 정수라고 생각한다.

그토록 원했던 본사 근무가 이루어진 이유는 아이러니하게도 코로나바이러스 유행 덕분이었다. 코로나로 집에서 보내는 시간이 늘고 새로운 형태의 생활 습관이 생겨나며 현재 이커머스는 순조롭게 성장하고 있다. 파라웨이가 운영하는 쇼핑몰 '파라다이스 게이트웨이'에서도 최근 라이프스타일팀이 눈에 띄게 성장 중이다.

이런 흐름에 따라 파라웨이에서는 라이프스타일팀을 확충하고자 마케팅부에 새로운 인원을 보충하게 되었다.

기리토도 드디어 다른 대졸 신입 채용자와 함께 고층 빌딩 속 사무실에 받아들여졌다.

지하철 출구를 나오면 유리로 지어진 고층 빌딩이 무수히 늘어서 있다. 말 그대로 대도시의 상업지구다. 반사 유리를 통해 쏟아지는 한여름 햇빛에 눈이 아프고 순간 현기증도 난다.

대학에 진학하려고 고향 시골 마을을 떠난 지 9년이 지났다.

그날부터 시작해 간신히 여기까지 왔다.

기리토는 한번 크게 심호흡하고 어깨에 다시 힘을 넣고 정장으로 몸을 감싼 회사원들에 섞여 건널목으로 발을 내디뎠다.

기리토가 배속된 마케팅부는 23층에 있다. 커다란 유리창 너머에는 빼곡한 고층 빌딩들 사이로 고개를 우뚝 내밀고 있는 스카이트리가 보였다.

"안녕하세요!"

먼저 매니저 요네카와 에리코에게 인사한다.

에리코가 마스크 너머로 미소를 지었다. 기리토는 반드시 출근 시각 정시 30분 전에 사무실에 도착하는데 언제나 에리코가 먼저 출근해 있다. 기리토 못지않게 성실한 사람일 것이다.

뻥 뚫린 사무실은 몇 개의 섬을 이루고 있다. 한 층의 대부분을 차지하는 커다란 섬이 나오야가 있는 뷰티팀이다. 나머지 공간은 봄부터 인원이 보충된 라이프스타일팀과 두 팀의 고객 데이터를 관리하는 시스템팀이 나눠 쓰고 있다.

에리코 매니저는 한 층 전체가 다 보이는 창가의 커다란 데스크에서 컴퓨터 화면을 보고 있다. 파라다이스 게이트웨이의 두 팀을 총괄하는 에리코는 언론에도 종종 등장한다. 그를 통해 얻은 정보에 따르면 사십 대에 두 아이의 어머니, 아이들은 둘 다 아들이고 아직 초등학생, 집안일은 남편과 분담하고 있다.

기리토는 아직 아무도 없는 라이프스타일팀 섬의 자기 자리에 앉았다. 데스크 옆에는 종이 상자가 잔뜩 쌓여 있다.

바로 종이 상자를 열어 제품 몇 개를 꺼냈다. 유기농 중국차,

두유 파우더, 코코넛오일이 들어간 아로마 캔들……. 현재 기리토가 주력해 개발하고 있는 상품은 건강을 중시하는 여성과 가족을 타깃층으로 한 상품이다.

컴퓨터를 켜자마자 파라다이스 게이트웨이의 첫 페이지가 나타났다. 수많은 인터넷 쇼핑몰 가운데 파라다이스 게이트웨이의 이점은 합리적인 가격과 간편한 주문이다.

첫 페이지를 날아다니는 캐치프레이즈는 '매일의 일상을 다채롭게 하는 착한 가격 파라다이스'이다. 다음 광고 문구는 '가성비 최고, 바로 도착, 그래서 안심. 매일매일이 편하다!'이다.

그런데 실제로 일해보면 '착한 가격'과 '가성비 최고'를 실현하는 게 보통 힘든 게 아니다.

신규 개척한 업체의 컨설팅과 광고 제안도 마케팅부의 중요한 업무인데 비용 대비 효과가 높은 고객 유치 기획안 제안을 놓고 매일 골머리를 앓고 있다. 코로나 여파로 인해 마지막이라는 심정으로 인터넷 쇼핑몰에 입점하는 작은 업체에 비싼 홍보비를 강제하거나 할인 쿠폰을 남발하게 하고 싶지는 않다.

현재 기리토는 신규 입점 업체에만 '파라웨이 담당자의 추천평'을 손 글씨 스타일의 팝업으로 적어 사이트에 올리고 있다. 시간과 노력이 드는 예스러운 방법이나 결국은 이게 제일 경비가 안 든다. 단골 슈퍼마켓에서 매장 담당자의 추천 문구에 기어이 눈이 가는 데서 힌트를 얻었다.

자기가 담당하는 신규 업체의 판촉은 기본적으로 담당자 재량이기는 하나 일단 에리코 매니저와 상담했다. "이렇게 하나하나 직접 신경 쓰는 듯한 느낌도 기본으로 돌아간 분위기라 좋겠어." 에리코는 바로 승낙해주었다.

중국차를 시음하며 추천 문구를 생각하고 있자니 서서히 다른 사원들이 출근하기 시작했다.

뷰티팀 직원들이 자리에 앉으면 눈에 띄게 사무실이 화사해진다. 화장품을 담당하는 여성 직원들은 세련된 사람이 많은데 사실 그녀들 대부분은 수시 채용되는 계약직이다.

선배들 이야기로는 마케팅부 여성의 이직률은 매우 높다고 한다.

인터넷 사업과는 거리가 먼 중소기업 사장이나 개인 사업주는 고령의 남성이 많아 대다수 여성 직원은 신규 거래처인 그들을 상대하다가 피폐해진다. 제대로 모객이 안 되었을 때, 고압적인 남성이 눈에 쌍심지를 켜고 고함을 치면 기리토도 대하기 힘드니까 어쩔 수 없을 것이다. 마케팅부에 배속되었던 여성 동기는 거의 남아 있지 않다.

단 한 사람, 시스템팀의 간바야시 리코를 제외하고.

슬쩍 뒤를 돌아보니 오늘도 총천연색 직원들 사이에서 너무나 수수한 차림을 한 리코의 모습이 시야 끝에 걸렸다.

할인 매장에서 샀을 검은 셔츠에 검은 데님. 아무렇게나 하나로 묶은 포니테일. 회색 마스크로 얼굴을 반쯤 가리고 로이드 검은 테 안경을 쓰고 있다.

처음부터 내근직을 희망한 리코는 입사 초 이미지와 그리 달라진 게 없다. 마케팅과 홍보 업무에 지원했던 톡톡 튀는 여성 동기들을 제치고 가장 평범했던 그녀만이 끈질기게 남아 있다는 게 의아했다.

연수 후 바로 물류창고 근무로 빠진 기리토는 원래 말수가 적은 리코와는 거의 대화를 나눠보지 못했다. 그보다 날마다 일일 데이터를 입력하는 리코가 누군가와 적극적으로 교류하는 모습을 본 적이 없다.

동기들의 리더인 나오야에게 리코는 안중에도 없다.

"좋은 아침입니다."

느닷없이 혀가 꼬인 듯한 목소리가 들려 정신을 차린다.

막 일어난 듯 머리에 눌린 자국이 뚜렷한 신입 사원이 아침부터 피곤한 얼굴로 건너편 자리에 앉는다. 이 신입 사원이 정시에 출근한 건 배치된 후 일주일뿐이다. 그 이후로는 잘하면 아슬아슬하게, 아니면 오늘처럼 태연하게 지각이다.

아마 이 녀석도 새벽에야 잠들었을 것이다. 한밤중까지 인터넷 게임이나 동영상 시청에 빠진 결과겠지.

"안녕."

기리토는 다소 싸늘한 눈빛을 건넸다.

당장 수면 부족으로 죽을 듯한 얼굴을 하고 있으나 인간은 잠 좀 못 잤다고 특별히 어떻게 되지 않는다는 사실 정도는 내가 더 잘 안다.

신입이 화장실에 가서 돌아오지 않는 동안 기리토는 몇몇 상품의 추천 문구를 생각했다.

뷰티팀 섬에서는 출근한 나오야가 동료들과 후배들에 둘러싸여 있다. 지난 5년 사이 나오야는 완전히 마케팅부의 중심인물이 된 듯하다.

"야하기 선배."

한참 동안 화장실에서 떡 진 머리를 다듬은 신입이 드디어 자기 자리로 돌아왔다.

"혹시 담당 상품, 정말 전부 사용해보세요?"

"그런데?"

"용케 그럴 시간이 있네요."

그 말투에 조금 욱했다. 시간은 있는 게 아니라 만드는 거야.

"규정 초과근무 시간 안에 그게 가능해요?"

"그야 처음 오픈할 때만 하니까."

떨떠름하게 대답했는데 사실 그렇지는 않다. 파라웨이에서는 기본적으로 월 초과근무를 35시간 이내로 제한하도록 장려하고 있다. 사무실에 계속 있고 싶지 않을 때는 몰래 집에 업무를 가져가기도 한다.

"실은 새로 오픈한 업체에서 저한테도 선배처럼 팝업을 만들어달라고 해서요."

"하면 되지?"

기리토는 컴퓨터 화면을 바라보며 대답했다. 팝업은 딱히 기리토의 전매특허가 아니다.

"이제까지 만든 팝업 데이터는 클라우드에 넣어뒀으니까 참고하고 싶으면 써."

"하암……."

답답한 마음에 알려줬는데 신입은 나른하게 하품하며 컴퓨터를 켰다.

"아, 진짜? 이렇게 많이 만들었어요?"

기리토가 조금 전에 말한, 클라우드에 올려놓은 데이터를 열어본 신입이 놀라워했다. 어쩐지 그 목소리에 비난이 섞인 듯 들렸다.

뭐지, 저 기분 나쁜 녀석은…….

다시 끓어오르는 불쾌감을 간신히 삼킨다. 바꿔 생각하면 내 방식이 다른 업체의 주목을 받고 있다는 소리니 나쁘지는 않네.

자, 오전 중에 상품 추천평을 정리하면 오후에는 외근이다.

기리토는 여전히 투덜대고 있는 신입을 의식에서 내쫓고 키보드를 두드리는 데 집중했다.

주말, 기리토는 집에서 다이어트 차 신상품을 시식하고 있다. 생강과 금목서를 섞어 발효한 차는 심신 안정 효과도 기대할 수 있다는데 그의 머리는 추천 문구를 짜내느라 정신없다. 인터넷이라는 정보의 바닷속에서 조금이라도 고객의 눈길을 끌려면 어떤 단어를 써야 할까.

팝업 이외에도 새로운 방법을 생각할 필요가 있다.

소규모 기업과 소비자를 잘 연결하고 싶어서 이리저리 고민해왔는데 마케팅 일은 열심히 하려면 끝이 없다.

발송 사고가 있어서는 안 되는 물류 업무도 신경을 많이 써야 했으나 창고에서 일할 때는 하루 일이 끝났음을 실감할 수 있었다. 그런데 지금은 일과 사생활의 경계가 점점 모호해지고 있다.

휴일도 회사에서 가져온 제품에 둘러싸여 있어서 머리는 늘 일에서 헤어나지 못한다. 밥을 먹어도 먹고 싶어서 먹는 건지,

마케팅의 일환으로 시식 중인 건지 알 수 없을 때가 있다.

—야하기는 정말 성실하다니까.

학창 시절부터 수없이 들었던 말이 칭찬이 아니라 놀림이라는 사실은 알고 있다. 스스로도 융통성 없는 자기 성격에 진저리가 난다.

그래도 어쩔 수 없지 않나. 무엇보다 나는…….

불쾌한 표정으로 묵묵히 밥을 먹는 아버지의 모습이 눈꺼풀 속에 떠올랐다.

머그잔을 든 채 멍하니 있는데 테이블 위의 스마트폰이 진동했다. 발신자가 어머니임을 확인하자 조금 짜증스러웠으나 무시할 수는 없다.

"기리토. 이번 여름에는 오지?"

스마트폰을 귀에 대자마자 어머니의 목소리가 울린다.

"아, 또 감염자가 늘어서……."

기리토는 애매하게 말을 흐렸다. 코로나를 핑계 삼아 이미 3년 가까이 새해에도 명절에도 고향인 니가타를 찾지 않았다.

"또 그 소리다. 도쿄는 7월이 오봉*이라고 들었는데 그러면

* 추석 같은 일본의 명절. 대개 8월이지만 도쿄를 비롯한 몇몇 지역은 7월에 오봉 휴가를 갖는다.

이달 중에 여름휴가 정도는 얻을 수 있잖아? 아버지 기일도 가깝고."

전화 너머로 깽깽, 개가 짖고 있다. "레온! 잠깐만 기다려." 어머니는 바로 다정한 목소리를 냈다.

기일이라……. 그날로부터 이미 10년이 흘렀다.

기리토는 어머니가 전화 너머로 작은 개를 어르는 기척을 느끼면서 먼 곳을 응시했다.

개를 키우는 게 어릴 적부터 꿈이었다. 응석이 허용되지 않는 집이었으나 열 살 생일 때 용기를 내어 아버지에게 부탁했다. 앞으로 크리스마스나 생일 선물은 다 필요 없으니까 개를 키우게 해달라고.

—안 돼.

그러나 아버지는 단칼에 일축했다. 어머니는 아버지 뒤에서 침묵을 지킬 뿐이었다.

그런 가정이었다.

니가타의 작은 마을에서 전기 수리사로 일한 아버지는 집에 오면 거의 입을 열지 않았다. 말은커녕 웃는 일도 없었다. 이웃들은 무슨 일에든 친절하게 수리해준다고 아버지에 대한 칭찬을 늘어놓았으나 그런 다정함을 아내와 외아들 앞에서는 조금도 드러내지 않았다.

―겉으론 그럴듯한데, 속은 차가워.

어머니가 툭 내뱉었던 한마디가 아버지의 모든 걸 증명했다.

더불어 아버지는 무엇이든지 절약하는 사람이었고 엄격했다. 어릴 때부터 기리토는 검소함과 성실함을 강요당했다. 밥 먹으며 TV 보는 일은 안 될 일이었고 좋고 나쁨을 드러내는 취향도 절대 허락되지 않았다. 아버지가 있는 한 즐거운 식탁은 없었다.

그러면서 체면만은 이상하게 신경 쓰는 사람이었다.

어린 시절, 유일하게 글러브와 야구공을 사준 이유도 당시 동네 남자애 대부분이 소년 야구 클럽에서 활동했기 때문이다. 자기 아들만 야구용품을 가지고 있지 않으면 체면이 구겨진다고 생각했을 것이다.

사실 기리토는 야구보다 축구를 좋아했고 무엇보다 개를 기르고 싶었다. 그러나 아버지에게는 기리토의 마음 같은 건 그리 중요치 않은 듯했다.

평소에는 최대한 떠올리지 않으려 하는 아버지와의 기억이 머리 한 편에 되살아났다.

어릴 때 딱 한 번, 아버지가 놀아준 적이 있다. 그러나 그 계기를 떠올리면 기리토는 낡은 못 하나가 방금 심장에 박힌 듯 아프다.

그날, 아버지는 이웃 아줌마와 집 앞에서 서서 대화하고 있었다.

"정말 감사해요. 일요일인데 수리하러 와주시고."

"아뇨, 아닙니다. 또 무슨 일 있으시면 언제든 말씀하세요."

집에서는 절대 보이지 않는 아버지의 싹싹한 미소를 소년 기리토는 숨어서 지켜봤다.

"그러면 부탁이 있는데요, 가끔 휴일에 아드님과 놀아주시면 어떨까요? 기리토, 늘 혼자 있어서 조금 가여워요."

일요일에 부른 것도 모자라 쓸데없는 참견까지 했다. 아버지가 복잡한 표정을 지은 채 집으로 돌아오는 모습을 확인하고 기리토는 급히 방 안으로 도망쳤다.

"어이, 기리토."

그 직후 아버지가 글러브와 야구공을 들고 다가와서 등골이 서늘해졌다. 이웃 아줌마에게 보여주려고 아버지는 자신과 캐치볼을 하려는 것이다.

아니, 이렇게 쉽게? 이렇게 대충?

생각하면 지금도 쓴물이 올라온다.

모든 게 이웃의 눈 때문이라고 생각하니 아버지와의 첫 캐치볼은 너무나 괴로운 시간이었다.

"힘을 더 줘서 제대로 던져라."

중간쯤 그런 말을 듣기도 했는데 솟구치는 눈물을 필사적으로 참고 있었다.

기리토가 고등학교 3학년 때 아버지는 갑자기 돌아가셨다. 과로로 인한 뇌출혈이었다.

너무나 갑작스러운 일이라 기리토와 어머니는 망연자실했다. 마치 자기 죽음을 예견이라도 한 듯 아버지가 온갖 보험에 들어놨다는 사실을 나중에야 알았다. 기리토의 학자금도, 어머니의 생활비도 충분히 쓸 수 있을 정도로 대비해두었다.

그래도 기리토는 이해할 수 없었다. 사후를 대비하기보다 살아서 해야 했던 일이 있지 않았을까. 아내와 아들에게.

어머니도 같은 심정이었던 듯 일찌감치 아버지의 방을 정리하기 시작했다. 기리토도 도왔는데 벽장에서 아버지의 유일한 취미였던 낚시 도구가 몇 개 나왔다. 어머니의 부탁으로 그것을 옆 마을의 큰 낚시 가게에 팔러 갔다.

주인이 제시한 매입 가격을 듣고 깜짝 놀랐다. 기리토는 낚시에 전혀 관심이 없어서 몰랐으나 아버지가 쓰던 도구는 상당한 고가였다.

내게는 제대로 용돈 한번 주지 않았으면서 자기는 이렇게 비싼 도구를 사용했다고?

꽤 큰 돈을 품고 집으로 돌아오는데 울분 같은 게 뱃속에서 끓어올랐다. 도무지 마음이 가라앉지 않았고 정신을 차렸을 때는 역 빌딩에 뛰어들고 있었다.

결국 당신은 내가 원하는 건 단 한 번도 주지 않았잖아! 난 야구공과 글러브보다 축구공이 갖고 싶었고, 무엇보다 가장 갖고 싶었던 건…….

역 빌딩의 반려동물 숍에서 제일 먼저 눈에 들어온 치와와를 샀다. 낚시 도구 판 돈을 계산대에 내리치듯 놓았을 때 아주 살짝 마음의 응어리가 풀린 느낌이 들었다.

치와와를 데리고 돌아온 기리토를 보자마자 현관 앞에 있던 어머니의 얼굴이 새파래졌다.

"개를 누가 키우니!"

머리카락이 곤두설 듯한 어머니의 절규 같은 목소리는 지금도 귓가에 쟁쟁하다.

"얘, 기리토. 듣고 있니?"

회상에 젖어 있던 기리토는 스마트폰 너머의 어머니 목소리에 정신을 차렸다.

"아무리 감염자가 늘었다고 해도, 얼마 전에 엄마 네 번째 백신도 맞았고 이동 제한도 풀렸잖니?"

"그래도 회사 일이 이것저것 바빠. 신규 고객도 늘었고."

기리토가 달래듯 상황을 설명하는데 어머니는 갑자기 입을 다물어버렸다. 뒤에서 개가 캥캥 짖고 있다.

그때 데려온 강아지 치와와에게 '레온'이라는 이름을 붙인 사람은 어머니다. 그렇게 바라던 개가 생겼는데 곧바로 대학 진학을 위해 도쿄에 온 기리토는 끝내 레온과 제대로 지내보지 못했다. 어머니 말 그대로 어머니가 레온을 계속 키웠고 지금은 혼자 사는 삶에 없어서는 안 될 존재가 된 듯하다.

"겉으론 그럴듯한데, 속은 차갑구나."

기리토는 전화에 대고 가만히 중얼거리는 어머니의 말에 깜짝 놀랐다.

"알았어!"

정신을 차렸을 때는 반쯤 소리치듯 대답하고 있었다. 어떻게든 갈 수 있게 일정을 조정하겠다고 말하고 전화를 끊었다.

저도 모르게 스마트폰을 낮은 테이블에 내던졌다.

솔직히 말해서 가장 매달리고 싶을 때마다 아버지 뒤에서 눈치만 보던 어머니도 그리 편하지 않다. 아버지가 돌아가신 후 기리토 일에 간섭하려 들 때마다 새삼스레 왜 이러나 싶었다.

그렇지만 오랜만에 레온은 보고 싶다.

아버지의 낚싯대와 맞바꾼 강아지가 벌써 열 살인가.

치와와의 수명은 비교적 긴 편이라고 들었으나 그래도 이제 노견이다. 기리토는 완전히 식어버린 다이어트 차가 담긴 머그잔을 끌어당기며 살짝 한숨을 내쉬었다.

다음 주, 기리토는 동기 데라시마 나오야에게 같이 식사하자는 제안을 받았다.

"조금 이른 감은 있는데 12시가 지나면 이 근처는 붐비니까."

그의 이야기에 따라 11시 반에 사무실을 나섰다. 보통 점심은 책상에 앉아서 해결할 때가 많아서 점심시간에 외출하는 건 오랜만이다.

지하 식당가는 나오야의 말처럼 이미 줄을 서기 시작하고 있었다.

"너랑은 거의 대화할 기회가 없었네."

나오야는 이 주변 사정에 훤한 듯, 점심 정식을 판매하는 이자카야 입구에 걸린 노렌을 통과했다. 기리토도 그를 따라 들어가 함께 안쪽 다다미방에 자리를 잡았다.

기리토는 이제까지 저녁 회식이 있어도 거절할 때가 많았다. 그다지 술을 좋아하지 않았고 무엇보다 매일 해야 할 일이 산더미였다.

나오야는 주문을 받으러 온 점원에게 물수건을 받으면서 오늘의 정식을 주문했다. 기리토는 별로 식욕이 없어서 냉우동을 시켰다.

"그걸로 되겠어?"

나오야가 놀리는 듯한 미소를 지었다.

"오후에 시식해야 하는 상품이 있어서."

7월에 여름휴가를 내고 고향에 갈 걸 생각하면 미리 해결해 둘 업무가 많다. 거절만 하는 것도 미안해서 점심 정도는 함께 하기로 했는데 솔직히 얼른 사무실로 돌아가고 싶었다.

"그런데 말이야."

나오야는 감염 방지 아크릴판 너머로, 살짝 날카로운 눈빛으로 기리토를 바라본다.

"라이프스타일팀 신입에게 들었는데 너, 담당 업체 상품을 다 사용해보고 직접 추천평을 쓴다며?"

"다는 아니야. 새로 오픈하는 업체의 주력 상품만이야."

"그런 일은 시간만 들잖아. 홍보비를 받아서 리스팅 광고*를 내고 상품 소개는 전문 리뷰어나 인플루언서에게 맡기면 되지."

"내 담당은 그 홍보비를 좀처럼 내기 힘든 소규모 업체가 많아서 처음에는 내가 추천평을 쓰고, 홍보비는 다음에……."

"어설프긴."

나오야가 기리토의 말을 가로막았다.

* 검색어와 연동하는 광고.

"야하기. 혹시 진심으로 업체를 키울 생각이야?"

"어?"

기리토는 나오야의 발언에 당황했다.

아니, 컨설팅이라는 게 그런 거 아닌가?

개인 판매자와 소비자를 이어주는 게 이커머스의 업무라면 상품의 장점을 꼼꼼히 파악하고 성실하게 전하는 일도 중요한 업무 아닐까. 그런 활동이 쌓여 재방문자가 늘어나고 장기 판매로 이어질 수 있도록, 롱테일을 목표로 해야 하지 않나.

솔직하게 그런 뜻을 전했더니 나오야의 입가에 경멸의 미소가 떠올랐다.

"롱테일? 그런 목표를 세워서 어쩔 셈인데? 초동에 움직이지 않으면 그 업체는 아닌 거야."

"그렇지만 초동에 움직이려면 상당히 큰 홍보비를 내거나 할인 쿠폰을 남발해야 해. 그래서는 업체가 얻는 게 없어."

"그야 상황에 따라 다르지. 남는 건 남기고 아닌 건 사라지는 거야. 그게 이커머스니까."

"그건 네가 생각하는 이커머스겠지. 내게는 내 생각이 있고."

"그런 생각이 다른 사람에게 피해를 준다고."

"그게 무슨……?"

기리토가 되물으려는데 점원이 음식을 가져왔다. 바로 정식을 먹기 시작한 나오야와 달리 기리토는 젓가락을 들 마음이 생기지 않는다.

"창고에서 올라온 지 얼마 안 된 네가 이커머스에 대해 고상한 꿈을 꾸는 건 이해해."

잠시 후 나오야가 된장국을 마시며 한심하다는 말투로 이야기를 시작했다.

"그렇지만 너무 고지식하게 일하면 마케팅부에는 민폐라고."

나오야는 입을 다문 기리토를 힐끗 쳐다봤다.

"어떤 담당자가 추천평을 무료로 써준다는 사실을 알게 되면 온갖 업체가 응석 부리듯 너도나도 해달라고 당연히 주장하지 않겠어? 무엇보다 너희 팀 신입이 그 피해를 보고 있다고."

피해라는 단어가 기리토의 가슴을 찔렀다.

―아, 진짜? 이렇게 많이 만들었어요?

비난 섞인 목소리를 높이던 신입의 얼굴이 떠올랐다. 그 한심한 신입이 나오야에게 고자질했을 것이다. 그 모습을 상상하니 너무나 굴욕적이었다.

"요네카와 매니저도……."

에리코가 이 방법을 승인했음을 알리려는데 나오야는 흥 하고 비웃었다.

"그 사람은 누구와도 대립하려 하지 않아."

완전히 무시하는 말투였다.

"어쨌든 업체가 홍보비를 내게 하는 것도 마케팅부의 중요 업무야. 지금 네가 하는 방식은 너무 비효율적이어서 팀의 성장 전망에 긍정적이라고 할 수 없어."

너무 단정적으로 말하는 통에 어떻게 반론해야 할지 모르겠다. 무릎 위에 놓인 주먹이 바르르 떨렸다.

"야하기. 어깨 힘 좀 빼."

나오야가 자신만만한 표정을 지었다.

"상품이 좋은지 나쁜지가 아니라 홍보비를 받을 수 있는지 없는지에 관심을 가져. 그게 더 편하잖아. 소비자도 결국은 쿠폰만 찾는다고. 우리 몰의 콘셉트는 무엇보다 착한 가격이야. 손님을 모으지 못해 업체가 철수하면 그때 가서 생각하면 돼. 다음을 노리면 그만이라고."

"그런 식으로 계속했다가는 언젠가 파라다이스 게이트웨이는 판매자와 소비자 모두의 신뢰를 잃어."

기리토는 간신히 반론했다.

"아, 진짜 지나치게 성실하다니까."

갑자기 나오야가 하늘을 올려다봤다.

"늘 규정에 아슬아슬하게 혼자 야근하고 사람들과 제대로 어울리지도 않고. 혹시 일을 집에 가져가지 않아? 널 보면 딱하다는 생각이 들어. 안색도 안 좋고. 제대로 먹고 자긴 해?"

정식을 거의 먹어치운 나오야가 테이블 위로 쑥 몸을 내밀었다.

"야하기. 너, 무슨 낙으로 살아?"

그 순간 기리토는 반사적으로 자리에서 일어섰다. 거의 손대지 않은 냉우동 값을 치르고 빌딩 밖으로 뛰쳐나왔다.

한여름의 무더위가 온몸을 감쌌다. 급격한 기온 차에 현기증이 날 것 같았다.

곧장 사무실로 돌아갈 마음은 도저히 생기지 않았다. 비틀비틀 아스팔트 위를 걸으니 불과 몇 분 만에 땀이 분출했다.

너무 고지식해. 비효율적이야. 지나치게 성실하다니까. 딱하다…….

나오야에게 들은 혹평은 내심 짚이는 데가 있는 부분들이다. 그래서 더 속이 쓰렸다.

웃기고 있네. 사람을 함부로 깔보고.

속으로 퍼붓는 욕설 안에 자기혐오도 섞여 있다.

우연히 고개를 들었다가 흠칫했다. 사무 빌딩 유리창에 비친 창백한 옆얼굴이 예전 어린 시절에 본 음울한 표정의 아버지와 똑같다.

무슨 낙으로 살아?

어린 시절의 기리토가 아버지에 대해 내내 품어온 의문이었다. 망연자실해 서서 넋을 놓고 말았다. 이제 어디로 가야 하나. 뒤로도 앞으로도 나아가지 못할 것 같다.

그때 낯익은 검은 그림자가 시야를 가로지른다. 기리토는 순간 눈을 가늘게 떴다가 깜짝 놀랐다.

언제나 검은 셔츠에 검은 데님을 입는 시스템팀의 간바야시 리코가 성큼성큼 어딘가로 향하고 있다. 망설임 없이 힘차게 걷는 걸음걸이가 너무나 담백해 부럽다.

상쾌한 뒷모습을 바라보고 있던 기리토의 발이 이끌리듯 움직였다.

정신을 차리니 리코의 뒤를 쫓고 있었다.

리코는 좁은 골목을 빠져나가 성큼성큼 걸어간다. 아무렇게나 묶은 포니테일이 걸을 때마다 찰랑찰랑 경쾌하게 흔들렸다.

이 근처에 음식점은 없을 텐데…….

살풍경한 빌딩가의 뒷골목에서 갑자기 리코의 모습이 사라진다. 황급히 쫓아가니 거리에서 조금 내려간 곳에 의외의 건물이 있다.

구립 미나토과학관?

기리토는 입구로 다가가 아직 새로운 간판을 읽는다. 알루미늄 실외 게시판에 포스터 한 장이 붙어 있다.

## 한낮의 플라네타륨
## 도시에서 하늘 가득한 별에 둘러싸여

무료인 데다가 예약도 필요하지 않다.

이런 곳에 플라네타륨이 있다니…….

아름다운 별들이 쏟아지는 밤하늘의 포스터를 뚫어지게 보다가 퍼뜩 정신을 차리고 손목시계를 확인했다. 이제 몇 분 후면 시작된다.

기리토는 과감히 건물로 들어갔다. 체온 검사 게이트를 통과해 1층 매표소에서 무료 표를 받아 2층으로 뛰어 올라갔다. 안쪽 입구로 들어가니 갑자기 돔 형태의 공간이 나타났다.

조명을 낮춘 옅은 먹색의 돔 안은 상당히 넓었다. 그 중앙에, 구 모양에 가느다란 관을 찔러 넣은 듯한 형태의 프로젝터가 자리 잡고 있다. 프로젝터 좌우로 100석쯤 되는 자리가 널찍하게 배치되어 있다.

오른편 중앙 쪽 자리에 리코의 포니테일이 보인다.

기리토는 들키지 않게 조금 거리를 두고 리코의 대각선 뒤쪽 자리에 앉았다. 객석에 앉은 사람들은 별로 없고 대부분이 혼자였다. 기리토처럼 정장 차림의 남자도 많다. 모두 점심시간에 사무실을 빠져나온 직장인일 것이다.

좌석에는 리클라이닝 기능이 있어서 레버를 당기면 등이 천천히 수평이 될 때까지 넘어갔다. 단골인 듯한 리코와 다른 사람을 따라 좌석을 넘기니 눈앞에 커다란 돔 천장이 펼쳐진다.

몸이 거의 누운 상태가 되었을 때 저도 모르게 후, 숨을 내쉬었다. 서늘한 공기에 땀이 서서히 가신다. 지글지글 타오르는 콘크리트 정글 안에 이런 평온한 곳이 있을 줄은 상상도 못 했다.

드디어 시간이 되었는지 돔이 캄캄해지고 투영이 시작되었다. 돔의 아랫부분에 고층 빌딩이 늘어선 상업지구가 나타난다. 레인보우브리지, 도쿄타워, 스카이트리의 모습도 보인다. 여기 미나토구의 풍경인 듯하다.

서쪽으로 둥근 태양이 떨어지고 동쪽에서 초승달에 가까운 달이 떠올랐다. 조용한 클래식 음악을 따라 고층 빌딩과 레인보우브리지의 조명이 하나씩 꺼진다. 상당히 섬세한 연출이다.

감탄하면서 바라보는데, 마침내 도시의 조명이 다 꺼지자 눈앞 가득 별이 나타났다. 북쪽에서 남쪽에 걸쳐 무수히 반짝이는 은하수가 보인다.

해설은 전혀 없다. 아주 잠깐 은하수를 끼고 반짝이는 거문고자리의 베가, 독수리자리의 알타이르, 백조자리의 데네브를 연결하는 여름의 대삼각형을 알려주는 선이 나타났다. 그러나 그것도 금방 꺼지고 다음은 오직 하늘 가득한 별이 클래식 음악 선율을 타고 천천히, 아주 천천히 돌았다.

기리토는 정신없이 머리 위에 펼쳐지는 만화경 같은 별천지에 몰입했다.

생각해보니 플라네타륨에 온 건 초등학교 현장 체험 학습 이후 처음일지도 모른다. 요즘에는 이렇게 생생하게 별천지가 재현되는구나.

실제로는 절대 볼 수 없는 대도시의 은하수. 그러나 지상의 불빛과 스모그에 가려져 있을 뿐 사실은 지금, 이 순간에도 내 머리 위에는 수많은 별이 강하게, 약하게, 덧없이 빛나고 있다.

문득 대각선 앞의 자리를 살폈는데 리클라이닝 좌석 등받이에서 포니테일 머리가 스르륵 떨어졌다. 아름다운 밤하늘 아래에서 리코는 완전히 잠든 듯했다.

자세히 보니 다른 사람 가운데도 자는 사람이 있었다. 우아한 클래식 음률 사이로 쌔근쌔근 잠든 숨결 소리가 울리고 있다. 낮잠을 위해 오는 단골손님도 있을 것이다.

불면증인 기리토는 그리 쉽게 잠들 수 없었으나 천천히 도는 무수한 별들에 안겨 편안한 숨소리를 내는 사람들을 보는 것도 나쁘지 않았다.

도무지 눈에 띄지 않는 리코가 이런 비밀스러운 장소에서 점심시간을 보낸다는 사실을 과연 누가 알까.

그런 생각이 드니 기리토의 입가에 옅은 미소가 피어올랐다.

이윽고 동쪽 하늘에서 샛별이라 불리는 금성이 떠오른다. 여름 하룻밤의 별자리들이 돔을 다 돌고 이제 곧 날이 밝는다.

나오야가 마구 흔들어대서 한없이 출렁였던 마음은 어느새 잔잔해져 있다.

그날 이후, 기리토도 시간만 되면 '한낮의 플라네타륨'에 다니게 되었다. 리코가 알아차리지 못하도록 세심한 주의를 기울여 살금살금 미나토과학관에 숨어들었다.

알고 보니 이 과학관은 2년 전에 생긴 비교적 새로운 시설이었다. 최신 설비를 갖춘 플라네타륨에서는 본격적인 별하늘 해설이 딸린 유료 프로그램도 상영되고 있다.

무료 프로그램인 한낮의 플라네타륨은 미나토구의 그날 밤 별하늘을 충실하게 재현하는 듯하다. 별자리의 위치 변화까지는 잘 모르겠으나 매일 보고 있자니 달이 조금씩 형태를 바꾸었다.

약 20분간 빛을 비추는 내내 리코는 늘 푹 잠들어 있다. 그리고 투영이 끝나면 후련한 표정으로 과학관 밖으로 나와 도라노몬힐스 잔디광장 벤치에서 텀블러에 든 차를 마시며 싸 온 도시락을 먹고 사무실로 돌아온다.

한없이 자유롭고 편안한 휴식 시간이었다. 업무와 사생활의 온·오프 전환이 애매한 기리토에게 리코의 충실한 점심시간은 찬사와 존경을 받을 만했다.

나오야와 점심을 먹다 도중에 나온 뒤로 마케팅부가 있는 사무실의 분위기는 최악이었다. 동기 사이에서는 나오야의 친절한 조언을 기리토가 '무시'한 게 된 듯 아무도 눈을 마주치려 하지 않았다. 맞은편 자리의 신입도 말조차 걸지 않았다.

신입이 보란 듯 뷰티팀 자리까지 가서 나오야에게 뭔가를 이야기하는 모습을 볼 때마다 위가 저릿저릿했다. 나오야를 중심으로 화기애애한 분위기가 이루어지면 내가 화제가 아닌가 하는 의심에 빠지고 만다.

그래도 내 업무 스타일을 바꿀 마음은 없다. 내 뜻을 접고 나오야에게 끌려다니는 건 싫다.

그날, 기리토는 아침부터 영 기분이 좋지 않았다. 대회의실에서는 끊임없이 커다란 목소리가 울리고 있다. 나오야가 인플루언서와 함께 새 화장품을 소개하는 라이브 방송 중이다. 외모도 그럴싸하고 말도 잘하는 나오야는 이따금 동영상 서비스의 호스트를 맡는다. 예전에는 그런 점을 솔직히 대단하다고 생각하며 감탄했는데 지금은 요란한 웃음소리에 신경이 거슬린다.

—너, 무슨 낙으로 살아?

상품을 직접 써보고 추천평을 쓰는 귓가에 나오야의 비아냥이 울리는 탓에 좀처럼 집중이 안 되어 고전 중이다.

문득 정신을 차리니 정오가 다 되었다. 시스템팀의 리코는 이미 보이지 않는다. 기리코는 짐을 얼른 챙겨 자리에서 일어나 나오야의 제국으로 변한 사무실을 뛰어나왔다.

빌딩가의 뒷골목을 열심히 내달려 미나토과학관에 뛰어 들어가니 이제 막 한낮의 플라네타륨이 시작되고 있었다. 서둘러 자리에 앉았다가 깜짝 놀랐다.

바로 옆자리에 리코가 있었다.

순간 자리에서 일어나려 했는데 리코는 이미 리클라이닝 좌석에 몸을 기대고 안경 속 눈을 굳게 감고 있다. 곧 돔 내부가 캄캄해져 자리 이동은 불가능해진다. 기리토는 숨을 죽이고 자리에 몸을 눕혔다.

해가 지고 보름달에 가까운 달이 떠오른다. 클래식 음악의 부드러운 음색에 섞여 리코의 희미한 숨소리가 들렸다.

정말 잘 자네…….

가끔은 별하늘을 즐겨도 좋을 텐데. 그렇게 생각하며 옆자리를 봤다가 숨을 멈췄다.

아직 돔 안의 거리 불빛이 남아 있어서 좌석에 기댄 리코의 마스크 쓴 얼굴이 어둠 속에 순간적으로 하얗게 떠올랐다. 굳게 닫힌 눈에서 눈물이 흘러 마스크 위의 뺨을 적시고 있었다.

저도 모르게 응시하고 있는 사이 서서히 거리 조명이 꺼지고 칠흑 같은 어둠 속에서 모두가 별들에 감싸인다. 기리토는 머리 위의 은하수로 시선을 옮겼으나 좀처럼 마음을 진정시키지 못했다. 평소에는 천천히 도는 무수한 별을 보고 있으면 자연스럽게 마음이 잔잔해졌는데 오늘은 바로 옆자리에서 울며 잠든 기리코에 묘하게 마음이 쓰였다.

그녀 역시 다른 사람에게는 말 못 할 스트레스를 안고 이곳에 오는 걸까.

샛별이 떠오르고 하늘이 밝아지자마자 기리토는 자리를 옮기려고 몸을 구부렸다. 그 순간 리클라이닝 좌석 등받이가 덜컥 올라와 목을 움츠리고 말았다. 조심스럽게 주위를 살피는데 리코가 눈을 동그랗게 뜨고 이쪽을 보고 있다. 하얀 뺨을 적시던 눈물은 완전히 말라 있었다.

어렴풋하게 밝아지는 돔 안에서 상대가 아주 자연스럽게 인사하는 바람에 기리토도 황급히 고개를 숙였다.

"야하기 씨도 왔었네."

리코는 텀블러로 차를 마시며 아무렇지 않은 듯 말했다.

한낮의 플라네타륨 상영이 끝난 후 기리토는 도라노몬힐스의 잔디광장 벤치에, 리코와는 대각선 건너편 벤치에 앉아 있다. 두 사람 사이의 테이블에는 기리토가 편의점에서 사 온 샌드위치와 리코가 직접 싸 온 도시락이 놓여 있다.

"저기 플라네타륨, 좋지?"

리코는 자기 일처럼 자랑스럽게 코를 벌름대며 빙그레 웃었다. 그 표정에 우울함은 조금도 남아 있지 않다.

"아직 생긴 지 얼마 안 되어 그리 붐비지 않고 조용하고. 숨은 명소더라고."

"맞아."

어쩌다가 자연스럽게 같이 점심을 먹게 되었는데 의외로 리코와 이야기가 잘 통해 놀랍기도 하고 조금 기쁘기도 했다.

동기니까 이 정도는 당연한가.

리코에게도 이 정도의 사교성은 있었다는 말이겠지.

여전히 수수한 옷차림에 화장기도 전혀 없었으나 가까이서 보니 리코는 의외로 단아한 이목구비를 지니고 있었다. 로이드 안경 속의 눈은 눈동자가 컸고 마스크를 벗은 피부는 매끄러웠다.

"야하기 씨는 언제부터 왔어?"

갑작스러운 질문에 자연스레 리코를 관찰하고 있던 기리토는 마시던 아이스커피에 사레가 들리고 말았다.

"나, 나? 난 오늘 어쩌다……." 힘들게 거짓말을 했다.

"흠. 그랬구나." 리코는 별로 개의치 않는 모양새다.

"실은 나, 저기 플라네타륨의 연간 회원이야. 낮의 무료 프로그램도 좋은데 해설자가 여러 가지를 알려주는 유료 천체 교실은 본격적이라 재미있어."

"어?"

기리토는 자기도 모르게 한심한 소리를 내고 말았다. 그렇다면 리코는 그저 낮잠 자러 오는 게 아니었구나.

"간바야시 씨는 정말 별에 관심이 많구나."

"어떻게 알아?"

"아니, 그야."

늘……이라는 말을 꺼내다가 서둘러 말을 바꿨다.

"오늘 꽤 잘 자더라."

"아아."

리코가 씁쓸하게 웃었다.

"그것도 포함해 플라네타륨이 좋아."

리코는 대답하고 도시락을 먹기 시작했다. 둘이 입을 다물자, 그늘을 드리워주는 커다란 녹나무에서 매미 소리가 들려왔다. 잔디광장은 개방적인 공간이었으나 7월의 더위는 굉장했다.

"좀 부럽네."

기리토는 샌드위치를 한입 베어 물고 대화를 재개했다.

"난 거의 잠을 못 자거든."

"왜?"

"왜 그럴까?"

다른 사람 일처럼 읊조린다.

"아마도 스트레스 때문일 텐데 그 정도는 다 있잖아."

더불어 지금은 일하는 방식도 고민하고 있다. 나오야의 의견을 전면적으로 받아들일 마음은 없으나 자신이 업무를 집에 가져가는 것도 사실이다. 과도한 노동이 좋지 않다는 것쯤은 기리토도 알고 있다.

"다만 일방적으로 그렇게 부정당하면 무슨 개소리인가 하고 울컥하는 부분도 있잖아."

먼저 말할 생각은 전혀 없었는데 나오야와의 언쟁을 자연스럽게 밝혔다.

직장에서 외부인처럼 취급되는 두 사람이었기 때문일지 모른다. 리코에게 말한다고 해서 이상한 형태로 직장에 퍼질 일은 절대 없다고 확신할 수 있다.

"요네카와 매니저가 승인한 일에 데라시마 씨가 야하기 씨에게 그렇게 말할 권리는 없지."

리코는 도시락의 톳 조림을 입으로 가져가면서 냉정하게 말을 이었다.

"게다가 재방문율만 보면 야하기 씨의 담당 업체는 상당히 건실해."

"진짜?"

저도 모르게 목소리가 들뜬다. 두 팀의 데이터를 담당하는 리코의 말이라면 틀림이 없을 것이다. 자신의 끈질긴 노력이 조금이나마 결실을 얻은 듯해 기리토의 가슴에 점차 기쁨이 번졌다.

"그래도 잠들지 못할 정도로 애쓰는 건 역시 좋지 않아."

리코는 기리토 본인도 자각하고 있는 점을 지적한다.

"야하기 씨는 왜 그렇게 애를 써?"

"음……."

기리토는 리코의 질문을 받고 생각에 잠겼다.

정말 왜 그럴까.

너무 고지식해. 비효율적이야. 딱하다…….

그런 말을 들으면서까지 자신은 왜 그토록 계속 애를 쓰는 걸까.

"……인정받고 싶어서가 아닐까?"

기리토는 생각 끝에 가장 정답에 가까운 이야기를 했다.

"누구한테?"

바로 리코가 반문한다.

매니저 에리코에게? 아니다. 현재 마케팅부의 중심인물인 나오야에게? 설마. 담당 업체나 소비자에게? 그야 물론 당연하나 그게 전부는 아니다.

그렇다면 도대체 누구에게?

"그런 마음은 누구에게나 있지 않나?"

기리토는 고심 끝에 변명하듯 미간을 찌푸렸다.

"인정욕구라고 해야 하나……."

말하고 보니 너무 가볍다. 요즘 모든 사람의 행동 원리를 설명하는 데 이보다 적절하게 쓰이는 말은 없을 것이다.

"간바야시 씨는 그런 거 없어? 누구에게 인정받고 싶다거나."

"난 없어."

리코는 딱 잘라 말했다.

"정말?"

"없어. 전혀."

이쪽을 응시하는 리코의 안경 속 눈동자에 왠지 강렬한 분노가 담겨 있는 듯하다.

"오히려 아무에게도 인정받고 싶지 않아."

리코는 내뱉듯 말하고 정신을 차린 듯 입을 다물었다. 기리토도 더는 캐물을 수 없었다.

이후로 둘은 잠자코 먹기만 했고 침묵을 지우려는 듯 매미들이 일제히 소리 높여 울어댔다.

"자, 난 편의점에 들렀다가 돌아갈게."

먼저 도시락을 다 먹은 리코가 토트백을 들고 일어섰다.

"응. 또 봐."

식욕이 없어 샌드위치를 주물럭대던 기리토는 애매하게 반응했다. 머릿속으로는 리코에게 들킨 이상 한낮의 플라네타륨에 다닐 수 없겠다고 생각했다.

"야하기 씨."

리코가 걸음을 떼다가 휙 돌아봤다.

"플라네타륨에서 자면 보고 싶은 사람을 만날 수 있어."

"응?"

리코는 이유를 물을 틈도 없이 휙 몸을 돌려 등을 보이더니 아무렇게나 묶은 포니테일을 흔들며 성큼성큼 멀어져갔다.

그 주말, 기리토는 아버지의 기일에 맞춰 고향인 니가타에 왔다.

휴가 전에 일단 급한 일은 다 처리했는데 그래도 여전히 산더미처럼 일이 남아 있어 마음이 영 불편했다.

다다미에 누워 널빤지로 만들어진 천장을 바라보며 끝내 일 생각만 했다. 억지로 일 생각을 뿌리치면 이번에는 리코의 얼굴이 뇌리에 떠올랐다.

플라네타륨에서 자면 보고 싶은 사람을 만날 수 있어…….

그 이야기를 떠올릴 때마다 돔의 어둠 속에서 눈은 감은 채 눈물을 흘리던 리코의 모습이 가슴에 떠오른다.

리코는 보고 싶은 누군가의 꿈을 꾸며 울었다는 말인가.

깊이 생각에 빠져 있는데 캥캥 짖는 소리가 났다. 타닥타닥 발소리와 함께 부엌에서 어머니가 주는 사료를 먹고 있던 레온이 다다미방으로 들어왔다.

헥헥 짧게 숨을 쉬며 레온이 기리토의 몸에 기어 올라왔다. 일어나 앉아 무릎 위에 올려주자 조그만 혀로 온 얼굴을 핥아 대기 시작했다. 3년 가까이 돌아오지 않았는데 재회한 순간부터 이렇게 열렬히 환영해주고 있다.

개는 단기 기억보다 장기 기억이 뛰어나다는 설이 있다. 강아지 시절 역 빌딩 반려동물 숍의 우리에서 자신을 꺼내준 사람이 기리토임을 여전히 기억하는 건지도 모른다.

정말 의리 있는 녀석이네.

레온의 작은 몸을 쓰다듬으며 꼭 안았다. 어릴 때 너무나 가지고 싶었던 따뜻한 체온이 지금은 품 안에 있다.

이날, 기리토는 어머니와 함께 성묘하러 갔다. 어릴 때 부모님을 잃은 아버지는 야하기 집안의 선조가 묻힌 묘에 들어가지 못했다. 10년 전에 세워진 새로운 묘 아래 아버지는 혼자 잠들어 있다.

어머니와 나란히 합장했으나 뭘 빌어야 할지 몰랐다. 죽은 아버지에게 뭔가 보고하기에는 살아 있을 때의 아버지와의 교류가 너무 적었다.

"기리토. 저녁 먹기 전에 레온 산책 좀 시켜라."

부엌에서 어머니 목소리가 들렸다. 솔직히 말하자면 귀찮다는 생각이 제일 먼저 들었다.

"치와와는 산책 안 시켜도 되지 않아?"

"그렇지 않아."

어머니는 행주로 손을 닦으면서 다다미방으로 들어왔다. 어머니 말로는 치와와는 총명한 견종인데 안방 대장이 될 경향도 커서 외부 자극을 최대한 늘려 사회성을 기를 필요가 있다고 한다. 레온이 똑똑하면서도 착한 개로 자란 이유는 어머니가 신경 써서 교육한 덕분인 듯하다.

"레온은 산책을 아주 좋아해. 지금은 마침 해가 저물어 시원하기도 하고. 우리가 성묘하는 동안 혼자 집을 지켰으니 같이 나가줘."

여기서 어머니의 괜한 잔소리를 듣거나 일생각만 하는 것보다는 나은 것 같아 생각을 바꾸고 레온에게 줄을 채웠다.

산책을 좋아한다는 건 사실인 듯 밖으로 나오자마자 레온은 앞서서 달리기 시작하더니 수없이 기리토를 돌아보며 반짝반짝 눈을 빛냈다.

그 사랑스러운 모습을 보고 있으니 조금 귀찮기는 했으나 데리고 나오길 잘했다는 생각이 들었다. 니가타는 낮에는 더우나 저녁이 되면 바람이 시원하다. 건너편 산에서 종을 흔들듯 쓰르라미의 맑은 합창이 울려왔다.

개도 밖에 나와 사회성을 길러야 하는지는 몰랐다. 한군데 틀어박혀 있으면 불안정해지는 건 개나 인간이나 마찬가지인 모양이다.

레온을 기르는 모습을 보면 어머니는 원래 누군가를 잘 보살피는 성격인 것 같다. 아버지가 없었다면 유소년기 나를 대하는 엄마의 태도도 달랐을까.

새삼 생각해봤자 어찌 해볼 도리가 없는 일이라 낮게 한숨을 내쉬었다. 기척을 알아차린 레온이 걸음을 멈추고 걱정스럽게 올려다봤다.

"괜찮아. 너랑 상관없어."

기리토는 무릎을 꿇고 레온의 목덜미를 쓰다듬었다.

"기리토? 기리토 아니야?"

그때 갑자기 뒤에서 누군가 자신을 불렀다. 돌아보다가 온몸에 소름이 돋는 줄 알았다.

밭두렁 길에, 그 옛날 아버지를 일요일에 불러낸 이웃 아주머니가 서 있었다. 최악이었던 아버지와의 캐치볼 사건을 만든 장본인이다.

—가끔 휴일에 아드님과 놀아주시면 어떨까요? 기리토, 늘 혼자 있어서 조금 가여워요.

건물 뒤에서 훔쳐봤을 때의 말이 떠올라 저도 모르게 한 걸음 물러섰다.

"역시 기리토였구나. 어머, 오랜만이다!"

아주머니는 이쪽이 뭐라고 반응하기도 전에 밭두렁 길을 성큼성큼 걸어 다가왔다.

"안녕하세요."

더는 도망칠 수 없다는 생각에 마스크를 올리고 최대한 부드러운 표정으로 인사했다.

"도쿄의 유명한 회사에서 일한다면서?"

일은? 사는 데는? 결혼은? 무신경하게 던지는 질문을 다 모호한 답으로 넘겼다. 화젯거리로 삼을 만한 대답을 얻을 수 없음을 깨달았는지 아주머니의 마스크 속 얼굴에 노골적으로 심드렁한 표정이 드러났다.

"죄송해요. 개를 산책시키던 중이라."

이야기를 중단하려는 기리토를 아주머니는 좀처럼 놓아주려 하지 않았다.

"건강해 보여서 다행이네. 네 아버지에게 정말 큰 신세를 졌거든."

아주머니는 사회적 거리 두기를 무시할 만큼 접근했다.

"다른 사람에게 부탁하면 그냥 새로 사라고 하는데 네 아버지는 늘 고쳐줬어. 우리 마을 사람들은 다 네 아버지에게 감사해."

이때 기리토는 처음으로 아주머니의 얼굴을 똑바로 봤다. 마스크 위 눈빛이 거짓처럼 보이지 않았다.

"어머! 기리토는 이렇게 보니 정말 아버지를 닮았네."

이제는 한계였다.

"죄송해요. 개가 재촉해서요."

줄을 흔드니 레온은 알아차린 듯 달리기 시작해 간신히 자리를 모면할 수 있었다.

"레온. 너는 진짜 명견이야."

조그맣게 중얼거리는데 귀로만 소리를 주워들은 레온이 신나서 꼬리를 흔들었다. 레온과 함께 신사까지 달렸다.

신사 경내에서 잠시 쉬면서 신사 뒤 숲에서 우는 쓰르라미 소리에 귀를 기울인다. 아침이나 밤 서늘할 때만 우는 이 벌레

소리를 들으면 고향에 돌아왔다는 실감이 든다. 도심에서는 쓰르라미 소리는 거의 들을 수 없다.

이마에 밴 땀을 닦고 조금 전 아주머니의 말뜻을 음미했다.

—겉으론 그럴듯한데, 속은 차가워.

어머니는 아버지를 그렇게 평가했는데 아버지의 겉면은 도대체 어디를 향하고 있었을까. 아버지가 일하는 방식은 지금도 아주머니를 비롯한 마을 사람들의 마음에 남아 있는 듯하다.

일일이 수리하기보다는 새로 사는 게 빠르다.

아버지는 회사에서 그렇게 질책당하지 않았을까. 나오야 같은 '유능한 직원'으로부터.

갑자기 가슴이 무거워진다.

"돌아갈까?"

레온에게 말을 걸고 다시 온 길을 돌아가기 시작했다. 집에 가까이 오니 향긋한 조림 냄새가 났다.

그날 밤, 어머니는 동과 조림과 마카로니 샐러드, 참치 다타키 등 진수성찬을 차려주었다. 식사를 마치고 수박을 먹으면서 붙박이 책장을 보는데 개 기르는 방법이 담긴 책 몇 권이 꽂혀 있었다. 레온을 훈련하려고 어머니가 산 걸까.

레온은 툇마루에 있는 자기 집에서 쉬고 있고 어머니는 설거지 중이다. 기리토는 일어나 책장으로 다가갔다. 상당히 여러 번 읽었는지 책은 너덜너덜했다.

꽤 오래된 책이네…….

휘리릭 페이지를 넘기다가 깜짝 놀라 눈을 부릅떴다. 페이지 곳곳에 빼곡하게 메모가 적혀 있다. 그 꼼꼼한 필체는 어머니 게 아니다. 판권을 확인한 기리토의 입가가 굳어진다.

2004년. 기리토가 열 살 때 출판된 책이었다.

기리토는 페이지를 펼친 채 책장 앞에서 한참을 멀거니 서 있었다.

일주일이 채 안 되는 짧은 여름휴가였는데도 출근해보니 정말 많은 메일이 쌓여 있었다. 어느 정도는 쉬는 동안에도 답신했는데 좀처럼 다 소화할 수 없었다.

리코의 말처럼 그의 담당 업체에 재방문자가 붙기 시작했다. 이 흐름이 궤도에 오르면 컨설팅도 편해진다. 앞으로 업무와 생활의 균형을 어떻게 맞춰나갈지가 지금 최대 과제였다.

"오늘을 마지막으로 한낮의 플라네타륨은 한동안 쉬어."

이날 탕비실에서 신상품 유기농 커피를 시식하고 있는데 리코가 속삭였다.

이번 주부터 초등학교 여름방학이 시작되어 그에 맞춰 8월 내내 한낮의 플라네타륨은 초등학생도 즐길 수 있는 프로그램으로 변경된다고 한다. 여름방학 동안 미나토과학관은 초등학생의 방학 과제를 돕는 수많은 프로그램과 이벤트를 제공하는 것이다.

리코는 그 정보만 전하고 텀블러에 차를 담아 탕비실을 나갔다.

정오 근처에 시스템팀을 살펴봤으나 리코의 모습은 보이지 않았다. 기리토가 오는 걸 거절하지는 않는 듯하나 함께 갈 마음도 없는 점이 그녀다웠다.

일단 거래처에 보내는 메일을 다 보낸 뒤 이 여름 마지막 한 낮의 플라네타륨으로 향했다.

빌딩가의 뒷골목을 빠져나가 미나토과학관 문을 통과해 2층 플라네타륨으로 간다. 옅은 먹색의 돔 안으로 들어갈 때마다 잔인한 현실에서 격리되는 기분이 든다. 콘크리트 정글 속의 은신처를 연상시키는 이곳도 9월까지는 이별이다.

오른쪽 중앙 근처에 리코의 포니테일이 보인다. 처음 왔을 때와 마찬가지로 기리토는 그 대각선 뒤에 앉았다.

서늘한 정적 속, 거리의 불빛이 꺼지고 이윽고 주위가 별들로 가득해진다.

남북으로 흐르는 은하수를 끼고 나타나는 여름의 대삼각형. 이 삼각형을 뒤집은 위치에 빛나는 북극성. 북극성의 오른편에 보이는 커다란 국자는 큰곰자리의 북두칠성. 남쪽의 작은 국자는 궁수자리의 남두육성. 남두육성 근처에 가장 붉게 타오르는 별은 전갈자리의 심장 안타레스…….

여러 차례 한낮의 플라네타륨을 다니며 접수처에 놓인 별자리표를 보다 보니 무수한 별이 형태를 만드는 여름 별자리를 어느 정도는 알게 되었다.

플라네타륨의 별하늘은 프로젝터가 비추는 재현된 우주이다. 그러나 지상에서 보이는 별 대부분 역시 흔적에 불과하다. 지금은 사라졌을지도 모를 몇 광년 너머의 별빛을 연결해 인간은 그곳에 별자리의 이야기를 지어냈다. 기리토는 그 마음을 지금은 조금이나마 알 것 같다.

진짜 있었을지도 모를 흔적을 잇는 것밖에는 할 게 없음을. 저 멀리 손에 닿지 않는 빛을 상상의 이야기로 우리에게 끌어당기려는 마음을…….

이제 만날 수 없는 사람의, 확인할 길 없는 마음 역시 실체를 파악할 수 없는 별의 그림자다.

클래식 음악의 조용한 음색을 들으며 기리토의 의식이 천천히 프로젝터에 비추는 환상의 별하늘에 녹아든다.

그때 그의 가슴에 뭔가가 툭 떨어졌다. 그것을 꼭 쥔 채 하늘에 한가득 펼쳐진 별들을 올려다본다.

본가에서 책을 봤어. 개를 기르는 방법에 대한 책.

툭, 다시 뭔가가 가슴에 닿는다. 받아서 그것을 던진다.

뭔지는 모르겠는데 메모를 참 많이 했더라. 내가 개를 기르고 싶다고 했을 때 들은 척도 안 했으면서. 도대체 얼마나 서툴렀던 거야?

이번에 가슴에 닿은 건 기분 탓인지 약했다. 기리토는 오히려 힘껏 다시 던진다.

당신은 늘 정말 너무해. 보험으로 대비했다고 해서 그걸로 다 해결될 줄 알았어? 난, 절대로 용서하지 않아. 도대체 왜…….

왜, 그렇게 애를 썼어?

기리토의 마음에 이제까지 절대 떠올리려 하지 않았던 기억이 떠오른다. 아버지의 사인은 최초의 뇌출혈이 아니었다. 후유증은 남았으나 그래도 생명은 구했다. 그러나 절대 안정을 취해야 한다는 말을 듣고도 아버지는 어머니와 내 간병을 받기 싫어 뭐든 혼자 하려고 애썼다.

새벽, 아버지는 복도에서 돌아가셨다. 한밤중 혼자 화장실에 가려다가 도중에 쓰러져 다시 뇌출혈을 일으킨 것이다.

왜 혼자 움직인 거야? 왜 가족을 부르지 않았어? 가족 신세를 지는 게 그렇게 싫었어?

기리토의 가슴에 강한 분노가 치민다.

왜 그렇게 잘난 척을 해야 하는데? 본인은 그걸로 충분할지 모르겠으나 남은 사람이 되어보라고. 그 이후 나는…….

기리토의 눈동자에 눈물이 차오른다.

그 이후 나는 제대로 자지 못해.

아버지는 기리토의 옆방에서 자고 있었다.

그때 내가 낌새를 눈치챘더라면 아버지는 죽지 않았을지 모른다는 생각에 지금도 숙면하지 못한다.

쿵. 가슴에 떨어진 게 뜨거워진다. 그 열이 기리토의 떨리는 마음을 감싸듯 온몸으로 번진다.

눈물을 참으며 다시 힘껏 던졌다.

당신 낚싯대 비싸게 팔았어. 낚싯대 대신 데려온 강아지는 지금 어머니의 사는 낙이 되었어. 당신보다 훨씬 좋은 파트너가 되었다고.

아버지는 어려서 부모님을 잃고 고생해서 가족을 어떻게 대해야 할지 몰랐던 게 아닐까. 어머니는 그렇게 당신을 감쌌지만 내게는 변명으로만 들리더라.

다시 약한 게 가슴에 닿는다. 기리토는 짜증이 나 있는 힘껏 던진다.

이게 뭐야? 당신, 옛날에 나보고 더 힘껏 던지라고 했잖아. 제대로 던진 거 맞아?

이번에는 조금 제대로 된 게 가슴에 닿았다. 기리토는 말없이 다시 던진다.

쿵. 쿵. 쿵…….

수없이 왕복한다.

아버지.

몇 번째인지 다시 던지며 기리토는 중얼거렸다.

난…… 난, 제대로 할 수 있을까.

누구에게 인정받고 싶어?

리코의 질문에 바로 말할 수 없었던 대답을 처음으로 깨닫는다. 지금은 이 세상에 없는 아버지에게 인정받고 싶었다.

묵직한 소리를 내며 강력한 게 날아온다.

그 순간 따뜻한 게 가슴에 흘러넘쳐 기리토는 눈을 떴다. 하늘 가득 별이 떠 있다.

은하수를 사이에 두고 여름의 대삼각형 별이 펼쳐진 들판에서 젊은 날의 아버지와 어린 시절의 자신이 캐치볼을 하고 있다.

기리토가 던진 볼을 받은 아버지의 얼굴에 온화한 미소가 떠오른다.

"야하기 씨. 끝났어."

기리토는 리코의 목소리에 눈을 떴다. 눈을 뜬 순간, 눈에서 눈물이 흘렀다. 그것을 못 본 척해주려고 하는지 리코가 자연스럽게 등을 돌렸다.

리클라이닝 좌석에서 일어나 리코의 뒤를 따랐다.

"잠들었네."

리코는 걸으면서 포니테일을 흔들며 고개를 돌렸다. 기리토가 살짝 고개를 끄덕이니 미소를 지으며 말했다.

"잘됐네. 보고 싶은 사람도 만났어? 나, 오늘은 혼자 점심 먹어."

중얼거리듯 말하더니 기리토의 대답을 기다리지도 않고 가볍게 손을 들어 보이고는 거침없이 걸어 쑥쑥 멀어졌다.

언젠가, 그녀의 '보고 싶은 사람' 이야기를 들을 수 있을까.

그날이 와도 좋고 안 와도 괜찮을 것 같았다.

밖으로 나오니 한여름의 강한 해가 쏟아졌다.

나도 가야지.

이 하늘 위에 있는 드넓은 은하수를 올려다보며 "자, 그럼!" 하고 누군가에게 이별을 고하며 몸을 돌렸다.

# 숲의 방주

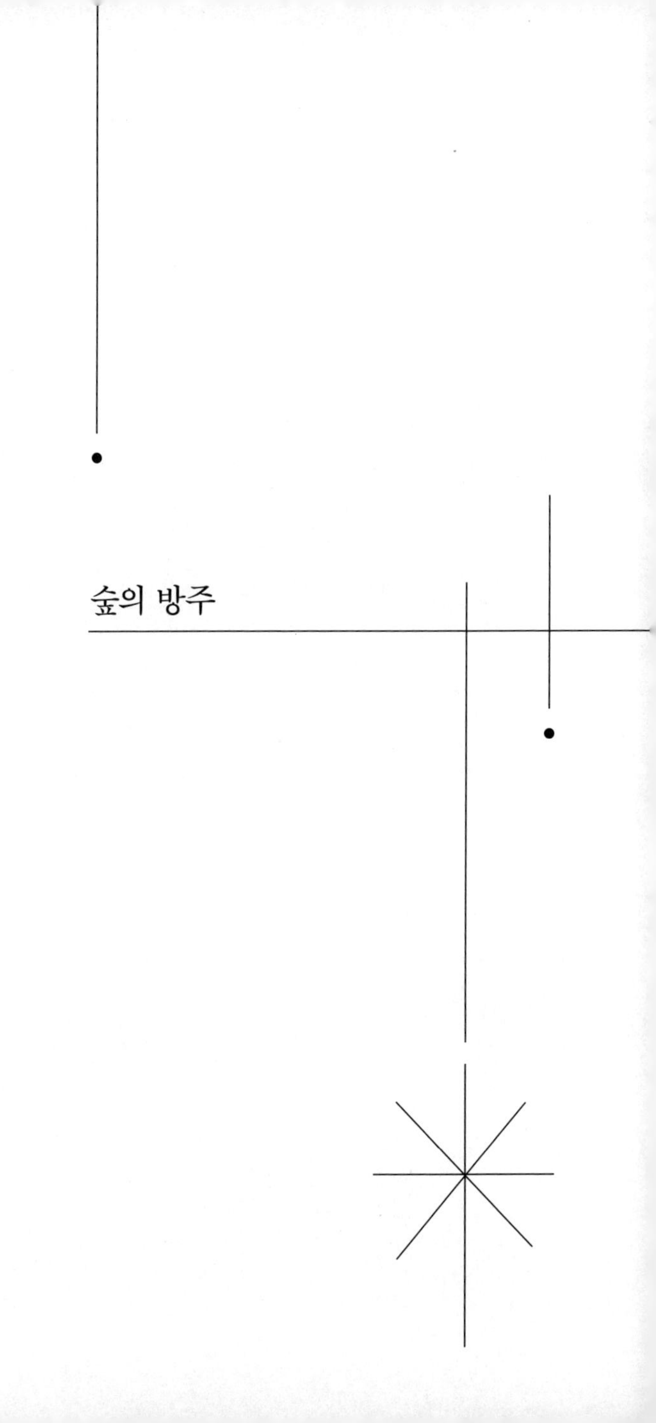

회의실의 커다란 창으로는 고층 빌딩들 너머로 솟은 스카이트리가 보인다. 8월의 강한 햇살 속에 서 있는 모습은 마치 수많은 성냥으로 쌓아 올린 듯 위태롭다.

요네카와 에리코는 문득 시선을 사로잡은 풍경에 어울리지도 않는 바보 같은 감상을 품는다.

"결국 정직원 채용은 안 된다는 말씀인가요?"

잔뜩 억누른 목소리가 울려와 에리코는 퍼뜩 정신을 차렸다.

내내 침묵하던 이토 도모카가 마스크 너머로 이쪽을 노려보고 있다. 올가을에 계약 갱신을 맞는 도모카와의 면담은 이미 한 시간이 넘어가고 있다.

"위에 여러 번 요청했는데 지금은 계약직 사원을 정직원으로 채용하기 어렵다고 하네."

에리코는 최대한 담담하게 사실을 전한다.

파라웨이에서 마케팅부 매니저를 맡은 지 6년이 지났는데 계약 갱신 때마다 이 버거운 면담을 해야만 한다. 특히 상대가 정직원 채용을 향한 목표 의식이 강한 타입이라면 이야기는 늘 평행선을 달리기 마련이다.

파라웨이가 운영하는 인터넷 쇼핑몰 파라다이스 게이트웨이의 핵심 파트인 뷰티팀 마케팅을 담당하는 도모카는 경력직으로 입사한 삼십 대 계약 사원인데 우수한 직원이다.

담당 업체의 개발 실적이나 매출은 정직원과 비교해 손색이 없다. 더불어 이직률이 극히 높은 여성 계약직 가운데 3년 계약 만료 시기까지 착실하게 경력을 쌓아왔다. 원래는 정직원 채용 얘기가 나와도 이상할 게 없다.

그러나 인사 결정권을 가진 이사는 계약 갱신을 추진하라고만 했다. 대놓고 말하지는 않았으나 아마도 이유는 작년 도모카의 결혼일 것이다.

파라웨이는 현재 회사 실적이 좋은데도 젊은 기혼 여성을 정직원으로 채용하는 데 상당히 소극적이다. 이전 삼십 대 여성 계약직이 정직원으로 채용되자마자 임신해 출산과 육아휴직을 쓰고도 지자체가 공인한 어린이집을 확보하지 못했다는 이유로 바로 퇴사한 예가 있었기 때문이다.

도모카 본인이 결혼할 때 얼른 아이를 갖고 싶다고 얘기한 점도 이번 인사에 영향을 주었을지 모른다.

'임신·출산으로 인한 불이익'이 사회적 문제가 된 이후 임신을 이유로 해고하는 일은 있을 수 없게 되었으나 한창 일할 나이의 비정규직 여직원이 좀처럼 정직원이 되지 못하는 아이러니한 불이익이 일어나고 있다.

세상은 대체로 이렇다.

비정규직 사원을 같은 부서에서 계속 일할 수 없게 하는, 이른바 '3년 룰'도 빨리 정직원으로 채용하라는 목표 아래 제정되었는데 대부분은 부서를 바꿔 다시 고용하는 식으로 이어지고, 더 심하게는 고용 중지를 낳기도 한다.

노동법이 개정되더라도 기업의 실태가 그를 따르지 못하는 것이다. 현실과 목표가 완전히 동떨어져 있다.

게다가 인사권을 쥔 임원인 마케팅부 이사는 계약 갱신 면담에는 결코 함께 자리하려 하지 않는다.

—잘 부탁해.

지난주 그에게 받은 이메일 내용을 떠올리며 에리코는 얼굴을 찌푸릴 뻔했다. 그 이사는 에리코에게 '부탁드린다'라는 정중한 표현은 절대 쓰지 않는다. 언제나 '부탁한다'는 한마디면 끝이다.

아주 사소한 부분일 수 있으나 사소한 부분일수록 평소 은폐해온 무의식적 경멸이 더 잘 드러나는 법이다.

경력이나 나이에 그다지 차이가 없는데 말이다.

에리코는 마스크 속 입가를 일그러뜨렸다.

6년 전, 딱 마흔이 되었을 때 에리코는 구직 사이트를 통해 파라웨이의 사장에게 직접 헤드헌팅되었다. 전 직장인 전문 상사에서 기른 능력을 높이 사 파라웨이 마케팅부의 2대 부문인 뷰티와 라이프스타일 팀의 매니저로 발탁한 것이다.

이후 에리코는 줄곧 실무 현장에서 이십 대, 삼십 대 젊은 사원을 관리해왔다.

헤드헌팅, IT 기업의 매니저, 도라노몬 고층 빌딩 23층의 사무실 같은 얘기를 들으면 많은 사람은 성공 스토리를 떠올릴 것이다.

그러나 현실은 가혹하다.

매니저는 현장 감독에 불과하다. 사장 이하 경영 방침을 결정하는 이사진까지 거품경제 세대 임원들은 또래를 포함해 전원 남성이다. 중간 관리직까지가 승진의 한계인 여성은 이직률 높은 현장을 관리하느라 허덕인다.

밀레니엄 이후 창업한 IT 기업이라고 해서 다르지 않다.

23층의 전망은 확실히 좋다. 그러나 에리코는 하루 종일 커다란 창에 등을 돌린 채 사무실에서 일어나는 크고 작은 모든 문제에 대처해야 한다. 면담에서 계약직이 한 시간 이상 항의하는 일이 없었다면 스카이트리를 제대로 볼 시간도 없다.

"대졸 신입 채용은 하면서 계약직의 정직원 채용은 예정이 없다는 건가요?"

에리코의 산만함을 알아차렸는지 도모카의 목소리가 한층 험악해졌다.

따지고 들어도 반론할 여지가 없다. 신종 코로나바이러스 확산에 따른 새로운 생활 습관에 부응한 이커머스는 여전히 승승장구 중이다. 어느 팀이나 인력 부족으로 대졸 채용 인원도 늘렸고 물류창고 소속 사원도 본사에 불러 올리는 흐름이기도 하다.

왜 자기만 안 되는지 이해할 수 없는 도모카의 의문은 지극히 정당하다.

"정말 미안하게 생각해요. 늘 위에 이토 씨가 얼마나 우수한지 보고했는데……."

에리코는 자기 또한 피해자임을 깊은 한숨으로 어필했다.

다시 긴 침묵이 회의실에 흐른다.

"매니저님과 더 말해도 달라질 건 없다는 거죠?"

갑자기 도모카의 눈빛에 분노 대신 체념의 빛이 떠올랐다.

“나는 가능하면 이토 씨가 계약을 갱신해줬으면 좋겠는데. 앞으로 2년 더 근무하면 무기 고용으로 전환할 수 있고.”

“고용 기간 전환만으로는 노동 조건이 개선되지 않죠.”

대놓고 도모카가 비웃는다.

“물론 연봉 교섭은 최대한으로 할 수 있게 할게. 이토 씨가 최선을 다한 건 잘 알고.”

최대한 이해한다는 제스처를 취했으나 반응은 돌아오지 않았다. 앞으로도 비정규직인 채로 일하자고 하다니 아무래도 너무 뻔뻔하다.

그렇지만 너무 나쁘게 생각하지 말아줘. 이것은 회사 결정이고 나는 주어진 역할을 수행하는 것뿐이니까.

에리코는 시선을 떨구고 무거운 침묵을 지키는 도모카의 모습을 가만히 지켜본다.

잘 손질된 긴 머리. 마스크를 쓰고 있음에도 알 수 있는 매끄러운 피부. 내리깐 눈꺼풀을 둘러싼 길고 까만 속눈썹. 뷰티팀에서 주로 화장품 마케팅을 담당하는 도모카는 감각이 뛰어나고 아름답다.

삼십 대는 여성으로서도 업무에서도 한창일 때다. 그러나 아이를 낳을 생각이라면 슬슬 본격적으로 준비해야 할 나이다.

시대가 바뀌었다고 해도 서른다섯이면 고령 출산임에는 변화가 없다. 경력과 아이 둘 다 손에 넣는 일은 어렵다.

"계약 갱신은 잠시 생각할 시간을 주세요."

도모카는 툭 내뱉고 요란하게 자리에서 일어섰다.

그리고 에리코의 대답을 들을 생각도 없이 휙 회의실 출구로 향한다.

"요네카와 매니저님은 좋겠어요. 뭐든 손에 넣을 수 있는 세대라서요."

도모카는 그런 말을 내던지고 회의실을 나갔다. 홀로 남은 에리코는 무참한 결말에 잠시 할 말을 잃었다.

면담 자료를 모아 층 전체가 훤히 보이는 자기 자리로 돌아왔을 때는 너무나 피곤했다. 의자에 기대어 눈을 감았다.

매니저의 의자 등받이에는 일반 사원 의자와는 다른 고급스러운 쿠션 소재가 사용되어 몸을 깊이 묻으면 감싸안기는 듯한 기분이 든다.

이렇게 사소한 부분에 차별화를 두는 점도 이 회사의 숨은 색깔일지 모른다. 그런 회사에서 지난 6년 동안, 자신은 최선을 다해 잘 헤쳐왔다고 생각한다.

에리코는 눈을 뜨고 긴 숨을 내쉰다.

장녀에 나이 차가 많은 철부지 남동생을 둔 탓에 어릴 때부터 '누나'로 살아야 했다.

더불어 에리코는 분위기를 기가 막히게 잘 읽을 줄 알았다.

지금 앞에 있는 상대가 무슨 말을 하고 싶은지, 바로 알아낼 수 있었다. 그 능력을 부모님과 선생님에게 제대로 활용해 집에서도 학교에서도 친구들에게도 사랑받고 존중받았다. 반장이나 학생회 임원을 수없이 맡았고 친척들도 '의젓한 누나'라고 칭찬했다.

요컨대 맡은 '역할'을 잘 수행한 것이다.

도모카는 뭐든 손에 넣을 수 있는 세대라고 빈정거렸으나 그 말에 에리코는 마스크 속에서 씁쓸하게 웃었다.

관리자 직급인 데다 두 아이의 어머니인 자신은 비정규직으로 일하는 그녀가 보기에는 혜택을 누리는 듯 보일지 모르지만 세대와는 상관없는 얘기다. 도모카처럼 젊은 세대는 사십 대 중반의 에리코를 거품경제 세대와 똑같이 생각하는 면이 있는데 큰 착각이다.

정말 혜택받은 사람들은 현재 오십 대 중반 이상의 사람들로 에리코는 로스트 제네레이션, 이른바 잃어버린 20년을 겪고 살아남은 세대다. 특히 에리코가 사회에 나온 1999년은 기업의 채용이 바닥을 친 취업 빙하기였다.

그래서 더 어릴 때부터 길러온 기술이 빛을 발했다고도 할 수 있다.

의로운 사람 노아가 만든 방주조차 정해진 '정원'이 있다.

분노한 신의 홍수처럼 언제 멈출지 모르는 불황의 장대비 속에서 에리코는 대졸 공채라는 얼마 안 되는 정원의 관문을 뚫고 방주에 올라탔다.

그 방주가 실은 진흙 배라 중간에 좌초해버린 건 또 다른 얘기지만.

"요네카와 매니저님."

갑자기 부르는 소리가 들려 고개를 든다.

뷰티팀 데라시마 나오야가 책상 앞에 서 있다. 입사 6년 차에 뷰티팀의 중심인물이 된 유능한 젊은 사원이다. 용모도 빼어난 편이고 넥타이를 매지 않는 가벼운 차림도 경쾌하게 잘 갖춰 입었다.

"잠시 이야기 좀?"

"물론이지."

도모카와의 면담으로 지칠 대로 지쳐 있었으나 부하직원의 고민 상담은 한 번도 거절한 적 없다. 거절하면 '역할'을 제대로 수행하지 못한 게 되니까.

특히 어릴 때부터 단련한 센서가 나오야는 특별히 주의해야 할 인물이라고 알려주고 있다.

주장이 강하고 실적도 좋으며 존재감도 크다. 학교라면 한 반에 한 명쯤은 있는 대장 캐릭터로 반의 색깔까지 결정하는 분위기 메이커이다. 반장 때부터 이런 사람을 적으로 돌리면 성가신 일이 벌어진다는 사실을 잘 알고 있다.

에리코는 회의 부스에서 나오야와 테이블을 사이에 두고 마주 앉았다.

"라이프스타일팀의 야하기가 진행하는 팝업 업무 말인데요. 요네카와 매니저님이 승인하셨다는데 사실인가요?"

"아, 그거?"

라이프스타일팀의 야하기 기리토는 올봄 물류창고에서 온 사원이다. 나오야와는 분명 동기일 것이다.

요령이 좋은 나오야와는 반대로 성실하기만 한 타입이다. 매일 아침 출근 시간 30분 전에 출근하는 바람에 에리코도 출근 시간을 앞당길 수밖에 없었다.

"처음 입점하는 업체에만 해당하는 거니까."

나오야는 인플루언서들을 이용한 라이브 같은 화려한 방법을 택하는데 기리토가 제안해온 수수한 방법도 좋지 않을까 생각했다. 실제로 기리토가 담당하는 업체는 조금씩 재방문율이 오르고 있다.

"그렇지만 담당 상품을 일일이 써보고 직접 추천평을 쓰는 방식은 효율이 너무 떨어져요. 팀 성장에도 큰 도움이 되지 않고요."

나오야는 정론을 펼친다는 태도로 당당하다.

"그런 방식이 기준이 되면 아무리 시간이 많아도 부족해요. 애당초 마케팅 업무는 무상으로 팝업을 쓰는 게 아니라 홍보비를 받는 거죠."

"그렇지."

에리코도 기리토가 이따금 일을 집에 가져간다는 사실을 어렴풋이 알아차리고 있다.

"야하기 씨 담당은 재방문율이 오르고 있어. 궤도에 오르면 유상 광고로 바뀔 거야. 야하기 씨도 그걸 목표로 하고 있고."

"아니, 그런 복잡한 업무를 혼자 하고 있으면 주위에 부당한 압력이 발생한다고요."

나오야는 라이프스타일팀 신입이 추천평을 써달라는 업체들의 요구에 정신적으로 시달리고 있다며 유창하게 설명하기 시작했다. 팀을 넘어 수없이 고민 상담을 받았다고.

라이프스타일팀 신입이라……. 매일 아침 지각 직전에 나타나는 잠에서 막 깬 듯한 신입의 얼굴을 떠올렸다.

대졸 채용이라는 이유만으로 그런 한심한 인간은 정규직이고 이토 도모카 같은 우수한 직원이 비정규직인 채로 계약 갱신을 강요받는다니 이상하기도 하지. 언제나 인사의 부조리함에는 고개를 갸웃거리고 만다.

"팀이 달라도 팀원의 정신적인 문제는 아무래도 신경이 쓰입니다."

무적의 대사가 나오자 에리카는 깜짝 놀랐다.

"알겠어요."

정신을 차려보니 거의 반사적으로 그렇게 대답하고 있었다.

"나도 야하기 씨가 과로하는 경향이 있다는 건 걱정하고 있었으니까, 상황을 봐서 방향 수정을 얘기해보죠."

확실하게 얘기하니 나오야는 체증이 내려간 듯 활짝 웃었다.

"역시. 에리코 씨네요!"

그 친근한 표현에 순간 가슴에 날카로운 통증이 지나갔다.

—잘 부탁해.

만족하며 회의실을 나서는 나오야의 뒷모습과 또래 이사로부터 받은 메일 내용이 겹치는 듯해 내심 불쾌했다.

자리로 돌아오니 이미 정오가 다 되어 있었다. 컴퓨터 잠금화면을 해제하고 메일을 연다.

'오늘 중으로 확인 바랍니다'라는 제목의 메일을 여니 얼마 전 취재하러 온 웹 매거진에서 교정 파일을 보내왔다. 성장 중인 이커머스 기업의 매니저로서 에리코는 종종 미디어의 취재를 받는다.

**일과 육아를 병행하려면 남편의 협조가 꼭 필요해요**

너무나도 상큼하게 찍힌 정장 차림의 자기 사진 옆에 커다란 제목이 날뛰고 있다.

내가 정말 이런 말을 했나.

두 아이의 어머니세요. 아이는 아직 초등학생인가요. 아이 키우기가 힘드시겠어요. 집안일은 남편분과 분담하시나요…….

노련한 기자의 쏜살같은 질문을 받은 기억은 있는데.

—요네카와 매니저님은 좋겠어요. 뭐든 손에 넣을 수 있는 세대라서요.

도모카가 내뱉었던 말이 귓속에서 울린다.

뷰티팀의 상황을 살피니 도모카를 비롯해 직원들이 조용히 자리를 뜨고 있다. 오늘 그녀들의 점심 식사 자리에서는 자신이 먹잇감이 될지 모른다.

아무리 분위기를 잘 읽어도, 아무리 모든 일을 잘 처리해도, 어디선가 험담을 듣는 일은 피할 수 없다. 게다가 웹 매거진에 이렇게 '충실함을 자랑하는' 기사가 나오면 질투는 더 분출될 것이다.

그렇지만 어쩔 수 없잖아.

다시 다짐하듯 생각한다.

이 사회가 공정하지 않은 건 오늘내일 일이 아니다. 나는 정원제인 방주에서 쫓겨나지 않을 만큼의 '역할'을 필사적으로 수행해왔을 뿐이다.

깊은 한숨을 쉬고 고개를 드니 한쪽 구석에서 묵묵히 컴퓨터를 대면하고 있는 직원 하나가 시야 끝에 걸렸다.

검은 테 안경에 회색 마스크. 아무렇게나 낮게 묶은 포니테일. 고객 데이터를 관리하는 시스템팀의 간바야시 리코다. 화려한 여성 직원이 많은 마케팅부에서 오히려 두드러질 정도로는 수수한 차림이다.

원래 내근인 리코는 외근할 일도 없이 오로지 온종일 데이터를 관리하고 입력한다. 시스템팀은 대졸 신입 사원으로 들어온 리코 외에는 전부 재택근무를 하는 파트타임 근무나 계약 사원이다. 그녀는 매일 거의 아무와도 대화하지 않고 오로지 혼자 컴퓨터를 마주하고 있다.

부럽네.

아주 잠깐 그런 생각이 가슴에 떠올랐다. 에리코는 서둘러 그 생각을 지웠다.

그날 밤, 에리코는 남편 마사히코가 만든 감자조림을 반찬통에 담으면서 생각에 잠겨 있다.

요즘 왜 이렇게 답답하지? 이상하네.

회사에서 일어난 크고 작은 문제를 나름대로 정리하고 있자면, 자기 마음 깊은 곳에 정리되지 않은 파편들이 차곡차곡 쌓이는 느낌이 든다.

일테면 체념해버린 도모카의 눈빛이나, 그럴듯한 논리를 내세워 동기를 끌어내리려고 밀어붙이는 나오야의 박력 같은.

―역시. 에리코 씨네요!

에리코는 낮에 나오야가 던진 말이 떠올라 미간을 찌푸리고 말았다.

그럭저럭 외모가 괜찮은 젊은 남자에게 '에리코 씨'라고 불리는 정도로 마음이 들뜨리라고 생각했다면 오산이다. 그게 친근감의 표시가 아니라 폄하임을 모를 정도로 어리석지 않다.

게다가 '정신적인 문제'라는 말을 새초롬한 얼굴로 내놓다니. 그 말을 꺼내면 무조건 대응해야 한다는 걸 알면서…….

에리코의 가슴이 한층 무거워졌다.

정신, 정신적인 문제.

젊은 사원들은 무슨 필살기처럼 이 단어를 휘두른다.

성희롱, 직장 내 괴롭힘, 왕따, 임신·출산으로 인한 괴롭힘,

대학을 비롯한 교육기관의 갑질, 악성 민원…….

에리코 세대에서는 대충 넘어갔던 문제가 새로운 개념의 등장과 함께 강조되는 것 자체는 나쁘지 않다. 오히려 환영할 만한 일이다.

그러나 낮에 나눈 대화는 상황이 다르다.

라이프스타일팀의 신입 사원은 부당한 압력이라기보다 그저 지금 정책이 귀찮을 뿐이다. 나오야 역시 진심으로 신입 사원의 정신적 문제를 걱정하는 게 아닐 것이다. 보스 기질이 있는 나오야는 자신을 따르지 않는 흐름이 직장에 생기는 게 탐탁지 않은 것이다.

알면서도 지적하지 않았다. 오히려 영합하는 태도를 보이고 말았다. 풍파를 일으키지 않으려고. 아니, 그보다는 자기 평판을 떨어뜨리지 않기 위해서였다.

계약 사원인 마도카에게는 부조리함을 강요하고 직장의 분위기를 좌지우지하는 나오야는 무난하게 대한다. 이게 정말 자신의 '역할'일까.

"엄마. 엄마."

반찬통을 냉장고에 넣고 있는데 둘째 아들 겐토가 부엌으로 들어왔다.

"내일 도시락에 그거 넣으면 안 돼."

재빨리 에리코의 손 쪽을 살피더니 뺨을 부풀린다.

"내일 도시락 담당은 엄마잖아. 감자조림은 아빠가 만든 거니까 엄마가 새로 만들어야지."

초등학교 3학년인 유토와, 형과 한 살 터울인 2학년 겐토는 여름방학이 시작되고 내내 돌봄교실에 다니고 있다. 학교와 마찬가지로 공부를 봐주고 숙제도 계획적으로 하도록 지도해주므로 보호자로서는 고마운 일인데, 돌봄교실은 급식이 없어서 매일 도시락을 준비해야 한다.

저녁 준비는 남편이, 아침 준비는 에리코가 담당하고 도시락은 교대로 싼다는 규칙이 나름 정해져 있다. 그런데 그 도시락에 대한 평가가 왠지 에리코에게만 둘 다 눈에 띄게 짜다. 특히 둘째 겐토는 대놓고 불평을 늘어놓는다.

"다들 도시락은 엄마가 싸주는걸. 아빠가 싼다고 하면 친구도 선생님도 다 놀라."

해맑게 그런 말을 던지면 뭐라고 대답해야 할지 모르겠다. 요즘 가정 대부분이 맞벌이일 텐데 여전히 도시락은 엄마가 싸는 게 일반적이란 말인가.

우리는 사정이 좀 다른데.

쫓아다니며 조잘대는 겐토를 반쯤 건성으로 대하며 옛날 생각을 떠올렸다.

방주라고 믿고 대졸 신입으로 뛰어든 종합 상사는 막상 패를 까보니 무지막지한 블랙 기업이었다. 물론 당시에는 그런 개념 자체가 없었으므로 아무리 많이 공짜 야근을 시켜도 그런가 보다 하고 견딜 수밖에 없었다.

남편 마사히코는 같은 부서의 후배였다. 든든한 구석은 없었으나 늘 과로 상태인 에리코를 걱정해주는 다정한 부분이 있어서 함께 있으면 위로를 받았다. 얼마 후 결혼해 첫 아이를 갖게 되자 에리코는 퇴사했다. 지금처럼 출산이나 육아휴직 제도가 갖춰져 있지 않았고 무엇보다 아이를 키우며 회사에 다닐 만한 환경이 아니었다.

다음 해에는 둘째가 태어나 연년생 아들 육아로 고생했다. 특히 둘째 아들 겐토 때는 난산이어서 결국 제왕절개 수술을 받았던 터라 한동안은 복부 통증에 제대로 집안일을 할 수 없었다.

"역시 노산이라 그냥은 낳을 수 없었겠지." 당시 도와주러 왔던 시어머니가 내뱉은 말은 아직도 가슴 속 응어리로 남아 있다.

마사히코에게 문제가 생긴 건 첫째 유토가 세 살, 둘째 겐토가 두 살이 되었을 때였다. 안 그래도 기가 약해 선배인 에리코에게 잘 기대던 사람인데 혼자 가계를 책임져야 한다는 부담을 견디지 못한 듯하다.

에리코가 퇴사한 뒤로 업무도 잘 따라가지 못해 점점 초췌해졌다. 보다 못한 에리코는 시어머니와 친정어머니의 도움을 받기로 하고 재취업할 자리를 찾기로 했다. 그렇다고 해도 사이타마에 사는 어머니는 그렇게 자주 와서 봐줄 수 없고 근처에 사는 시어머니와는 아직 풀지 못한 응어리가 있었다.

그런데 구직 사이트를 통해 생각지 못한 제안이 날아들었다.

밀레니엄에 들어와 설립된 신생 이커머스 기업 파라웨이의 사장이 직접 주요 부문의 매니저로 스카우트한 것이다. 거품경제 세대인 사장은 에리코의 상사 시절 경력을 높이 평가했다. 제시한 조건도 그리 나쁘지 않았다.

부부가 합의한 결과 마사히코가 야근이 적고 업무 시간 단축도 가능한 사무 부서로 자리를 옮기기로 했다. 앞으로는 에리코가 주로 가계를 책임지고 마사히코는 집안일과 육아를 담당하기로 둘이 합의해 결정한 것이다.

우연히도 그 전해에 정부에서 정신 건강 지침을 개정한 덕분에 마사히코의 이동 요청은 비교적 수월하게 진행되었다. 업무 시간 단축으로 연봉은 눈에 띄게 줄었으나 한없이 초췌했던 남편은 타고난 온화함을 되찾았다. 태평함과는 종이 한 장 차이지만.

돌이켜보면 그 무렵부터 정신 건강의 시대가 시작된 게 아닐까.

이후 현재까지 가계 소득 대부분을 책임지고 있는 사람은 에리코이다.

그런데 왜 '일과 육아를 병행하려면 남편의 협조가 꼭 필요'하냐는 말인가. 웹 매거진에서 받은 파일에 도드라져 보이던 기사 제목이 뇌리에 떠오른다.

협조? 만약 남편과 아내의 처지가 반대라면, 아내가 육아를 위해 야근이 적은 부서로 이동하는 걸 남편은 '협조'라고 생각할까. 왜 일과 육아를 '병행'해야 하는 사람은 늘 아내 쪽이어야 하나.

에리코의 마음에 또 정리되지 않은 파편이 하나 더 쌓인다.

"엄마, 엄마! 도시락 담당일 때 햄버그스테이크나 미트볼 만들어줘."

겐토가 응석을 부리며 매달린다. 겐토는 다진 고기로 만드는 요리를 제일 좋아한다.

"미니 토마토는 넣지 마. 소시지는 문어 모양으로 해주고."

"아, 알겠습니다."

에리코는 고개를 끄덕이면서도 애들이 아빠에게는 이런 까다로운 주문을 하지 않는다는 사실을 알기에 마음이 복잡해진다.

잘 부탁한다고 말하는 이사. 납득할 수 없다는 표정의 도모

카. 새초롬한 얼굴의 나오야…….

“엄마. 디저트도 넣어줘야 해.”

겐토가 더 보챈다.

이 사람, 저 사람 다 제멋대로 떠들고 있네.

직장이나 가정이나 무슨 짓을 해도 ‘어머니’ 역할에서는 도망칠 수 없을 것 같다. 이 또한 내게 요구되는 ‘역할’인가.

물론 아이들은 사랑스럽다. 틀림없는 사실이지만.

거실에서는 TV를 보는 남편과 유토의 웃음소리가 들려온다.

“유토 엄마, 겐토. 어서 와. 아주 재미있는 거 해.”

네 엄마가 아니라고! 남편의 태평한 부름에 속으로 쓴소리를 내뱉었다.

주말, 에리코는 오랜만에 대학 동창들과 오모테산도 카페에서 점심을 먹었다.

수업 세미나에서 친해진 다섯과는 ‘여자 모임’이라는 이름으로 1년에 몇 번 모이는데 코로나바이러스가 유행하고는 좀처럼 얼굴을 보지 못했다.

현재도 감염자 수는 날마다 늘어나고 있는데 정부는 경제를 정상화하는 쪽으로 방향을 선회해 행동 제한 등의 지침은 내리지 않고 있다. 지금은 어디를 가나 손 소독제가 비치되어 있고 음식점에는 아크릴판 칸막이가 설치된 게 일반적이다. 좋든 싫든 우리는 코로나바이러스라는 새로운 생활양식에 익숙해지고 있었다.

그건 그렇고…….

에리코는 오랜만에 만난 옛친구들의 얼굴을 남몰래 살핀다. 학창 시절에는 나름대로 다 개성적이었는데 마흔도 중반을 넘기니 외모도 말투도 다 비슷비슷하다.

나란히 무난한 중간 길이의 단발 혹은 짧은 단발. 자신도 포함해 염색은 꾸미려는 목적보다 흰머리 감추기용이다.

꺼내는 화제도 압도적으로 남편 또는 아이들 얘기다. 여기에 이따금 시부모에 대한 불만이 얼굴을 내민다. 모두 같은 생각과 고민을 한다는 데 안심하는 한편 '상식'의 세례를 받으며 마모되고만 있는 서로의 모습을 보고 있자면 더욱더 쓸쓸해진다.

타성으로 계속하고 있는 '여자 모임'도 솔직히 말하면 지루하다. 게다가 정말 만나고 싶은 친구는 모임 직전에 못 오겠다고 했다.

"오늘, 유토랑 겐토는?"

화제가 갑자기 에리코에게 와 순간 먹던 파스타에 목이 막힐 뻔했다.

"연하 남편이 보고 있겠지."

"에리코는 좋겠어. 남편이 이해해줘서. 우린 애들 어릴 때 친구들이랑 밥 먹을 생각도 못 했어."

"우리도 외벌이라 힘들어."

에리코가 대답할 틈도 주지 않고 자기들 멋대로 대화가 진행된다. 기혼에 아이가 있는 친구 중에서 아직 저학년 아이가 있는 사람은 비교적 결혼과 출산이 늦은 에리코뿐이다.

"그러고 보니 얼마 전에 웹 매거진 읽었어. '일과 육아를 병행하려면 남편의 협조가 필요하다'라는 거."

"연하 남편 덕분에 에리코는 현역에서 활약 중이지."

놀리는 말투라 살짝 화가 치밀었다.

"우리는 내가 안 벌면 안 되니까."

살짝 반론을 시도했으나 효과는 전혀 없다.

"그래도 부러워. 나는 어린이집을 못 구해 회사도 그만둬야 했으니까."

"아! 맞아. 그랬지!"

"게다가 에리코는 저녁도 남편이 준비한다며?"

"대단해. 최고 아니야?"

"우리는 절대 안 될 거야."

차례차례 감탄의 목소리가 나온다.

마사히코가 매일 저녁을 준비하는 건 그가 일찍 퇴근하기 때문에 집안일을 합리적으로 분담했을 뿐이다.

분명 남편은 집안일과 육아에 협조적이다. 그런데 그게 왜 이토록 미담이 되어야 하나. 어쩌면 남편은 힘든 일로부터 용케 도망쳤을 뿐일지 모르는데.

에리코의 안에 석연치 않은 뭔가가 끓어오른다.

안 그래도 어젯밤 도시락 미트볼이 형보다 하나 적었다며 겐토가 대성통곡해 기분이 좋지 않다. 겐토가 유독 엄마를 따르는 아이인 건 아는데 이따금 막무가내로 응석을 부리는 일은 견디기 힘들다.

"아들은 금방 손에서 떠나니까 원할 때 해줘."

그런데 조금이라도 투덜대려고 하면 이런 타이름이 뒤따라온다.

"겐토, 틀림없이 외로울 거야."

하염없이 딱하다는 말에 지나친 오지랖이라는 생각이 든다.

'여자 모임'이라는 거 이렇게 한심했나?

어쩐지 '일반적인 세상'이나 '상식'이라는 깃발을 상대로 혼자 격투하고 있는 느낌이다.

가장 만나고 싶었던 친구 우에다 히사노가 갑자기 약속을 취소한 기분도 충분히 알겠다.

히사노는 오랜 친구 중 유일한 비혼이다. 아이와 남편 얘기

외에는 할 게 없는 모임이 지긋지긋한 것도 당연하다.

학창 시절, 에리코는 히사노와 함께 발리섬에 배낭여행을 갔었다. 처음 찾아간 해변에서는 싸고 좋은 호텔에서 지냈고, 이어서 히사노가 조사해 찾아간 산악 지대인 우붓 민박에서의 경험은 지금도 잊을 수 없다.

우붓은 발리에서도 옛날부터 예술촌으로 유명한 곳이다. 푸른 논을 품은 정글 곳곳에 수많은 공방과 갤러리가 흩어져 있고 농민들이 만든 소박한 공예품과 그림을 판매한다. 과거 미야자와 겐지가 주장한 '농민이자 예술가'라는 이상을 자연스럽게 체현하고 있는 게 우붓 사람들이라며 미술과 문학에 조예가 깊은 히사노가 설명해주었다.

민박집 직원들이 밤이면 전통 타악기 가믈란을 연주하며 멋진 춤을 추는 모습은 에리코에게는 큰 감명이었다. 야자 대농장으로 정비된 정글의 아름다움에 마음을 빼앗겼다. 정글 속 아틀리에. 플루메리아와 재스민처럼 향기 가득한 꽃들이 흐드러지게 핀 화랑. 기름 램프 불꽃이 일렁이는 민박. 밤이 되면 여기저기서 끝없이 울리는 가믈란의 음색…….

아이가 생긴 지금은 그런 명상적인 여행은 불가능하겠지.

코로나 여파로 편안히 해외도 갈 수 없는 형편이기는 하나 히사노는 지금도 미술관 여기저기를 돌아다니며 사진을 찍어 사진 사이트에 올리고 있다. 히사노가 올린 사진을 보는 게 에리코의 은밀한 즐거움이기도 하다.

다음에는 히사노와 둘이서 밥을 먹어야겠다. 파스타를 비우면서 속으로 결심했다.

"에리코."

마지막까지 마음이 통하지 않은 모임을 끝내고 드디어 역으로 향하는데 뒤에서 이름 부르는 소리가 들렸다. 돌아보니 친구 중 하나인 오모리 도모코가 이쪽을 보고 있다.

"아까 하던 말인데."

새삼스럽게 도모코가 말을 잇는다.

"아들은 정말 모르겠어."

또 육아에 관한 괜한 참견인가 싶어 속으로 진저리를 치는데 도모코의 표정이 썩 좋지 않다. 가만히 생각해보니 도모코는 조금 전 점심 자리에서도 거의 말이 없었다.

"우리 아들, 고등학교에 들어가자마자 무슨 외계인이라도 된 것 같아."

"외계인?"

"응. 무슨 생각을 하는지 도통 모르겠어."

함께 역으로 가면서 이야기를 들었다. 도모코의 고등학생 아들이 온라인 수업을 핑계로 방에 틀어박혀 게임만 하고 있다는 것이다.

"어릴 때는 그렇게 엄마를 졸졸 따라다니던 애가 지금은 대화도 몇 마디 못 해. 물론 나도 온종일 엄마, 엄마 하며 따라다닐 때는 답답하고 성가셨는데."

살짝 찔리는 이야기였다.

"중학교에 올라가니 얌전해져서 이제 좀 컸다고 생각했는데 갑자기 외계인 같아지다니."

"요즘 고등학생들 대체로 그런 분위기 아닌가?"

"그렇다면 다행인데. 요즘 코로나로 온라인 수업만 하잖아. 여전히 친한 친구 하나 없어. 괴롭힘을 당하는 게 아닌지 조금 걱정되기도 하고……."

도모코의 말끝이 가라앉았다. 진심으로 걱정하는 듯하다.

"걱정하지 마. 네 아들이잖아."

에리코는 대화를 자연스럽게 마무리할 적당한 위로의 말을 건넸다.

"자, 나는 저쪽 플랫폼이라."

어쩌면 도모코는 더 이야기를 나누고 싶었을지 모르나 에리코는 얼른 이별을 고했다. 등으로 시선을 느끼며 걸음을 재촉한다.

'상식'에 마모되는 사람들이라도 저마다 사정이 있구나.

그러나 더 이상의 '역할'은 짊어지고 싶지 않다. 미안하지만.

모처럼 휴일인데 조금도 마음을 쉴 수 없었다.

다음 주, 회의를 마치고 돌아오니 엄청난 사태가 에리코를 기다리고 있었다.

사무실에 발을 들여놓자마자 성난 목소리가 들려왔다.

허둥지둥 소동이 일어난 현장으로 가니 사무실 한가운데서 데라시마 나오야와 야하기 기리토가 당장 드잡이라도 벌일 기세로 말다툼을 벌이고 있다.

"잠깐만! 두 사람 지금 뭐 하는 거예요!"

에리코는 인간 담을 이룬 뷰티와 라이프스타일 팀 직원들을 헤치고 둘 사이에 끼어들었다.

"여기는 회사예요. 하고 싶은 말이 있으면 제가 듣죠."

벌겋게 달아오른 얼굴로 언쟁하던 둘을 각방에 분리하고 비교적 차분한 기리토에게 먼저 사정을 듣기로 했다.

"도대체 무슨 일이야?"

에리코는 테이블을 끼고 마주 앉아 미간을 찌푸렸다.

기리토는 평소에는 얌전한 인상인데 이렇게 보니 의외로 키가 커서 나오야와 엉켜 있는 모습은 솔직히 조금 무서웠다. 처음부터 둘의 호흡이 안 맞는다는 사실은 알고 있었으나 설마 이런 소동이 일어날 줄은.

"평소 야하기 씨 같지 않은 행동이네. 제대로 설명하세요."

에리코가 한숨을 쉬고 팔짱을 꼈다.

그런데 자세한 이야기를 듣고 보니 사태는 의외의 지점에서 시작되었다.

이날, 나오야가 유명 인플루언서를 초대해 상품 소개 영상을 촬영한다는 사실은 에리코도 보고받은 바 있다. 이 인플루언서가 촬영 중 애드리브로 사무실 직원들에게 차례차례 말을 걸었다고 한다. 그는 '한물간 노는 오빠 스타일' 캐릭터를 내세우는 남성 인플루언서로, 여성을 꼬드기는 말투로 여성 직원들에게 립스틱이나 마스카라를 써보게 하고 "예쁘다!"라며 호들갑을 떨어 웃음을 끌어냈다고 한다. 뷰티팀 직원들은 이미 익숙한 상황이라 촬영은 물 흐르듯 진행되었다.

그런데 인플루언서의 눈길이 사무실 구석에서 컴퓨터 모니터를 바라보고 있는 직원에게 향했다. 바로 시스템팀의 간바야시 리코였다.

"간바야시 씨는 처음부터 싫어했어요."

기리토가 무겁게 말을 이었다.

싫어하는 리코에게 "저기, 이봐! 여기 좀 봐"라며 인플루언서는 더 들이댔다. 리코의 얼굴이 창백해진 걸 발견하고 이대론

안 되겠다고 생각해 기리토가 자리에서 일어나려 할 때 찢어지는 듯한 비명이 사무실에 울려 퍼졌다.

인플루언서에게 팔을 잡힌 순간 리코가 공황 발작을 일으킨 것이다. 인플루언서도 바로 이상을 느꼈고 촬영은 중지되었다.

"데라시마가 간바야시 씨의 태도는 정상이 아니라고 해서……."

"그래서, 간바야시 씨는?"

에리코 미간의 주름이 깊어졌다.

"뷰티팀의 이토 씨가 제휴 병원에 데려갔습니다."

빌딩 전체의 의료를 담당하는 제휴 병원에 이토 도모카가 동행했다는 얘기를 듣고 조금 안도했다. 그러나 평소에는 냉정한 리코가 갑자기 공황 발작을 일으키다니…….

도대체 무슨 일이 벌어진 것인지 잠시 생각에 잠겨 있는데 갑자기 방 밖이 소란해졌다.

"잠깐만요. 데라시마 씨……."

도모카의 목소리를 뿌리치고 갑자기 방문이 열렸다.

"요네카와 매니저님!"

흥분한 얼굴로 나오야가 방에 뛰어들었다.

"간바야시 씨에게 정신질환이 있다는 거 아셨어요?"

한바탕 따지고 들 기세다.

"아니, 그런 게 아니라니까요!"

"본인이 그렇게 말했다며?"

놀라 할 말을 잃은 에리코와 기리토 앞에서 나오야와 도모카가 언쟁을 시작했다.

"간바야시 씨는 이번이 첫 공황 발작이 아니라고 말했을 뿐이에요."

"그게 바로 원래 정신질환이 있다는 말 아냐?"

에리코는 의자에서 일어났다.

"됐으니까 두 사람 다 진정해요. 지금 몇 번째 얘기하는 거죠? 여기는 회사예요. 하고 싶은 말이 있으면 이성적으로 하세요."

자신의 '역할'을 떠올린 에리코는 젊은 사원에게 한마디 해주고 싶어졌다. 일단 나오야와 도모카를 각자 자리에 앉혔다.

도모카에게 리코의 상태를 물었더니 지금은 완전히 안정을 찾았다고 한다.

"자세한 상황은 잘 모르겠는데……."

우물쭈물하며 이어진 도모카의 설명에 따르면 리코는 예전 경험으로 인해 남성에게 일종의 공포증이 있다고 한다.

"억지로 접촉하는 일만 없으면 특별히 문제가 되지는 않고 직무에도 지장이 없다고 말했어요……."

"그건 아무 문제 없는 게 아니잖아?"

도모카의 말을 지우듯 나오야가 몸을 내밀었다.

"요네카와 매니저님은 이 일을 알고 계셨어요?"

다시 따지고 들자 에리코는 애매하게 고개를 저었다.

"너무하네. 이거는 회사를 속인 거나 마찬가지잖아. 아주 살짝 닿은 것만으로 그런 반응을 보이다니 아무리 생각해도 정상이 아니지."

"아주 살짝 닿은 건 아니잖아?"

그때까지 침묵하던 기리토가 억눌린 목소리로 말했다.

"그 인플루언서는 간바야시 씨가 싫다는데도 억지로 팔을 잡았어. 지나친 사람은 그쪽이지."

"뭐?"

갑자기 나오야의 얼굴이 관자놀이까지 붉어졌다.

"무슨 말도 안 되는 소리야? 무엇보다 우리는 간바야시 씨의 사정을 전혀 몰랐다고. 만약 라이브 중이었다면 어땠을 것 같아? 회사에도 클라이언트에도 엄청난 손해를 끼쳤을걸. 정신 질환이 있으면 당연히 회사에 보고해야지. 그걸 숨기다니 함께 일하는 우리까지 속인 거나 마찬가지잖아?"

갑자기 나오야가 이쪽으로 몸을 돌린다.

"요네카와 매니저님, 제 말이 틀려요?"

기선을 제압하겠다는 태도다.

"정신질환은 말하지 않으면 몰라요. 주위에서 그런 것까지 일일이 배려하며 일할 수 없다고요."

에리코는 자칫 수긍할 뻔했으나 그 말에 간신히 브레이크를 잡았다.

—팀이 달라도 팀원의 정신적인 문제는 아무래도 신경이 쓰입니다.

얼마 전 자신에게 던졌던 필살 문구와 전혀 반대되는 이야기였다. 나오야는 '정신적 문제'를 자기 편의상 마음대로 이용하고 있을 뿐이다.

만약 여기서 고개를 끄덕이면 내 '역할'은 정말로…….

"간바야시 씨는 이제까지 성실하게 잘 일해오지 않았나? 게다가 여성이 원치 않는데 함부로 접촉하는 행위는 사정이 어떻든 용인할 수 없어요."

정신을 차리고 보니 에리코는 큰 목소리로 나오야에게 반론하고 있었다. 순간 나오야의 표정이 일그러진다.

이윽고 나오야는 정색하고 뻣뻣한 태도로 말했다.

"그렇다면 이번 일을 포함해 앞으로 간바야시 씨에게 무슨 일이 생기면 요네카와 매니저님이 책임지시는 겁니까?"

그 도전적인 눈빛에서 "역시. 에리코 씨네요!"라며 분위기를 맞추던 태도 뒤에 숨은 본심을 고스란히 느낄 수 있었다.

역시 이 남자는 여성 매니저를 조금도 존중하지 않는구나.

"이번 일로 인한 재촬영 경비는 매니저님이 처리해주시죠. 그러면 전 상관하지 않겠습니다."

나오야는 날카로운 한 방을 날리고 방을 나갔다.

남은 에리코와 다른 일행 사이에 무거운 침묵이 흘렀다.

그날 밤, 에리코는 피로에 절어 귀갓길에 올랐다.

일이 일단락되자마자 병원으로 가 이제는 괜찮다고 주장하는 리코를 조퇴시켰는데 본인은 받아들이지 못하는 듯했다. 리코 말로는 평소 정기적으로 치료를 받아 오늘처럼 특별한 일만 없으면 업무에도 일상생활에도 지장은 없다고 한다.

그 말을 어떻게 받아들여야 할지 지금도 잘 모르겠다.

의사 진단서를 회사에 제출할 필요가 있을까, 아니면 본인의 주장을 존중해야 할까. 정신 건강 문제는 까다롭다. 언제쯤 위에다 보고할지를 포함해 판단이 서지 않았다.

동시에 리코가 앞으로 문제를 일으키면 책임질 거냐고 따지고 들던 나오야의 험악한 눈빛이 떠올라 성가신 녀석을 적으로 돌렸음을 깨달았다.

어쨌든 나오야는 화려한 전략으로 큰 매출을 올리고 있어서 사장이나 이사도 주목하고 있다. 앞으로 나오야는 자신을 추락시키려고 진심을 다할지 모른다.

그렇다면 이 방주에서 쫓겨나는 사람은 아마 자신일 것이다.

유토와 겐토에게 앞으로도 돈이 많이 들어갈 텐데.

가계의 무게가 에리코의 가녀린 어깨에 묵직하게 실린다. 자신은 아직 '역할'을 내던질 수 없다.

"나 왔어."

드디어 집에 도착해 현관문을 연 순간 어쩐지 나쁜 예감이 들었다.

"엄마!"

예상대로 부루퉁한 겐토가 달려 나왔다.

"엄마. 왜 오늘 도시락에 햄버그스테이크 안 싸줬어?"

또 시작이야? 정말 적당히 좀 해.

"약속했잖아. 엄마 차례일 때 꼭 햄버그스테이크나 미트볼 싸주기로."

"겐토. 그만해. 오늘은 엄마가 정말 피곤해."

"나도 힘들어. 여름방학인데 매일 돌봄교실에 가야 하고."

평소라면 웃어버릴 말도 지금은 그냥 피곤할 뿐이다.

"알았으니까 이제 얼른 자. 저녁 먹었지?"

"햄버그스테이크 먹기 전엔 안 잘 거야."

"형은 그런 응석 안 부리는데."

비교해서는 안 된다는 걸 알면서도 비교적 말을 잘 듣는 유토를 끌어들이고 말았다. 그 순간 겐토의 얼굴이 새빨개졌다.

"엄마도 게으름 피우잖아. 맨날 아빠가 저녁 준비하는 건 엄마가 게으름 피워서라고 할머니가 그랬어!"

"겐토!"

저도 모르게 화가 치밀어 반사적으로 손이 나갔다. 얻어맞은 겐토가 불에 덴 듯 울음을 터뜨렸다.

"역시 맞았어. 엄마는 나를 낳을 때도 게으름 피웠지? 형은 건강하게 낳고 나만 수술로 편하게 낳았잖아. 할머니랑 아빠랑 하는 말 다 들었어. 맨날 나한테만 게으름 피우고!"

에리코는 자신의 뺨이 굳는 게 느껴졌다.

"뭐라고?"

소동을 알아차리고 나온 마사히코를 힘껏 밀치고 집 안으로 들어갔다.

게으름을 피워? 편하게?

제왕절개로 출산한 일을 남편과 시어머니가 아이들 앞에서 그런 식으로 말할 줄은 몰랐다. 얼마나 무신경한 사람들인가. 얼마나 무지한가.

"유토 엄마, 밥은?"

"들어오지 마!"

따라오는 남편 앞에서 침실 문을 닫고 소리쳤다.

"내가 언제, 뭘 대충했다는 거야? 아이 앞에서 자기들이 무슨 말을 했는지 돌아보라고!"

가계를 다 나한테 맡겨놓고 용케 그런 소리를 떠들고 있구나.

방 앞에서 겐토의 울음소리와 유토의 계속되는 "엄마 왜 그래?"라는 목소리가 들려왔으나 에리코는 문을 단단히 잠그고 침대에 들어가 몸을 웅크리고 귀를 꽉 막았다.

다음 날, 에리코는 거의 출근 시간까지 잠들어 있었다.

이러다가는 정말 위험하겠다 싶을 시간에 간신히 침대를 빠져나와 세면실에서 세수하고 출근 준비를 마친다. 그동안 아무와도 말을 나누지 않았다.

침실에서 쫓겨나 소파에서 잤을 마사히코가 여러 번 다가와 상황을 살폈으나 철저하게 무시했다. 두 아이는 거실에서 아빠가 만든 아침 식사를 조용히 먹고 있다.

겐토가 떼를 썼으나 에리코는 눈을 마주쳐주지 않았다.

"저기, 유토 엄마."

현관을 나오려는데 마사히코가 쫓아왔으나 바로 코 앞에서 힘껏 문을 닫아버렸다.

도대체 '엄마'가 뭐냔 말인가. 장난하나? 에리코는 분개하며 역으로 향했다.

평소보다 늦은 시간의 지하철은 혼잡했다. 열차를 탔는데 창밖은 여전히 어둠에 잠겨 있다. 마스크로 얼굴을 덮은 사람들은 전원 다 스마트폰을 만지작거리고 있다.

에리코는 손잡이에 매달려 차창에 비치는 험상궂은 자기 얼굴을 바라봤다.

환승역에 도착하니 와르르 사람들이 내린다. 사람들 뒤를 따라야 하는데 왠지 그럴 마음이 생기지 않아 바로 앞 빈자리에 앉았다. 일단 자리에 앉으니 팽팽했던 신경이 단숨에 풀어져 다시 일어날 수 없을 것만 같았다.

환승역이 점점 멀어져가는 모습을 좌석에 기댄 채 멀거니 바라봤다.

이 지하철, 어디까지 가더라…….

확인할 기운도 없어서 그냥 눈을 감는다.

잠시 꾸벅꾸벅 졸다가 정신을 차려보니 종점이었다. 혼잡했던 차 안은 텅 비어 승객은 드문드문 앉아 있을 뿐이다.

신키바. 종착역이며 게이오선과 린카이선이 만나는 환승역이다. 지하철을 내린 사람 대부분은 환승 통로로 향한다. 에리코는 지하철 개찰구를 빠져나가 그대로 역 밖으로 나왔다.

정처 없이 어슬렁어슬렁 걷고 있는데 바로 앞에 불쑥 스카이트리가 솟아 있는 게 보였다. 늘 빌딩 너머로 보이는 타워가 여기서는 덜렁 홀로 우뚝 서 있는 듯 보인다.

이끌리듯 가보니 점점 주위에 녹음이 짙어졌다.

산책로. 주차장. 잔디광장.

어느새 도착한 광대한 부지 입구에 선 간판을 발견하고 에리코는 퍼뜩 깨닫는다.

그렇구나. 여기는 도쿄의 쓰레기 매립장을 정비해 만든 유메노시마 공원이구나. 물론 이름은 알고 있었으나 늘 출퇴근에 이용하는 선로 끝에 유메노시마 공원이 있을 줄은 지금까지 전혀 생각하지 못했다.

쓰레기로 만들어진 '꿈의 섬(유메노시마)'이라니.

어쩐지 아이러니한 느낌도 드는데 육상 경기장을 갖춘 드넓은 공원의 나무들은 한여름 햇살이 내리쬐는 가운데 왕성한 녹음을 거느리고 있다. 여름방학 동아리 활동 중인 학생들일까. 트럭이 몇몇 작은 그림자를 드리우며 달리고 있다.

공원 안으로 들어갈수록 점점 불가사의한 감각에 사로잡혔다.

소철, 유칼립투스, 카나리아야자, 홍두화……. 열대나 아열대 식물이 점점 늘어난다. 마치 남국의 정원을 걷는 듯하다.

에리코의 뇌리에 우붓의 정글 모습이 떠올랐다.

짙은 녹음에서 매미 소리가 쏟아진다.

이윽고 눈앞에 커다란 유리 돔이 보였다. 열대 식물관이다. 유메노시마에는 쓰레기 처리 시설의 폐열을 이용한 대온실이 있다고 들은 바 있다. 이 연달아 보이는 세 개의 커다란 돔은 그 온실일 것이다.

열대 식물관은 이제 막 개관하는 듯 보였다.

들어가볼까 하다가 그대로 돔 앞을 통과했다. 조금만 더 정원을 걸어보고 싶었다.

토트백에서 스마트폰을 꺼내 시간을 확인한다. 완전히 출근 시간이 지났다. 걸으면서 마케팅부 전화번호를 터치했다.

"네. 파라웨이입니다."

귓가에 울리는 목소리에 순간 숨을 멈춘다. 벨 소리 한 번 만에 전화를 받은 사람은 간바야시 리코였다.

무슨 말이든 해야 하는데.

이제 괜찮아? 기분은 어때? 일에 지장은 없어?

몇 가지 질문이 목구멍까지 나왔으나 다 무의미하게 느껴졌다. 리코는 평소처럼 출근해 전화도 받고 있다. 그 외에 도대체 무슨 설명이 필요하단 말인가.

"여보세요. 요네카와입니다."

"안녕하세요."

용건이 생겨서 조금 늦어요. 그렇게만 전할 생각이었다.

그러나…….

"오늘은, 저 안 나가요."

정신을 차렸을 때는 그렇게 말하고 있었다.

"알겠습니다. 잘 보내세요."

리코가 별일 아니라는 듯 대답한다. 매미 소리가 들렸는지 에리코가 야외에 있음을 알아차린 듯하다. 저도 모르게 킥킥 웃고 말았을 때는 이미 전화가 끊겨 있었다.

덕분에 마음이 훨씬 편해졌다.

에리코는 스마트폰을 백에 넣고 나무 너머로 힐끔힐끔 보이는 도쿄만의 마리나 항구를 바라보며 숲속으로 들어간다. 잔열의 영향으로 겨울 추위가 약한지 무성한 나무들의 키가 크다. 정말 작은 정글에 들어온 듯하다.

문득 산책로 너머에 불가사의한 건물이 나타났다. 키가 큰 뾰족한 지붕 안에 거대한 무언가가 쏙 들어가 있는 것처럼 보인다. 뭐지?

흥미가 생겨 건물에 다가갔다. 입관은 자유로운 듯해서 유리문을 통과한다. 그 찰나, 시야에 뛰어든 광경에 에리코는 깜짝 놀라 눈을 부릅떴다.

배다. 커다란 목조선이 건물을 꽉 채우고 있다.

방주.

순간 진심으로 그렇게 생각했다.

그러나 배의 한가운데에 적힌 글자가 에리코의 눈에 꽂혔다.

제5후쿠류마루…… 배 이름을 기억하고 있다.

분명 미국의 수소폭탄 실험으로 피해를 당한 배 아니었나? 에리코가 태어나기 20년도 더 전 사건인데 이 선박과 선원이 피폭해 수소폭탄 실험의 환경 오염 문제가 크게 불거졌고 특수촬영 영화 〈고질라〉의 탄생과도 연결되었다는 이야기를 어떤 책에서 읽은 적 있다.

그런데 왜, 그 유명한 배가 유메노시마의 숲속에…….

거대한 선체를 올려다보면서 통로를 돌아보는데 '제5후쿠류마루 전시관'이라는 작은 팸플릿이 놓여 있다. 에리코는 손에 들고 읽기 시작한다.

1954년 3월, 남태평양으로 조업을 나간 제5후쿠류마루는 우연히 미국이 마셜제도의 비키니 산호섬에서 시행한 수소폭탄 실험에 휘말려 방사능 투하물인 '죽음의 재'를 뒤집어쓴다. '죽음의 재'를 뒤집어쓴 선원들은 원폭 후유증에 시달렸고 그 중 한 명은 반년 뒤에 사망했다.

전시관에는 그때 내린 '죽음의 재'와 실제로 배 안에 걸려 있던 일력, 풍어기 등도 전시되어 있다. 전시 순서를 따라 나아가니 피폭된 제5후쿠류마루의 기이한 운명이 전시 패널에 기록되어 있다.

제5후쿠류마루 피폭 사건은 인류에 대한 유언장이라고도 불리는 '러셀-아인슈타인 선언'의 계기가 되었다. 핵무기의 철폐와 과학 기술의 평화 이용을 주장한 이 선언에는 일본인 최초로 노벨상을 받은 물리학자 유카와 히데키도 이름을 올렸다.

원자, 수소폭탄 실험 반대 운동을 추진하는 데 큰 역할을 했음에도 당시는 안전성 문제로 하루라도 빨리 배를 처분하라는 요구가 높았다고 한다. 그러나 과학적 견지에서 보존이 정해졌고 이후 안정성이 확보되자 제5후쿠류마루는 도쿄수산대학의 연습선 '하야부사마루'로 다시 태어난다. 그리고 학생들과 함께 약 10년간 항해를 계속하다가 1967년에 노후화로 폐선 처리되어 유메노시마에 버려졌다.

그 후 쓰레기 속에 방치된 거대한 목조 선박이 제5후쿠류마루임을 알게 된 사람들 사이에서 배를 보존하자는 이야기가 나와, 방치 장소 바로 근처에 전시관이 세워졌다.

1967년에 완성한 전시관의 이름은 '도립 제5후쿠류마루 전시관'으로, 류 자의 한자 용(龍) 표기를 약자(竜)로 바꿔 썼다.

1967년. 그해는 마침 에리코가 태어난 해이다.

건물을 가득 채우고 있는 목조선을 가만히 올려다봤다.

파란만장한 항해를 끝내고 이 배는 여기에 도착했을 것이다.

2층으로 이어지는 계단을 올라 점점 가까이에서 선체를 바라본다. 그때 아래층에서 갑자기 환호성이 울렸다. 아이들과 함께 온 어른들이 전시관에 들어온다.

"굉장해!"

"엄청 크다!"

거대한 배에 아이들이 연이어 감탄의 목소리를 냈다.

현재 제5후쿠류마루는 반전 반핵의 상징으로 수많은 사람을 맞이하는 새로운 역할을 담당하고 있다.

이런 장소가 있다니, 지금까지 까맣게 모르고 있었다.

농땡이를 부리지 않았다면 에리코는 이곳에 도달하지 못했을 것이다.

우여곡절 많은 항로를 견뎌낸 선체에 새겨진 배의 이름을 새삼 다시 읽으면서 에리코는 뱃머리에서 뱃고물까지의 통로를 천천히 걸었다.

8월도 막바지로 접어들어 일몰이 상당히 빨라졌다. 창밖 스카이트리의 전망대 부분이 빛의 고리를 밝히기 시작했다.

에리코는 회의를 끝내고 자기 데스크로 돌아오기 전 탕비실로 향했다. 오늘은 늦어질 듯해 음료수를 준비하고 싶었다.

지난달, 뷰티팀의 이토 도모카로부터 계약을 갱신하지 않겠다는 뜻을 전달받았다. 각오는 하고 있었으나 역시 충격이었다. 다음 달부터 그녀 대신 새로운 계약 사원이 온다.

결국 나는 아무것도 하지 못했구나…….

직원들의 높은 이직률을, 회사의 경영 방침을 결정하는 임원들은 아무렇지 않게 생각한다. 파라다이스 게이트웨이라는 브랜드만 있으면 사람은 얼마든지 모을 수 있다고 생각한다.

사실 맞는 말일지도 모른다.

그러나 에리코는 그 방침을 따르는 게 자신의 '역할'이라고 더 이상 생각하지 않는 자신을 깨달았다.

탕비실에 들어오니 향긋한 냄새가 주위에 피어올랐다. 시스템팀의 간바야시 리코가 머그잔에 뜨거운 물을 따르고 있다.

"뭐야? 향이 아주 좋네!"

초콜릿 같은 깊은 향이다.

"이거, 야하기 씨 담당 업체에서 취급하는 상품이에요."

돌아보니 리코가 설명해준다. 야하기 기리토가 담당하는 점포의 주력 상품인 공정 무역 카카오를 이용한 오리지널 코코아였다.

"시식해보라고 해서 마셔봤는데 정말 맛있더라고요. 그 후로 완전히 빠져서 직접 샀어요. 괜찮으시면 요네카와 매니저님도 드셔보실래요?"

코코아라니, 오랫동안 마신 적 없다. 그러나 매혹적인 향기에 저항하지 못하고 에리코는 리코의 제안을 받아들이기로 했다.

에리코의 머그잔에 리코가 코코아 가루를 아깝지도 않은지 잔뜩 넣는다. 그 모습을 보면서 에리코는 지난 주말, 가족과 함께 유메노시마 공원을 찾았던 걸 떠올렸다.

처음으로 회사를 빠진 날에는 결국 들어가지 못했던 열대 식물관에 에리코는 남편과 두 아들을 데리고 들어갔다. 돔은 물가, 마을, 오가사와라 제도까지 셋으로 나뉘어 있고 주제별로 거대한 수생 식물과 화려한 꽃을 피운 열대 식물이 자라고 있었다. 식충 식물을 모은 온실이 있는 2층에서는 기묘한 형태의 네펜데스 군생을 보고 유토도 겐토도 아주 기뻐했다.

중간에 카카오나무가 있었는데 카카오 포트라고 하는 카카오 열매가 가지와 몸통에 여러 개 달려 있었다. 노랑, 오렌지색, 빨강, 보라……. 눈이 아플 정도로 선명한 색을 띠는 럭비공 같은 형태의 카카오 포트는 마치 오브제 같았다.

그 귀여운 카카오 포트에서 채취한 원두를 발효시키고 말린 다음 공장에서 다양한 가공을 거쳐 드디어 초콜릿과 코코아가 만들어지는 것이다.

카카오나무는 열대우림에서만 자란다. 그러나 열대 지방의 카카오 농가에서는 자기들이 생산한 카카오 원두로 만든 초콜릿을 먹어본 사람은 없다. 그런 불공평을 시정하려고 생긴 게 생산자에게서 생산물을 적정 가격에 직접 사들이는 공정 무역이라는 방식이다. 일반 상품보다 조금 더 비싸지만, 생산자의 얼굴을 볼 수 있는 만큼 제품의 질이 보장될 때가 많다.

"드세요."

에리코는 고맙다는 말을 전하고 리코가 타준 코코아를 건네받았다. 입김을 불어 살짝 식히고 한 모금 머금자 톡 쏘면서도 화사한 초콜릿 향기가 콧속을 가득 채운다. 설탕을 넣지 않았다는데 자연스러운 단맛이 충분하다.

"진짜 맛있네!" 저도 모르게 신음 같은 감탄을 내뱉었다.

"그렇죠?" 리코가 만족스럽게 생긋 웃는다. 그 표정에 불안은 조금도 느껴지지 않는다.

탕비실 옆 휴게실에 자리 잡고 앉아 에리코는 리코와 함께 향기로운 코코아를 음미했다. 이로써 저녁 업무에 집중할 수 있겠다.

—에리코. 정말 미안해.

열대 식물관을 떠나 제5후쿠류마루 전시관을 견학하고 있는데 마사히코가 사과했다.

거대한 목조 선박 전시에 유토와 겐토가 잔뜩 흥분하더니 내내 미뤄뒀던 여름방학 자유 과제로 제5후쿠류마루의 역사를 조사하기로 했다.

"나름대로 저녁 식사나 도시락을 열심히 만들려고 하는데 아이들은 역시 엄마 음식을 좋아하더라."

유토와 겐토가 2층에 올라간 사이 마사히코는 복잡한 속내를 드러내며 말을 이었다.

"특히 겐토는 엄마가 아니면 만족하지 못하는 기색이 역력했어. 왠지 심통이 나서 그런 말을 하고 말았어."

마사히코는 크게 반성하고 있다며 고개를 떨궜다.

자기가 한심해서 나를 고생시키고 있다는 사실은 충분히 안다면서.

그 말을 듣는 순간 깜짝 놀랐다.

'역할'에 휘둘리고 있는 사람이 자기만이 아님을 비로소 깨달았다.

저도 모르게 남편의 손을 잡고 고개를 저었다. 남편과 아내라는 일반적인 역할에 얽매이지 말고 앞으로도 서로 잘하는 일을 하면 그만이다. 집안일이든 회사 일이든 편한 건 없다. 그저 둘 중 경제 활동에 적합한 사람이 자신일 뿐이다. 마사히코가 집안일이나 요리를 허투루 하는 건 절대 아니다.

앞으로도 불만은 이따금 터져 나오겠지만 힘을 합쳐 해나가는 수밖에 없다.

유메노시마에서 돌아와 아이들의 자유 과제를 도우며 에리코도 제5후쿠류마루를 여러모로 조사했다.

제5후루큐마루는 원래 2차 세계대전 패전 2년 후인 1947년에 식량난 해결을 위해 가다랑어 조업 선박인 제7고토시로마루로 탄생했다. 그 후 GHQ(연합군 최고 사령부)에 의해 원양어업 제한이 해제되자 참치잡이 어선으로 개조되어 1953년 제5후쿠류마루로 이름을 바꿨다.

그리고 다음 해 1954년에 미국이 극비리에 추진한 수소폭탄 실험에 휘말려 피폭.

이후 제5후쿠류마루가 겪은 일들은 상상 이상으로 가혹했다. 핵실험이 가져온 오염 피해의 증거라는 측면과 학술적 관점에서 국가가 매입을 결정했으나 그 존재는 어디에 구류되어 있든 역병을 몰고 오는 악마처럼 여겨졌다. 안전성이 인정된 후에도 복원을 수주받은 조선소에서는 "작업을 중단하라!", "방사능 반대!"라는 전단이 붙여지는 소동이 이어졌다.

그래도 배는 수없는 처분의 위기를 넘기고 살아남아 2020년 일본 선박 해양 공학회에 의해 '배 유산'으로 인정되었다.

현재 제5후쿠류마루는 일본에 현존하는 유일한 서양형 늑

골 구조의 목조 어선이다. 조선 기술의 역사적 가치 외에도 핵 무기 사용과 핵 오염의 위협을 알리는 상징으로서도 제5후쿠류마루는 새로운 항해에 나섰다고 할 수 있다.

태어나 처음으로 회사를 무단으로 결근한 날, 길 끝에서 만난 숲속의 방주.

누군가에게 주어진, 떠맡겨진 '역할'에 따를 게 아니라 우여곡절을 거쳐 스스로 그린 항로가 진정한 자기 역할과 이어진다는 사실을 이 배가 알려주었다.

"이토 씨, 계약 갱신 안 하죠?"

생각에 잠겨 있던 에리코는 갑자기 울린 리코 목소리에 정신을 차렸다. 리코가 코코아를 다 마시고 안경 속 시선을 가만히 자신에게 맞추고 있다.

"응. 유감스럽게도……."

에리코는 머그잔을 테이블에 놓았다. 잠시 침묵을 지키던 리코는 이윽고 결단한 듯 입을 열었다.

"이토 씨는 대학을 졸업하던 해에 리먼 쇼크가 터져 내정이 취소되었대요."

"어머! 그래?"

"네."

처음 듣는 이야기였다.

그토록 능력이 출중한 도모카가 정원제 방주에 올라타지 못한 이유가 드디어 이해되었다.

"공평하지 않아요."

리코가 머그잔을 씻으면서 중얼거리듯 말했다.

"저 같은 사람은 대졸 신입 채용이 되고 이토 씨처럼 유능한 사람이 정직원이 못 되다니."

리코는 다 씻은 머그잔을 선반에 올려놓고 빠르게 탕비실을 나갔다.

그 뒷모습을 보며 그다지 감정을 드러내지 않는 리코 역시 자신의 역할을 고민하고 있을지도 모른다는 생각이 들었다.

물러서지 마.

저도 모르게 속으로 중얼거렸다.

—정신질환이 있는 사람까지 일일이 배려하며 일할 수 없다고요.

재촬영 비용을 결재했을 때 나오야는 사뭇 도전적으로 그렇게 말했다. 이제는 에리코에 대한 분노를 감추려고도 하지 않았다.

물러서지 마.

다시 한번, 이번에는 자신에게 속삭인다.

어쩌면…….

계약 갱신을 거절한 도모카도, 회사에서 공황 발작을 일으킨 리코도, 그리고 현재의 '역할'을 따르는 데 싫증을 내기 시작한 자신도, 갈림길에 서 있는지 모른다.

문득 에리코의 머릿속에 기묘한 환상이 떠오른다.

전시실의 뾰족한 지붕이 열리고 숲의 방주가 하늘로 떠오른다. 새로운 항해에 나서는 배에 에리코가 올라탄다. 마사히코도, 리코도, 도모카도 타고 있다.

방주의 앞길은 험난할 것이다. 아무도 경험하지 못한 미지의 콘크리트 정글을 항해해야 하니까.

사회도 회사도 공평하지 않다.

그러나 물러서지 말자. 다들, 지지 말자.

노랑, 오렌지색, 빨강, 보라……. 빌딩 사이로 흔들리는 형형색색의 카카오 포트의 배웅을 받으며 배가 천천히 움직이기 시작한다.

어디에 도착할지, 무슨 목적의 항해일지는 아직 모른다. 그러나 이 방주에 정원은 없다. 각자의 마음속에 있는 방주이기 때문이다.

지금 장소에서 조금씩만이라도 나아가는 걸 목표로 우리가 하나씩 올라탄 배가 나아간다.

# 몸, 기술, 마음

앞으로 두 주만 지나면 2학기가 시작되고 만다.

오모리 게이타는 커튼을 꼭 닫아 무더운 방에서 노트북 컴퓨터에 도착한 '학교 알림'을 노려보고 있다.

전국 초중고등학교에 임시 휴교령이 내려진 지 2년 반이 지났다.

신종 코로나바이러스의 감염자 수는 감소 추세이나 현재 도쿄 내에서는 주 평균 2만 명 이상이 감염되고 있다. 그래도 학교는 2학기부터 정상 등교와 수업을 시작한다는 것이다.

올봄 게이타가 입학한 고등학교는 도립 학교 가운데에서 분산 등교와 온라인 수업을 오래 이어온 편인데 일부 학부모가 "학력이 떨어진다", "친구와 교제가 없어 풀이 죽어 있다" 등의 비판을 강하게 제기했다고 한다.

장난해? 게이타는 저도 모르게 입술을 꽉 깨물었다.

친구가 많고 현실에 충실한 녀석이라면 수업이 온라인으로 진행되든 말든 힘이 넘칠 것이다. 이대로 계속 온라인 수업이 이어지길 바랐던 자기 같은 소수파의 존재를 왜 알아주지 않을까.

정상 등교와 수업. 그 생각만 하면 게이타는 우울해 미칠 것 같다.

늘 한없이 즐겁고 밝은 캐릭터의 인간들이 그에게는 다른 별의 존재처럼 느껴진다. 녀석들은 이 세상이 얼마나 부조리하고 무서운 곳인지 모른다. 아니, 자신도 지금까지는 그리 깊이 생각하지 않았다. 우연히 재난을 피해왔으니까. 세상은 언제나 희생자를 필요로 한다는 사실을 지금 게이타는 뼈저리게 느끼고 있다. 왜냐하면 자신이 표적이 되어버렸기 때문이다.

마우스를 쥔 채 그대로 굳어 있는데 갑자기 노트북 디스플레이가 시커멓게 변했다. 시커먼 화면에 얼굴이 비친다.

푸석한 머리, 도수 높은 안경. 창백하고 홀쭉한 얼굴…….

새삼 다시 보니 참으로 유약해 보인다. 그래서 이 꼴이 된 거다. 약한 자를 괴롭히는 행위는 언제 어디서나 끊이지 않고 이어져온 일이다.

사전으로 괴롭힘이라는 단어를 찾아보니 자기보다 약한 처지에 있는 사람을 육체적, 정신적으로 괴롭히는 것이라고 되어 있다. 어릴 때 엔니치*에 사 온 금붕어 세 마리를 어항에 풀어줬던 일이 기억난다. 금붕어들은 처음에는 어항에서 사이좋게 놀았는데 어느 날, 한 마리가 갑자기 약해지기 시작했다. 그러자 남은 두 마리가 약한 한 마리를 쪼아댔다. 서둘러 격리했으나 이미 늦었다.

작은 어항에서 하얀 배를 드러내고 떠 있던 금붕어의 모습이 생생하게 떠오른다.

그 금붕어가 바로 자신이다.

—야!

얼굴이나 보는 정도로 끝난 입학식을 마치고 혼자 교정을 걷고 있는데 누군가가 갑자기 게이타의 뒷머리를 세게 쳤다.

깜짝 놀라 돌아본 순간, 정말 놀랐다.

중학교 선배 오노데라 야스시가 머리를 탈색하고 불량해 보이는 상급생들과 함께 싱글싱글 웃고 있었다.

—여기서도 사이좋게 지내자고. 후배!

야스시가 했던 말이 귓속에서 울려 아무도 없는 방인데도

*　신이나 부처를 공양하고 재를 올리는 일본의 축일.

게이타는 몸을 웅크렸다. 상급생들의 얼굴에는 쪼아댈 동물을 발견한 육식 동물의 모질고 악랄한 희열이 물들어 있었다.

이후 게이타는 야스시 일당에게 표적이 되고 말았다.

가끔 있는 통학길에 그들에게 들키면 끝장이다. 반쯤 재미로 때리고 못살게 군다. 이유도 논리도 통하지 않는, 놀이 삼아 하는 괴롭힘.

중학교 때는 도망칠 친구들이 있었는데 입학식 이후 온라인 수업만 해서 친한 친구도 없는 고등학교에서는 사바나 한가운데 달랑 혼자 서 있는 기분이다.

그런데 왜 내가…….

이유를 찾으려고 하면 가슴 저 깊은 곳이 찌릿찌릿 아프다.

결국은 이게 세상이란 거다. 최종적으로 늘 이 결론에 도달한다. 내가 태어난 세상은 부조리하고 더럽고 비참하다. 생각하면 할수록 기운이 사라져 세상에서 도망치고 싶다.

이럴 때 정말 발키리가 있으면 좋으련만…….

마우스를 클릭해 화면을 다시 불러내 새로운 브라우저를 연다. 온라인 수업에 쓰라고 노트북을 산 게 그나마 다행이다. 판타지 노벨로 시작해 빠진 온라인 롤플레잉 게임에 이따금 로그인한다. 과금을 해야 해서 그다지 레벨은 높지 않았으나 여전사 발키리의 모습을 보기만 해도 게이타의 마음은 뿌듯했다.

발키리란 북유럽 신화에 등장하는 무장한 여성이다. 주신 오딘을 따르며 전장에서 살 사람과 죽을 사람을 선별한다.

게이타가 좋아하는 판타지 노벨에서 발키리는 주인공의 강력한 수호신이다.

불타오를 듯한 빨간 머리카락을 세 갈래로 땋아 하나로 묶고 있고 근육질의 다부진 몸매를 지녔다. 등에 멘 칼을 칼집에서 빼서 한 번 휘두르면 바로 적들은 섬멸된다. 강하고 아름다운 발키리는 흉포한 면도 있는데 주인공에게만은 한없이 충실하다. 바로 그 점이 너무나 매력적이다.

검을 겨눈 발키리의 용맹한 모습에 잠시 답답한 현실을 잊는다.

그때 노크 소리가 나서 게이타는 흠칫 놀랐다.

"게이타. 밥 다 됐는데."

방 밖에서 어머니 도모코의 조심스러운 목소리가 울린다. 여기서 "시끄러워, 꺼져!"라고 해야 히키코모리에게 어울리는 대사겠으나 게이타는 그러지 못한다.

여름방학 내내 아무 데도 안 나가고 방에만 틀어박혀 있는 자기를 지켜보며 어머니는 안 그래도 속을 끓이고 있을 것이다. 어머니뿐만 아니라 아버지까지 신경 쓰고 있는 게 빤히 느껴진다.

그래서 더 사실을 말할 수 없다.

노트북을 끄고 천천히 일어났다. 방문을 열기만 해도 어머니의 얼굴에 확연히 안도의 빛이 퍼진다.

'학교 알림'은 어머니의 스마트폰에도 도착했을 것이다. 특별 신청을 하면 지금처럼 온라인 수업을 계속할 수 있을 것이다.

그러나 그 마음을 어머니에게 전할 방법을 도무지 찾을 수 없었다.

다음 날, 게이타는 오랜만에 근처 서점에 갔다. 최대한 방에 틀어박혀 있고 싶었으나 발키리가 등장하는 판타지 노벨의 신간 발매일이었다. 서점에서만 구할 수 있는 특전 책자가 너무 갖고 싶어서 오후에 집을 나섰다.

무척 기뻐하며 현관까지 배웅하던 어머니의 모습을 떠올리며 깊은 한숨을 내쉬었다. 어머니는 무슨 일이 있어도 외아들인 자신이 '제대로' 살아가길 바라고 있다.

그러나 이런 험한 세상에서 제대로 살 자신이 없다.

오랜만에 밖에 나왔더니 너무나 더워 얼마 안 걸었는데 현기증이 일었다. 어젯밤 늦게까지 인터넷 서핑으로 시간을 보낸 탓일지 모른다.

마음이 불안해지면 이상하게 인터넷에 빠지고 만다. 그럴 때 꼭 보는 게 SNS를 뜨겁게 달군 화젯거리들이다.

SNS에서는 거의 매일이라고 할 수 있을 정도로 다양한 화제가 생긴다. 누가 실언하거나 꼬투리를 잡히면 그 글에 비난 댓글이 수없이 달린다. 때로는 옹호 글도 있는데 그런 글은 압도적으로 소수이고 신랄한 비난과 조롱이 한없이 이어진다.

애당초 게이타는 이른바 '키보드 워리어'도 못 되는 탓에 댓글을 다는 일도 없다. 그저 남몰래, 각종 화젯거리를 둘러볼 뿐이다.

과거 악행이나 잘못이 드러나서 대중의 공격을 받아 지금의 지위와 일을 잃는, 캔슬 컬처(cancel culture)라는 데 관심이 간다.

특히 과거에 저지른 괴롭힘이 드러나 사회적으로 매장당한 사람의 기사를 보면 모든 키워드로 검색해 더 자세한 내용을 알려고 한다. 어디까지가 진실인지 알 수 없고 실수하지 않는 사람이란 없는 법인데 자기 행실은 전혀 돌아보지 않고 규탄하는 사람들의 온갖 욕설과 비난을 묘한 쾌감 속에 몰입해 읽는다.

인간은 추하다. 과거가 폭로된 사람도, 잘못이 드러나자마자 일제히 공격을 퍼붓는 사람들도.

성선설은 절대 믿지 않는다.

다들 어항 속의 금붕어나 마찬가지다. 약한 상대를 쪼아 대며 자신의 울분을 달랜다.

깊은 밤, 화제가 된 사건을 정신없이 쫓다 보면 문득 자기혐오가 찾아오는 순간이 있다. 가장 추한 사람은 남몰래 이런 짓을 하는 내가 아닐까.

어젯밤의 감정이 되살아나 마음이 무거워진다.

이 모양이니까 사냥감이 된 거겠지…….

게이타는 우울한 생각을 털어버리며 간신히 도착한 서점에 들어갔다. 여전한 더위로 땀투성이가 된 몸을 에어컨의 찬바람이 기분 좋게 감싼다.

밝은 진열대에 수많은 책이 놓인 서점을 좋아한다. 인터넷 주문이 편하나 책을 직접 만지며 고르는 게 훨씬 즐겁다.

판타지 노벨 코너로 가려고 별생각 없이 서점 안을 둘러본 순간 다리가 얼어붙었다.

만화 잡지 진열대에 결코 만나고 싶지 않은 야스시 일당이 보였기 때문이다. 검은 마스크를 내려 코를 드러내고 잡지를 둘러보던 야스시가 마침 고개를 들고 있는 참이다.

순간 게이타는 사냥꾼을 피하려는 토끼라도 되는 양 헐레벌떡 도망쳤다.

들키면 끝이다. 발키리를 위해 가져온 용돈을 죄다 빼앗길 것이다.

뒤도 돌아보지 않고 열심히 달렸다. 만에 하나 쫓아올 경우를 고려하면 집으로는 갈 수 없다. 집 위치까지 알면 걷잡을 수 없게 된다. 그러나 일단 어디로든 도망쳐야 한다.

최대한 몸을 숨기고 좁은 골목을 골라 열심히 달렸다.

도망치고, 도망치고, 도망쳐…….

한참은 뒤를 돌아볼 수도 없었다.

정신없이 달리다가 마침내 공원으로 가자는 생각이 들었다. 게이타가 사는 지역에는 묵직한 기와지붕을 얹은 낡은 문이 있는 비교적 큰 공원이 있다. 그곳이라면 아이들부터 노인까지 항상 사람이 많다.

열심히 달려 간신히 공원에 도착했다.

오후 공원에는 마스크를 쓴 채 술래잡기하는 아이들과 개 산책을 시키는 사람들이 있었다. 잔디광장에는 간이 텐트도 몇 개 펼쳐져 있다.

멋진 문을 통과해 벌벌 떨며 뒤를 돌아본다. 아무도 쫓아오는 사람이 없음을 확인하고 마침내 걸음을 멈췄다. 오랜만에 달린 통에 심박수가 너무 올라서 가슴이 아프고 머리도 어질어질하다.

쓰러지듯 근처 벤치에 앉자마자 온몸에서 땀이 분출했다.

도망쳐도 돼.

최근 인터넷을 비롯한 많은 미디어에는 마치 다 이해한다는 듯 이런 말이 넘치고 있다.

힘들면 도망쳐요. 나를 보호하기 위해 도망쳐도 괜찮아요.

그런 말을 태평하게 내뱉는 사람들은 과연 정말 도망칠 수 있을까. 현실 문제에서 도망친다는 건 이렇게나 힘들다.

구역질이 나서 양손으로 얼굴을 가린다.

도망치라고 하는데 도대체 어디로 도망치라는 말인가. 집에도 학교에도 숨을 데가 없는데. 무엇보다 아무 짓도 안 한 내가 왜 이토록 고통스럽게 도망까지 쳐야 한단 말인가. 도망치라고 하기 전에 말도 안 되는 녀석들을 지금 당장 어떻게 좀 해달라고.

궁지에 몰린 쥐는 고양이를 문다. 그러나 현실 세계에서 궁지에 몰린 인간 대다수는 눈앞의 고양이가 아니라 오히려 더 약한, 관계도 없는 존재에 이를 드러낸다. SNS의 화제부터 뉴스에 등장하는 범죄까지 그런 예를 수없이 봤다. 이런 날이 이어지면 자신도 그쪽으로 이끌려갈지도 모른다.

뭐야? 혹시 나도 범죄 예비군이야?

답답하다. 게이타는 벤치에서 깊이 고개를 떨궜다.

얼마나 그러고 있었을까. 갑자기 옆자리에 쿵 누군가가 앉아 깜짝 놀라 고개를 들었다.

장보고 돌아오는 길로 보이는 두 노인이 게이타의 존재를 개의치 않고 요란하게 수다를 떨기 시작했다. 밀려나듯 벤치에서 비틀비틀 일어났다.

애써 용기를 내서 외출했는데…….

다시 서점에 갈 마음은 나지 않았다. 다리를 질질 끌며 걸으면서 별생각 없이 정오 공원의 모습을 살폈다.

잔디광장 너머에는 스포츠 협회가 운영하는 노란색 벽의 구민체육관이 보인다. 공원 한가운데는 연못이 있고 주위 바위 위에 거북이들이 등딱지를 말리고 있다. 나무 틈으로 고가가 보이고 덜컹덜컹 소리를 내며 신칸센이 달리고 있다. 그 나무 앞에 몇 사람이 전통 목관 악기 시노부에로 축제 장단을 연습하고 있다.

이제 곧 근처 신사에서 가을 축제가 시작되겠구나…….

게이타는 멀거니 그런 생각을 했다. 늘 봐온 특별할 게 하나도 없는 도쿄 작은 동네 공원의 한산한 풍경이다.

돌아갈까. 한숨에 가까운 숨을 내쉬며 문으로 가는데 시야 끝을 스친 사람 그림자에 깜짝 놀라 숨을 멈춘다.

잔디광장 중앙 길을 검을 멘 발키리가 걷고 있다.

순간 게이타의 눈에는 정말 그렇게 보였다.

서둘러 다시 보니 검이 아니라 긴 통 모양의 배낭을 짊어지고 있다. 그러나 걷고 있는 건 틀림없이 발키리다.

빨강 머리는 아니지만 세 갈래로 땋아 하나로 묶은 머리, 근육이 붙은 다부진 어깨. 180센티미터가 넘어 보이는 장신의 여성이 당당하게 외길을 걷고 있다.

일상에 판타지 세계의 인물이 느닷없이 나타나 잠시 넋을 놓고 말았다. 호쾌하게 바람을 가르며 발키리가 공원을 가로지르고 있다. 그 모습이 나무 그늘에 가려지려고 할 때 퍼뜩 정신을 차렸다.

당장 뒤를 따라가야 해. 안 그러면 발키리를 놓치고 말아.

필사적으로 그 생각만 했다. 현기증도 구역질도 다 잊고 뒤를 쫓는다.

보폭이 큰 발키리는 쑥쑥 멀어져갔는데 다행히 주위에 아무리 사람이 많아도 남들보다 머리 하나는 올라와 있었다. 이윽고 그녀가 체육관으로 들어가는 모습을 분명히 확인했다.

조금 늦게 잔디광장 너머로 보이던 체육관에 도착했다. 환기를 위해 활짝 열어놓은 창문으로는 배구를 하는 사람들의 모습이 보인다. 이제까지 한 번도 들어가본 적 없는데 이렇게 보니 상당히 훌륭한 시설 같다. 삼면이 다 배구 코트다.

입구를 지나 건물로 들어가 로비로 가자, 접수대에 발키리가 있다. 어떤 포스터 앞에서 스태프와 웃으며 대화하고 있다. 빨려들듯 게이타는 비틀비틀 다가갔다.

살짝 구부렸을 뿐인데 잔뜩 부푼 오른팔 상완 이두근. 옷을 입고 있어도 또렷하게 알 수 있는 멋진 근육미. 마스크로 얼굴의 반을 가렸는데도 역시 발키리와 아주 닮았다. 저도 모르게

침을 꿀꺽 삼켰다. 그때 발키리가 문득 이쪽을 봤다. 빤히 응시하고 있던 게이타는 너무 놀라 휘청였다.

너무 수상한 사람처럼 보이지 않을까?

발키리의 얼굴이 분노로 일그러지고 등에 멘 검으로 두 동강 나는 망상이 뇌리를 스친다.

"체험 오셨어요?"

실제로는 밝은 목소리가 들려왔다.

"네?"

허를 찔려 한심한 소리만 내고 말았다. 그때 발키리의 뒤쪽 포스터 내용이 보였다.

**복싱 클래스 체험 수강생 모집 중**

보……복싱……?

게이타의 생활과 너무나 동떨어진 단어에 사고가 따라가지 않는다.

무엇보다 게이타는 운동을 못한다. 농구든 배구든 공을 제대로 다루지 못해 주위 사람들이 혀를 찰 때가 종종 있어서 늘 비참한 마음이 들고는 했다. 체육 성적도 좋지 않다.

구의 스포츠 협회와도, 공영 체육관과도 인연은 없었다.

"괜찮아요. 우리 클래스는 초보자 환영이니까."

발키리는 대놓고 도망칠 내 모양새를 보자마자 층별 안내도를 휙 건넸다.

살펴보니 이 체육관은 1층 경기장 외에 지하 1층에는 온수 수영장, 지하 2층에는 각 클래스의 스튜디오와 탁구 등 취미 시설까지 갖춘 외관 이상으로 충실한 시설이었다.

"내 클래스는 본격적으로 복싱을 배운다기보다 일단 즐겁게 펀치를 날리는 걸 목적으로 해요."

강하고 아름다운 발키리가 자신을 부르고 있다. 머릿속이 저릿저릿할 정도로 그 사실에 도취했다.

정신을 차리고 보니 접수대에서 복싱 클래스 체험 등록 절차를 끝낸 상태였다.

탈의실에서 대여용 운동복을 갈아입고 나서야 제정신이 돌아왔다.

내가 지금 무슨 짓을 하는 거지?

복싱이라니, 정말 아니지 않나? 완전히 무리잖아.

틀림없이 클래스에 있는 수강생들은 마초 같은 아저씨나 위험한 불량배들뿐일 것이다.

역시, 도망치자.

옷 갈아입기를 중단하고 탈의실 문을 열었는데 복도를 걷는 발키리가 보였다. 선명한 오렌지색 탱크톱을 입고 길게 땋은 머리를 흔들며 복도 중앙을 당당하게 걷고 있다.

그 모습에 게이타는 다시금 저항할 수 없는 매력을 느끼고 말았다.

조금만…… 아주 조금만, 현실 세계에 나타난 발키리를 눈에 담아두자.

게이타는 결국 서둘러 옷을 갈아입고 발키리가 직접 건네준 층별 안내도를 따라 복싱 클래스 스튜디오로 향했다.

"좋아. 원, 투, 피하고! 원, 투. 원, 투. 잽. 훅, 스트레이트!"

스튜디오에 발키리, 실은 도모토 기요미 강사의 힘찬 호령이 울려 퍼진다.

"어이, 다리 멈추지 마. 풋 워크, 풋 워크!"

앞줄의 수강생을 따라 열심히 펀치를 날렸다.

공영 체육관의 복싱 클래스를 다닌 지 일주일이 지났다. 주 3회 이루어지는 강습의 세 번째 출석이다. 처음에는 어려울 듯했는데 의외로 다른 사람들을 잘 따라 할 수 있었다.

그보다…….

호령에 맞춰 섀도 복싱을 하면서 주위 수강생을 살핀다.

발키리를 볼 생각만으로 조심스레 발을 내디딘 첫날 스튜디오에서 솔직히 김이 샜다. 그곳에는 마초 같은 근육질 아저씨나 불량배는 커녕 아무리 봐도 엄마보다 나이가 많을 듯한 아줌마와 칠십도 넘었을 듯한 할아버지만 있었다.

생각해보니 공영 체육관의 평일 저녁 클래스 수강생이라면 그럴 만하다.

"어머, 젊은이가 왔네!"

"다행이다. 열다섯 명이 안 되면 이 클래스 계속 못 하는데."

수강생들의 대대적인 환영을 받으며 게이타는 얼렁뚱땅 클래스 일원이 되었다.

처음에는 그냥 재미 삼아 했는데 목장갑을 끼고 그 위에 비품인 복싱 글러브를 꼈을 때 스스로 깜짝 놀랐다.

글러브는 자기 손을 몇 배나 크게 보이게 했다. 그것을 끼고 보이는 대로 파이팅 포즈를 따라 해보니 스튜디오 거울에 비친 자신이 완전히 다른 사람처럼 여겨졌다.

화면이 꺼진 노트북 모니터에 비치던 너무나 유약한 자신과는 전혀 다른 사람이다.

어쩌면 좀 멋질 수도……?

착각이라고 하면 어쩔 수 없겠으나 솔직히 그렇게 느꼈다.

한심하고 약한 자신이 쓱 멀어진다.

"앞으로도 같이 해요."

"학생, 또 와."

요란법석을 떠는 수강생들에 떠밀려 결국 게이타는 그날 바로 수강을 신청했다. 고교생은 수강료가 한 달에 천 엔. 온라인 게임 과금보다 쌌다.

물론 첫날은 한심했다.

잽도 훅도 스트레이트도 몰랐다. 펀치를 날리려고 하면 풋워크가 멈춘다.

그러나 기요미 강사에게 "일단은 펀치를 날리는 걸 즐겨"라는 격려를 받고 주위 사람을 따라 하다 보니 조금씩 기술을 익힐 수 있었다.

상대를 견제하는 잽, 옆에서 공격하는 훅, 배를 노리는 바디, 턱을 노리는 어퍼, 그리고 가장 위력이 있는 스트레이트.

라이트 스트레이트를 날릴 때는 왼발을 내밀고 오른발의 뒤꿈치를 띄워 허리를 회전하며 펀치를 날린다. 오른팔로만 치는 게 아니라 하반신의 중심을 주먹으로 이동하는 듯한 감각을 지녀야 한다. 그리고 펀치를 날린 다음에는 바로 팔꿈치를 붙여 가드 자세로 돌아온다.

스튜디오 거울에 비친 자기 자세가 조금씩 나아졌다.

"자, 본격적으로 시작할게요!"

마스크에 더해 침이 튀기는 걸 막는 얼굴 가리개까지 한 기요미가 미트를 대고 수강생 앞에 선다. 지금부터는 한 사람씩 차례대로 기요미의 미트에 펀치를 날린다.

새도 복싱에서는 지시를 잘 따라가는데 기요미 앞에 서면 갑자기 펀치의 종류조차 헷갈리고 만다. 원, 투의 호령은 잽, 스트레이트라고 머리로는 이해하는데 손발이 제멋대로 움직이고 만다.

그래도 기요미의 리드는 탁월했다.

리듬이 무너지려는 게이타의 한심한 펀치를 잘 받아주고 다음 펀치를 정확하게 리드한다.

"역시 기요미 씨의 리드는 최고야."

"기요미 씨는 어떤 펀치라도 잘 받아줘."

"기요미 씨처럼 든든하면 우리도 안심하고 마음껏 치지."

"스트레스가 절로 풀린다니까."

물을 마시려고 잠깐씩 쉴 때마다 아줌마와 할아버지 수강생들은 구구절절 기요미 강사를 칭찬했다. 클래스는 45분으로 짧은데 15분 만에 온몸이 땀투성이가 된다.

게이타는 이렇게 땀을 많이 흘리는 스포츠를 이제까지 해본 적 없다. 페트병 물을 벌컥벌컥 들이켜고 문득 앞을 봤는데 땀을 뚝뚝 흘리며 커다란 복싱 글러브를 낀 자신이 거울에 비쳤다. 정말 믿어지지 않았다.

"자, 다음은 연타 갈게요! 다들, 힘껏 때려요!"

잽과 스트레이트를 총 다섯 번, 총 열 번의 펀치를 날린다. 아줌마도 할아버지도 차례차례 엄청난 기합 소리를 내며 펀치를 날렸다.

"나이스 펀치!"

기요미가 만족스러운 듯 소리를 높였다.

선명한 오렌지색 탱크톱을 입은 기요미가 길게 땋은 머리를 흔들면서 게이타 앞에 섰다.

"자, 신입 학생도 힘껏!"

그러나 게이타의 펀치는 아직 힘이 없다. 아줌마나 칠순이 넘은 할아버지의 펀치도 펑펑 울리는데 게이타의 펀치는 픽픽이다.

"허리를 더 돌려, 주먹에 온몸의 힘을 실어!"

기요미가 정면에서 게이타를 응시한다.

"쓰러뜨리고 싶은 상대의 얼굴을 생각하며 때려봐."

미트를 댄 기요미의 질책에 가까운 목소리가 날아왔다. 그 순간 악랄한 미소를 짓는 야스시의 얼굴이 뇌리에 떠올랐다.

"자, 어서!"

발키리가 인도하기라도 한 듯 부글부글 분노가 끓어올랐다. 자연스럽게 뒷발의 뒤꿈치를 띄우고 하반신의 힘을 주먹에 실는다.

웃기지 마!

정신을 차렸을 때는 온 힘을 다해 라이트 스트레이트를 날리고 있었다.

펑!

처음으로 기요미의 미트가 큰 소리를 냈다.

"나이스 펀치!"

기요미가 청량한 목소리를 냈다. 믿기지 않는 마음과 동시에 너무 통쾌한 짜릿함이 게이타의 오른팔을 내달렸다.

이후 게이타는 복싱에 푹 빠졌다.

비품인 커다란 글러브를 끼면 일상의 스위치가 바뀐다. 그것은 소설이나 게임 속 판타지 세계에 몰입할 때의 감각과 조금 비슷했다.

복싱할 때면 싫은 사람도, 유약한 자신도 다 잊을 수 있다.

클래스가 없는 날에도 공영 체육관으로 가 샌드백을 상대로 개인 훈련에 힘썼다. 틈을 봐 로드워크*도 해봤다.

복싱을 시작했다는 사실은 부모님에게도 알리지 않았다. 그

* 체력 증진을 위해 달리면서 속도를 가감하거나 섀도 복싱을 하는 훈련.

래도 방에만 틀어박혀 있던 아들이 갑자기 매일 어딘가로 나가는 상황을 도모코는 어리둥절해하면서도 기뻐했다.

나이스 펀치……!

동경하는 발키리가 그렇게 외쳐준다면 얼마든지 힘낼 수 있다. 주위를 배려해야 하는 구기나 개인의 능력 차이가 뚜렷하게 나오는 달리기 등은 고통스럽기만 했는데 혼자 때리는 스포츠는 의외로 즐겁다는 사실을 처음으로 알았다.

고작 몇 주의 훈련으로 특별히 몸에 변화가 생기지는 않겠으나 마음은 충분히 가벼워졌다. 이대로 하다 보면 점점 뭔가 다른 자신이 될 듯한 느낌이 들었다.

9월에 들어와 여름방학이 끝나자, 클래스는 일주일에 2회로 줄었으나 판타지 노벨의 삽화에서 빠져나온 듯한 기요미와 함께하는 시간은 게이타에게 무한한 기쁨이었다.

2학기가 시작되어도 게이타의 마음은 복싱과 발키리로 가득했다.

그런 꿈 같은 상태는 방과 후 학교 뒤 정원을 걷다가 단숨에 깨졌다.

그날 게이타는 학교 도서실에 복싱 관련 책을 찾으러 갔다. 의외로 방법론 책이 충실히 갖춰져 있어 열심히 찾아다니다가 늦은 시간까지 학교에 남고 말았다.

좋은 책을 빌렸다며 콧노래를 부르며 인적 없는 정원을 걷는데 갑자기 뭔가가 눈앞을 막아섰다.

고개를 든 순간 쓱 핏기가 사라졌다.

"게이타. 오랜만이네. 어째 기분이 아주 좋아 보인다?"

야스시와 늘 어울리는 상급생들이 악랄한 미소를 짓고 있다.

왜……?

게이타의 가슴에 기분 나쁜 땀이 흐른다.

분명히 조심했는데. 등교할 때나 방과 후, 사람이 없는 곳에서 혼자가 되지 않도록. 최대한 집단에 섞여 사각지대에 들어가지 않도록 노력했는데.

어디서 방심했을까. 복싱에만 빠져 마음을 놓고 말았다.

"너, 얼마 전 책방에서 날 보고 도망쳤지?"

야스시가 바싹 다가왔다.

"내가 애써 말을 걸려고 했는데 도망치더라. 나, 엄청나게 상처받았어."

역시 봤었구나. 게이타는 절망적인 기분이 되었다.

"야, 진짜야. 이 녀석 크게 충격받아서 우리를 보려고도 안 하더라니까."

다른 상급생들이 차례차례 야스시에 호응한다.

"너, 선배를 그렇게 상처 주면 되겠냐?"

"어떻게 사죄할 거야?"

"사죄만으로는 안 돼. 제대로 보상금을 내야지."

싱글싱글 웃으면서 상급생들이 거리를 좁혀왔다.

도망쳐도 된다고 말하는 사람들에게 묻고 싶다. 이럴 때 도대체 어디로 도망치면 되는지를. 도망치려고 하면 잡힐 테고, 누군가의 도움을 구하려다가 실패하면 더 지독한 일을 당한다.

—쓰러뜨리고 싶은 상대의 얼굴을 생각하며 때려봐.

문득 발키리의 목소리가 귓속에 울렸다.

게이타는 은밀히 주먹을 쥔다. 그러나 여기에는 체육관의 비품인 커다란 글러브가 없다. 움켜쥔 주먹은 그저 뼈만 앙상하니 빈약해 뻗을 만한 게 못 된다.

"빨리, 보상금 달라고!"

"얼른 내놔."

상급생들에 둘러싸여 게이타의 얼굴은 창백해졌다.

"중학교 때 내 신세를 많이 졌잖아?"

야스시의 말이 가슴 속을 후벼팠다.

떨리는 손으로 책가방을 열어 지갑을 꺼내니 휙 채갔다.

"이게 다야? 유키치*는 없냐?"

*　일본 근대 개혁가 후쿠자와 유키치. 1만 엔 지폐에 초상화가 있다.

"한심하네."

야스시는 혀를 차면서 몇 장의 천 엔 지폐를 빼고 지갑은 땅에 던졌다. 서둘러 주우려고 하는데 뒤에서 세차게 걷어찼다.

얼굴부터 땅에 떨어져 안경 코 받침이 코 옆에 박혔다.

"아이고, 창피해라."

야스시는 쓰러진 게이타를 조소했다.

"오늘은 이 정도로 봐줄게."

"더는 나한테 함부로 하면 안 된다."

"다음에는 선배를 만나면 도망치지 말고 인사해라."

지갑에서 빼낸 천 엔 지폐를 펄럭펄럭 흔들며 야스시와 상급생들이 사라진다. 그들의 모습이 시야에서 사라진 후에도 게이타는 땅바닥에 웅크리고 있었다.

뚝뚝, 땅에 검붉은 피가 흩어진다. 안경을 벗었더니 안경 코 받침이 부러졌고 마스크에도 피가 번져 있다. 지면에 생긴 얼룩을 보고 있자니 마음속에도 검은 얼룩이 점점 퍼졌다.

끝이야. 아무것도 변한 게 없어.

글러브를 끼고 섀도 복싱을 해도, 실제로 펀치를 날리고 다른 사람이 된 듯한 느낌이 들어도 결국 현실은 조금도 달라지지 않는다.

역시 나는 약하고 한심한 표적이다.

복싱 따위로는 아무것도 할 수 없다. 그저 혼자만, 들떠서 까불댔을 뿐이다.

부서진 안경을 다시 쓰고 게이타는 천천히 일어났다.

그날, 게이타는 공원에 갔으나 복싱 클래스에는 가지 않았다. 벤치에 고개를 떨구고 앉아 그냥 시간을 보냈다. 일단 공원에 온 이유는 걱정 많은 어머니의 탐색하는 눈빛을 피하기 위해서다. 게다가 얼굴의 상처를 보여주고 싶지 않았다.

안경테 코 받침이 부러지고 말았으나 쓸 수는 있다. 지끈지끈 욱신거리나 상처의 피도 멈췄다.

그렇지만 앞으로 어떻게 하지?

앞으로 계속 야스시 일당에 겁을 먹고 조심조심 숨어 지내야 할까. 이런 생활을 녀석들이 졸업할 때까지 계속해야 하나.

선생님에게 상담할까? 소용없을 것이다.

부모님에게? 절대 안 된다.

문득 끔찍한 생각이 떠오른다. 어쩌면 학교를 졸업해도 자신은 이런 놈들의 표적으로 남을지 모른다. 그렇게 생각하자마자 가슴속에 돌이 꽉 찬 듯 무거워졌다. 밝은 미래가 전혀 보이지 않는다. 답답함에 짓눌리고 말 것 같다.

이런 세상에서 제대로 살 자신이 없다.

정신을 차리고 보니 주위가 어두워지기 시작했다. 9월 중반이 다 되었는데도 여전히 더위가 가시지 않았다. 그런데도 해는 훨씬 빨리 떨어졌다. 군청색이 점점 짙어지는 하늘에 조금씩 조각달이 떠오른다.

공원의 인적이 줄어드는 가운데 꼼짝도 못 하고 있었다. 가능하다면 이대로 사라졌으면 좋겠다.

드디어 완전히 해가 저물어 공원 안에 조명이 켜지기 시작했는데도 벤치에서 움직일 수 없었다. 온몸에서 힘이 다 빠져 점점 더 처진다.

"신입 학생?"

문득 머리 위에서 목소리가 들렸다. 고개를 든 게이타의 눈이 커졌다.

등에 검이 아니라 긴 통 모양의 배낭을 짊어진, 발키리……가 아니라 도모토 기요미 강사가 의아한 표정으로 나를 내려다보고 있다.

"이런 데서 뭐 해? 클래스는 이미 끝났는데."

"아…… 네, 죄, 죄송해요!"

생각지도 못한 만남에 게이타의 목소리가 뒤집힌다.

"그러고 보니 오늘 안 왔네."

"죄, 죄송합니다……."

게이타가 계속 사과하며 어쩔 줄 몰라 하자 기요미가 마스크 너머로 웃으며 말했다.

"그렇게 긴장하지 마. 그런데 신입, 요즘 정말 열심히 했는데."

"아, 네……."

게이타의 가슴에 침울함이 솟아올랐다. 이대로 클래스를 그만둘지 모른다. 그러면 이 사람과 클래스 수강생들은 실망할까. 누군가 복싱 클래스는 정원이 아슬아슬하다고 했는데.

그러나. 나는 알아버렸다. 복싱은 현실에서는 아무것도 하지 못한다.

침묵하는 게이타를 기요미가 가만히 응시했다.

"얼굴 왜 그래? 코 옆, 다쳤나 봐."

안경 코 받침이 부서지며 생긴 상처를 지적해 게이타는 얼른 고개를 돌렸다. 잊고 있던 상처가 묵직한 통증으로 찾아왔다.

"잠깐 실례 좀 할까?"

갑자기 게이타 옆에 기요미가 앉았다. 놀라 고개를 들어보니, 발키리를 쏙 빼닮은 다부지고 큰 몸이 바로 옆에 있다.

"이 시간에 늘 이 공원 벤치에서 저녁을 먹거든."

저녁……?

의외의 말에 관심이 갔다. 기요미는 배낭을 내려 게이타의 눈앞에서 물통과 도시락통을 꺼냈다.

"볼래? 머슬 도시락."

짠, 입으로 효과음까지 내며 연 도시락에는 새하얀 닭가슴살과 삶은 브로콜리만 들어 있다.

"이게 저녁이에요?"

게이타의 눈이 커진다.

"맞아. 애들 때문에 말이야."

기요미는 해맑은 얼굴로 상완 이두근을 쓰다듬었다.

"아침과 점심은 원하는 대로 먹어. 그러나 저녁만은 애들의 육성에 특화했지."

굉장하다……. 다부지면서도 아름다운 기요미의 근육은 이런 '머슬 도시락'으로 기른 거구나. 게이타는 솔직히 감탄했다.

기요미는 마스크를 턱까지 내리고 브로콜리 한 조각을 입에 넣었다.

"괜찮으면 얘기 들어줄게."

싹싹한 미소가 날아와 가슴이 두근거렸다. 동경하는 발키리가 옆에 있는 것만으로도 믿어지지 않는데 친근한 눈빛을 던지고 있다.

"신입, 이름이 뭐지?!"

"오모리…… 오모리 게이타예요."

"게이타라."

발키리가 자기 이름을 불러준다.

"게이타는 고등학생이지? 몇 학년이야?"

"1학년이요."

"1학년이라면 열여섯인가? 좋겠다. 한창 청춘이네."

"좋지 않아요."

자기도 모르게 어두운 목소리로 반론하고 있었다. 브로콜리를 먹은 기요미가 마스크를 고쳐 썼다.

"왜? 무슨 일 있나?"

차분한 목소리로 물어왔다. 살짝 거친 말투가 판타지 노벨의 발키리와 흡사해 게이타는 정면으로 기요미를 보고 말았다. 뚫어지게 봤는데 당연히 기요미는 살아 있는 여성이다. 눈 아래 살짝 주름이 잡혀 있어서 발키리만큼 젊어 보이지 않는다.

대신 기요미는 성실한 인상이다.

게이타는 좀처럼 입을 열 수 없었다.

"혹시…… 그 상처, 누구한테 당했어?"

자연스러운 질문에 반사적으로 고개를 돌렸다. 그 반응이 오히려 기요미의 말을 크게 긍정하는 셈이 되고 말았다.

게이타는 긴 침묵 뒤에 드디어 무거운 입을 열었다.

"표적이 되었어요."

인내심을 갖고 자기 이야기를 기다려준 기요미 앞에서 더듬

더듬 말을 꺼냈다.

질 나쁜 상급생들에게 찍혔다는 것. 도망치는 데 지쳤다는 것. 복싱을 시작하고 아주 조금 자신감을 찾은 듯했는데 실제로 그들을 마주쳤을 때 아무것도 할 수 없었다는 것…….

"한심하죠? 고등학생이 돼서 괴롭힘이나 당하고."

"그렇지 않아."

기요미는 자조적인 게이타의 말을 바로 끊었다.

"자신을 탓할 이유는 전혀 없어. 괴롭히는 놈들이 나쁘지."

괴롭히는 사람이 나쁘다.

정말 옳은 말이다. 그러나 현실에서 인간의 마음은 정말 옳은 쪽으로 움직일까.

"있잖아. 실제로 꽤 많아."

기요미는 회의적인 기분에 사로잡힌 게이타를 향해 말을 꺼냈다.

"괴롭힘을 계기로 복싱에 빠지는 사람 말이야. 플라이급 세계 챔피언도 과거에 괴롭힘을 당했었다고 밝힌 적 있어."

듣고 보니 그런 말을 들은 기억이 있는 듯하다.

"무엇보다 내가 그렇고."

"네?"

의외의 말에 다시 기요미를 응시하고 말았다.

"나도 처음부터 이렇게 근육질 몸은 아니었어."

게이타의 노골적인 반응에 반사적으로 말이 튀어나왔는지 기요미는 씁쓸하게 웃었다.

"어릴 때부터 덩치만 컸지, 운동도 공부도 다 못했어."

기요미는 물통의 물을 한 모금 마시고 다시 말을 잇는다.

"별명은 늘 거대녀."

잔뜩 등을 웅크리고 걸으면 남자애들이 갑자기 몸을 날려 부딪혀 올 때도 있었다. 여자애들은 킥킥 웃을 뿐 아무도 도와주지 않았다.

"반에서 그룹을 나눌 때도 나만 아무 데도 들어가지 못했어. 담임 선생님은 당황스러운 표정만 지었을 뿐 아무것도 해주지 않았지. 늘 어디론가 사라지고 싶었어."

조금 전 품었던 생각이 말로 드러나자, 게이타는 시선을 떨궜다.

괴롭힘은 언제나 당하는 쪽을 비참하게 만든다.

약하니까 당하는 거야. 약육강식의 세계 속에서 약한 놈은 당해도 어쩔 수 없어. 괴롭히는 사람이 나쁘다는 말은 정론일 수는 있으나 결국은 명분일 뿐이다. 당하는 사람에게 이유가 있다는 생각이 많은 사람의 무의식 속에 있기에 SNS 속 화제에 그토록 신이 나 타오르는 것이다.

약점이 드러난 상대에게 사람들은 가차 없이 돌을 던진다.

"그런데 말이야, 그때 근처에서 복싱 체육관을 하는 아저씨가 우연히 말을 걸었어. 아가씨, 체격이 좋네. 잠깐 체육관에 들를래?"

게이타의 우울한 마음과 상관없이 기요미는 그리운 듯 마스크 위의 눈을 가늘게 떴다.

"내게 먼저 말을 걸어주는 사람은 없으리라고 생각하던 터라 그냥 누군가 말을 걸어준 것 자체가 기뻤어. 그래서 체육관에 가기는 했는데 처음에는 복싱은 절대 못 할 줄 알았어."

기요미는 벤치에 등을 대고 혼잣말처럼 말했다.

"그런데 복싱이라는 거 참 신기하더라고. 무장한 기분이라고 해야 하나, 복싱용 커다란 글러브를 끼면 어쩐지 내가 갑자기 강해지는 느낌이 들더라."

그 느낌은 게이타도 안다.

글러브를 끼고 파이팅 포즈를 잡은 거울 속 자신이 완전히 다른 사람처럼 느껴졌던 일을 떠올린다.

"그때부터 완전히 빠졌어. 부모님에게 부탁해 본격적으로 체육관을 다니기 시작했지. 내가 처음으로 한 과외 활동이었어. 알다시피 복싱, 의외로 혼자서 조금씩 연습할 수 있잖아? 운동 콤플렉스가 있어도 생각보다 집중할 수 있더라고. 게다가 놀림당하거나 괴롭힘당한 일을 떠올리면 복싱 연습이 조금도 힘들지 않았어. 하면 할수록 강해지는 느낌도 들고."

하늘에 걸린 달을 올려다보며 이야기는 계속되었다.

"지금은 알아. 체육관 아저씨는 아마도 내가 괴롭힘당한다는 걸 알고 말을 걸어줬을 거야."

기요미는 거기까지 얘기하고는 다시 마스크를 내리고 '머슬 도시락'을 먹기 시작했다. 닭가슴살을 우물거리며 이번에는 게이타가 얘기하기를 기다리는 듯하다.

벌레 소리에 섞여 어디선가 장단 소리를 연습하는 시노부에 소리가 들려온다.

"종종 도망쳐도 된다고들 하잖아요?"

게이타는 평소 생각을 과감하게 입에 담았다.

"그냥 우쭐대며 하는 그럴듯한 말이라고 생각해요. 사실 도망칠 곳도 없고, 잘난 척하며 그런 말을 떠드는 사람들도 결국은 어디로도 도망치지 못하잖아요?"

"그렇긴 하지."

기요미는 게이타의 말을 듣고 잠시 생각에 잠긴다.

"내 생각에는 말이야."

기요미는 도시락 뚜껑을 닫으며 갑자기 심각한 표정으로 입을 뗐다.

"듣기에만 좋은 도망쳐도 된다는 그 상투어는 요즘 정치가들이 자주 쓰는 '스스로 도우라'는 말이나 '개개인의 책임' 같은 말과 똑같다고 생각해."

"아……."

"도망쳐도 된다는 말 하나로 다 끝내려는 거잖아? 자, 자기 스스로 도망치세요. 그렇게 해결하려는 거라고. 완전히 방관자의 시선이야. 괴롭힘은 그렇게 쉽게 해결되지 않아."

기요미는 분개하며 팔짱을 꼈다.

"특히 요즘 그걸 강하게 느껴. 코로나나 지진 피해처럼 사태가 길어지거나 잘 굴러가지 않으면 늘 스스로 어떻게든 하라는 분위기로 변해. 소외되는 사람이 생기는 걸 모른 척하고 개개인의 책임으로 얼버무리는 거지. 그런데 과연 지도자라는 사람들이 그래도 되는 걸까? 지도자란 그러려고 있는 게 아니잖아?"

기요미는 거기까지 말하고 "아" 하며 머리를 감싸안았다.

"정말 끔찍한 세상이 되고 말았어. 우리 어른들이 너무 한심해서 이렇게 된 거야. 힘들어하는 사람을 방관하는 세상이라니 정말 쓰레기야. 아이들과 젊은이들에게 미안해. 정말 미안해. 게이타."

기요미는 커다란 몸을 잔뜩 웅크리고 거듭 사과했다.

그 모습에 처음으로 자기 이야기를 진지하게 들어주는 사람이 나타난 듯해 어둡고 무거웠던 마음이 조금 흔들렸다.

"도모토 씨."

처음으로 그 이름을 불렀다.

"저, 사실은 잘난 척하며 그럴듯한 말을 늘어놓는 사람들을 비난할 권리가 없어요."

마음 깊은 곳에 봉인했던 과거가 뭉게뭉게 피어올랐다.

"나를 표적으로 삼은 중학교 선배, 옛날에는 그냥 평범했어요."

아무에게도 말하지 못한 기억을 처음으로 꺼냈다.

—중학교 때 내 신세를 많이 졌잖아?

야스시가 내게 던진 말은 새빨간 거짓말이 아니다.

학교 마치고 오는 길에 이따금 통학로의 공터에 모여 놀던 게이타와 친구들에게 야스시는 가끔 음료수나 아이스크림을 사줬다. 처음에는 그저 오지랖 넓은 선배라고 생각했다.

—그 형, 반에서 따돌림당한대.

어느 날, 친구 하나가 그렇게 말했다.

—분위기 파악 못 하고 촌스럽다고 아무도 상대를 안 해준다더라.

완전히 깔보는 말투였다.

"그 말을 듣고 나도 왠지 김이 새는 느낌이었어요. 그래서 나처럼 평범한 후배를 골라 말을 거나 싶어서요."

그 뒤로는 얻어먹으면서도 오히려 내가 선심 써서 상대해준다는 듯이 냉랭한 태도로 대했다.

"입으로는 고맙다고 하면서 속으로는 깔봤죠."

틀림없이 야스시도 그 속내를 속속들이 알았을 것이다.

"결국은 나도 방관자였어요."

따돌림당하는 사람이 잘못이라고, 한심하다고 생각했다.

약한 개체를 쪼아대는 금붕어는 내 마음속에 살고 있었다. 그렇기에 인터넷 화젯거리에 모여들어 온갖 욕설을 퍼붓는 사람들을 살피며 남몰래 안심하는 것이다. 나만 추한 게 아님을 확인하면서.

성선설을 믿지 못하는 이유는 나 때문이다.

고등학교에 와서 머리를 탈색하고 완전히 다른 사람이 된 야스시의 모습을 봤을 때 게이타는 깜짝 놀라고 전율했다.

그가 오래전 자신을 깔봤던 후배를 희생양으로 삼으리라는 걸 순식간에 깨달았기 때문이다.

"나도 한심하긴 마찬가지예요."

입술을 악물어 불쑥 솟구치려는 눈물을 삼킨다.

기요미가 깊이 고개를 떨군 게이타를 가만히 응시했다.

"게이타."

마침내 기요미가 천천히 입을 열었다.

"진짜로 복싱을 가르쳐줄까?"

"네?"

게이타는 반사적으로 고개를 들었다.

"클래스에서 하는 놀이 같은 거 말고 진짜 복싱. 그럴 마음이 있으면 클래스가 끝난 뒤에 개인 훈련을 해줄게."

기요미의 진지한 눈빛이 게이타 바로 옆에서 응시하고 있다.

"그 선배는 머리를 탈색하고 불량한 애들 그룹에 들어가는 걸로 다른 사람이 되려고 했을지 몰라. 그러나 자기가 도망칠 길을 찾으려고 다른 사람을 희생양으로 삼는 건 좋을 게 하나도 없어. 그건 그저 자기를 속이는 일일 뿐이야."

기요미의 목소리가 한층 낮아졌다.

"게이타는 진짜 다른 사람이 되고 싶어?"

진짜 다른 내가 된다고?

괴롭힘당하는 아이에서 판타지 세계의 수호신 발키리로 변모한 기요미의 말이라 현실감이 있다.

"난 한심한 어른이야. 그렇지만 게이타의 방관자가 되고 싶지는 않아. 안 그래? 힘들여 이렇게까지 다 얘기해줬는데."

아무에게도 말하지 못한 이야기를 드디어 다른 사람에게 말할 수 있었음을 비로소 깨닫는다.

"이번에는 내가 그때 말을 걸어준 아저씨가 될게."

"그래도 돼요?"

저절로 물었다. 기요미가 생긋 미소를 지었다.

"단, 조건이 하나 있어."

기요미의 눈이 쓱 가늘어진다. 그 박력에 게이타는 숨을 꿀꺽 삼켰다.

"공식전까지는 아니더라도 나를 트레이너로 스파링 대회까지는 출전해야 해."

스파링이란 초보자도 출전할 수 있는, 이른바 연습 시합이다.

"시간이 오래 걸려도 괜찮으니까."

"내가…… 가능할까요?"

게이타가 조심스레 물으니 기요미는 흥 콧방귀를 뀌고 팔짱을 꼈다.

"게이타. 종종 심기체, 즉 '마음, 기술, 몸'이라고들 하잖아?"

마음, 기술, 몸……. 정신을 단련하고 기술을 익히면 체력과 이어진다. 틀림없이 그런 뜻의 말이었던 것 같은데.

"그런데 그 말, 틀렸어."

기요미가 단호하게 고개를 저었다.

"사실은 말이야, '몸, 기술, 마음'이야."

"몸, 기술, 마음?"

"그래."

기요미는 되물은 게이타에게 크게 고개를 끄덕였다.

"우선은 몸을 움직인다. 그 뒤에 기술, 마지막으로 마음. 요컨대 스포츠는 정신론이 아냐. 할 수 있느냐 아니냐, 그건 상관없어. 일단 해보는 게 스포츠야."

커다란 손바닥이 조용히 내게 다가왔다.

"어때? 해볼래?"

그 모습은 어쩐지 발키리처럼 보이지 않았다. 눈앞에는 아마도 마흔 전후일 여성, 도모토 기요미라는 사람이 있다. 그래서 더욱…….

이 사람을, 믿고 싶다.

"잘 부탁합니다."

게이타는 자기 의지로 힘껏 고개를 끄덕였다.

다음 날부터 본격적인 복싱 특훈이 시작되었다. 매일 학교가 끝나면 바로 공영 체육관으로 달려가 기요미에게 배운 줄넘기로 개인 훈련을 시작한다.

풋 워크 스텝을 향상시키려면 줄넘기로 리듬감과 지구력을 길러야 한다. 양발 뛰기, 2단 뛰기를 각각 1분씩. 처음에는 줄에 걸리지 않고 뛰는 것만으로도 벅찼다. 1분이 이렇게 길다니. 체육관의 커다란 시계 초침을 바라보며 수없이 쓰러질 뻔했다.

그게 가능해지자 다음은 오른발로 두 번, 왼발로 두 번 번갈아 한 발 뛰기를 한다. 이게 또 상상을 초월하게 힘들었다. 도통 1분간 계속할 수 없다. 그래도 복싱 클래스가 있는 날이든 없는 날이든 체육관 구석에서 게이타는 혼자 줄넘기를 계속했다.

일주일에 두 번 있는 클래스에서 쓰는 비품 복싱 글러브만이 아니라 기요미와 함께 고른 개인용 글러브를 끼게 되었다. 글러브를 낄 때는 목장갑 대신 밴디지를 감는다. 이것만으로도 펀치가 훨씬 쉬워진다.

"우리 학생이 아주 본격적이네."

아줌마와 할아버지 수강생들의 놀림을 받으면서도 클래스에서는 게이타도 다 같이 펀치를 날린다. 그리고 클래스가 끝나면 공원으로 장소를 옮겨 기요미의 개인 훈련을 받는다.

"자, 어서! 라이트, 라이트! 풋 워크 멈추지 마!"

그날도 게이타는 기요미로부터 엄격한 지적을 받고 있었다.

"펀치를 날리면 바로 옆구리를 붙여! 너무 늦어! 그렇게 하면 가드가 빈다고!"

클래스에서의 부드러운 지도와는 완전히 다른 예리한 지적과 빈틈없는 리드가 이어진다.

힘들다. 빡세다. 아무것도 생각할 수 없다.

그래도 게이타는 기요미의 가차 없는 리드에 매달렸다. 방관자가 되고 싶지 않다는 이 사람을 스승으로 삼아, 겁만 먹고 사는 자신에게 마침표를 찍고 싶다고 진심으로 결심했기 때문이다.

부모님도, 아직 친해지지 못한 반 친구들도, 물론 야스시 일당도 모른다. 해가 떨어진 공원 구석에서 이루어지는 비밀 훈련을.

정신없이 몸을 움직이면 불가사의하게도 응어리진 마음이 천천히 풀린다. 자신의 나약함과 추함을 한없이 고민하는 일도 줄었다.

그야말로 '몸, 기술, 마음'이었다.

"잠깐 쉴까?"

아주 적당한 때 기요미가 미트를 벗었다. 게이타도 글러브를 벗고 떨어지는 땀을 닦는다. 나란히 공원 벤치에 앉아 스포츠 음료를 마신다.

오늘도 나무 너머로 시노부에 소리가 들려온다.

"생각해보면 도쿄는 이상한 곳이야."

기요미는 벤치에 기대 주위를 둘러봤다.

"뭐가요?"

게이타는 뜻 모를 말에 고개를 갸웃했다.

"특히 이 주변은 오래된 동네의 정서라고 해야 하나, 낡은 것과 새로운 것이 섞여 있잖아."

기요미의 시선이 훌륭한 기와지붕을 얹은 공원 문으로 향했다.

"난 산을 개척한 가나가와의 신도시에서 자라서 더 그런 생각이 드는지도 모르겠어. 이 근처는 옛날부터 사람이 살았잖아? 이 공원도 원래는 번(藩) 영주의 저택 정원이었다지. 번의 영주라고, 굉장하지 않아?"

기요미가 장난스럽게 웃었다.

"어쩌면 말이야, 우리가 훈련하는 이 자리에서 에도시대에는 영주의 후계자가 검술 훈련을 했을지 모르잖아."

처음부터 이곳에서 자란 게이타는 그런 생각을 해본 적이 없는데 듣고 보니 이 일대는 과거 에도로 넘어오는 마을이라는 뜻에서 '에도고에'라고 불렸다. 혼슈의 주요 지역을 연결하는 도카이도의 첫 번째 숙소도 여기에 있다.

"실은 난 축제라고 해도 쇼핑몰 이벤트 정도밖에 몰랐어. 그런데 이곳에 오니 가을 축제 시기가 되면 수많은 집이 제례라고 적힌 제등을 내걸더라. 대도시라고 하는데 도쿄는 의외로 전통이 숨 쉬는 곳이라 감탄했어. 축제 장단도 음원을 틀지 않고 마을 사람들이 열심히 연습해서 직접 불잖아."

기요미는 눈을 감고 시노부에 소리에 귀를 기울였다. 그 옆에서 게이타도 다시금 공원 모습을 바라봤다.

과거부터 많은 사람이 살며 울고 웃어온 장소.

옛 영주의 후계자가 검술을 훈련했을지 모를 정원 터에서 자신들은 복싱을 훈련하고 있다. 파발꾼이나 가마꾼 대신 지금은 도카이도 신칸센이 덜컹덜컹 소리를 내며 나무들 너머의 고가를 달리고 있다.

각 시대를 살았던 사람들도 녹록지 않은 세상에서 피땀 흘리며 분투했을까.

피리 소리에 맞춰 살살 고개를 흔드는 기요미를 슬쩍 봤다.

괴롭힘당하던 아이에서 벗어나려고 복싱을 시작한 기요미는 그 후 부쩍부쩍 강해져 진심으로 아마추어 복싱 선수를 목표로 하게 되었다. 그런데 아이러니하게도 너무나 큰 그녀의 체격이 문제가 되었다. 일본에는 헤비급 여자 선수가 기요미 하나밖에 없었다.

혹독한 감량에 도전해 미들급까지 내려오려고 노력했으나 끝내 이루지 못해 결국 공식전에서 한 번도 싸우지 못했다고 한다.

"스파링조차 해주는 상대가 없었어."

처음으로 개인 훈련을 받던 날 기요미는 안타까운 심정을 감추지 않고 말했다. 이렇게 체격이 좋은 선수와 붙는 것은 낮은 체급의 선수에게는 두려운 일이었을 것이다.

"지금 하는 일도 절대 싫어하지 않아."

이제까지의 인생에서 복싱과는 전혀 인연이 없었을 중년 여성이나 정년퇴직 후의 노인도 모두 즐겁게 펀치를 날리도록 돕는 일.

"스트레스가 다 날아간다는 말을 들으면 정말 기쁘거든."

아무도 상대해주지 않았던 소녀 시절의 기억이 있기에 더 그렇다며 기요미는 진심을 담아 말했다. 처음에는 쭈뼛거리던 수강생이 점점 진지한 표정으로 바뀌고 힘껏 펀치를 날리게 되면 미트로 그 펀치를 받는 자신까지 힘을 얻는다고.

틀림없이 클래스에 처음 왔을 때의 게이타도 그런 느낌이었겠지.

"그렇지만 언젠가는 내가 싸워보지 못한 공식전에 나갈 선수를 키우고 싶었어."

본격적인 복싱 체육관에서는 여성 트레이너를 그다지 환영하지 않는다. 여성 선수조차 남성 트레이너를 원한다고 한다.

"게다가 나부터가 공식전에서 싸워본 적이 없으니 제대로 된 체육관에서 고용해줄 리 없지."

그래서 공영 체육관이나 동네 스포츠 클럽에서 가르치는 걸

선택했는데 이런 곳에서는 본격적인 훈련보다 재미와 즐거움이 중시된다.

"물론 그게 나쁘다는 게 아니야. 그렇지만……."

아직 십 대인 게이타가 어쩌다가 체육관에 왔을 때 내심 절대 놓쳐서는 안 된다고 생각했다고 한다.

"그야 우리 클래스 처음으로 스파링에 나갈 법한 아이가 왔잖아?"

기요미는 아주 살짝 기대했었다며 한쪽 눈을 찡긋 감았다.

"솔직히 정말 개인 훈련까지 하게 될 줄은 몰랐어."

그때 게이타는 현실에 나타난 발키리에 정신이 팔려 있었다. 설마 그런 생각을 할 줄은 상상도 하지 못했다.

"자, 슬슬 다시 시작할까?"

기요미는 눈을 뜨고 벌떡 일어났다.

"뭐야? 왜 멀거니 있어?"

게이타는 서둘러 뒤를 쫓아 다시 엄격한 지도와 대면한다.

"원, 투. 원, 투. 왜 정신을 놓고 있어! 발이 멈췄어!"

질책을 받고 기요미의 리드에 집중했다.

"원, 투. 피하고! 원, 투. 피하고! 다리, 멈추지 말고!"

이 힘든 훈련을 거친 자신이 정말 바뀔지는 모른다.

그러나 한 가지만은 안다. 일주일에 두 번 하는 기요미와의 개인 훈련은 부조리한 세계로부터 멀리 떨어질 수 있는 은신처다.

은신처는 결코 도피처가 아니다. 은밀히 힘을 기르는 곳이다.

기른 힘이 앞으로 도움이 될까.

대답은 아직 전혀 찾을 수 없으나 아무 생각 없이 땀을 흘리고 온 힘을 실은 주먹을 기요미의 미트에 날린다.

시야가 밝다.

안경 프레임 없이도 세상을 이렇게 넓게 볼 수 있다는 사실을 초등학교 저학년 때부터 근시였던 게이타는 새삼 깨닫는다.

이날, 게이타는 마을 상점가를 찾았다. 휴일 정오의 상점가는 마스크를 쓴 쇼핑객들로 붐볐다. 게이타는 아주 맑은 가을 하늘을 돌아보다가 너무 눈이 부셔 눈을 가늘게 떴다.

복싱 개인 훈련을 시작하고 한 달이 지났다.

지난 주말, 게이타는 기요미가 소개한 아마추어 복싱 서클에서 태어나서 처음으로 매스 스파링을 했다. 매스 스파링이란 가볍게 펀치를 나누거나 공격과 수비를 미리 정하고 서로 공격과 방어를 해보는 연습 방법이다.

복싱에서는 이 매스 스파링 단계를 거쳐 스파링으로 넘어가는 게 기본이다. 매스 스파링은 어디까지나 예행연습이지만 상대와 맞서 펀치를 날리므로 부상 위험이 있는 안경은 권장되지 않는다. 게이타는 앞으로도 생각해 이번 기회에 일회용 콘택트렌즈를 샀다. 일회용이라면 만에 하나 펀치를 맞아 날아가도 아까울 건 없다.

사전에 어느 정도 협의한다고 해도 대전 형식으로 상대와 맞붙는 일은 게이타에게는 첫 경험이었다. 대주는 미트에 펀치를 날리는 게 아니라 진짜 상대에게 펀치를 날리고 상대의 펀치도 받는다는 게 솔직히 무서웠다. 강한 펀치를 맞는 일은 없더라도 펀치를 제대로 막지 못하면 헤드기어를 써도 충격은 상당히 크다.

예리한 눈빛의 대전 상대와 마주 선 순간은 역시 안 되겠다 싶어 마음이 약해졌다.

그런데 공격과 수비가 바뀔 때마다 공포보다 묘미가 커졌다. 자기 발이 가볍게 바닥을 밟고 리드미컬하게 펀치를 날리게 되자 불가사의한 상쾌함이 솟구쳤다.

무섭기는 했다. 그러나 일방적으로 얻어맞거나 여러 사람에게 표적이 되는 일과는 완전히 달랐다.

나도 한 사람, 상대도 한 사람이다. 같은 체격의 상대와 일대일. 경기라면 승자와 패자가 정해지겠으나 그곳에 가해자와 피해자는 존재하지 않는다.

복싱 세계는 현실 세계와 비교하면 단연코 공평하다.

오늘 아침, 게이타는 안경을 벗은 자기 얼굴을 세면실 거울을 통해 뚫어지게 바라봤다. 코 받침이 부서지며 생긴 흉터는 이미 다 나았으나 대신 매스 스파링의 펀치를 막지 못해 생긴 멍이 오른쪽 눈 위에 남아 있다.

부조리한 상황에서 생긴 흉터와 다 이해하고 받아들인 상황에서 생긴 상처의 차이를 가만히 생각한다. 진정한 통증은 몸보다 마음이 받는 것일지 모른다.

동시에 지금 게이타는 자신이 혼자가 아님을 안다.

여름방학 내내 방에만 틀어박혀 있다가 느닷없이 매일 어딘가로 나가 땀투성이가 되어 돌아와 저녁을 먹자마자 잠들고, 이제까지 게임에만 돈을 쓰더니 갑자기 콘택트렌즈를 사러 간다질 않나, 덤으로 눈두덩에 멍까지 얻어 돌아오는 아들. 곁에서 보면 기행이 아닐 수 없는 게이타의 행동을 걱정 많은 어머니는 잠자코 지켜봤다.

그런데 어젯밤 저녁을 먹은 후 도모코는 게이타에게 말을 걸었다.

"무슨 일이 있으면 꼭 얘기해줘야 해."

조심스러운 말투였으나 이제까지 자신은 이런 말조차 걸지 못할 상태였음을 깨달았다.

"알았어."

일단 고개를 끄덕였더니 긴장한 도모코의 얼굴에 안도의 미소가 떠올랐다.

지금 자기 상황을 어떤 말로 설명해야 할지 전혀 모르겠다.

그러나 아버지도 어머니도 어떻게든 아들을 이해하려고 애쓰고 있다는 사실만은 이제는 솔직하게 느낄 수 있다.

오늘은 이제부터 나만의 마우스피스를 만들 소재를 스포츠용품점에 사러 간다. 기존 제품도 괜찮으나 자기 치아와 딱 맞게 쉽게 만들 수 있는 소재가 있다고 기요미가 알려줬다. 이왕이면 나에게 꼭 맞는 걸 직접 만들고 싶었다.

스포츠용품점으로 가는데 편의점 앞에 사람들 무리가 눈에 들어왔다. 그곳에 오노데라 야스시가 있었다. 상급생들과 어울리고 있는 야스시는 평소와는 조금 상태가 달랐다. 이유는 모르겠으나 다른 상급생들에게 꾸벅꾸벅 고개를 숙이고 있는 듯 보였다.

안경을 쓰지 않은 탓인지 야스시는 좀처럼 게이타를 알아보지 못했다.

스치기 직전에야 야스시의 눈이 활짝 벌어졌다.

순간 그 얼굴에 어색한 표정이 번진다. 다른 상급생들도 이쪽을 알아차렸으나 평소처럼 시비를 걸려 하지 않았다. 이상한 존재라도 발견한 듯 눈두덩에 멍이 든 게이타를 말없이 바라봤다.

어쩌면 자신은 한 달에 걸친 혹독한 개인 훈련을 통해 아주 조금이나마 분위기가 달라졌을지도 모른다.

—자기가 도망칠 길을 찾으려고 다른 사람을 희생양으로 삼는 건 좋을 게 하나도 없어. 그건 그저 자기를 속이는 일일 뿐이야.

게이타는 그들과 스쳐 지나가면서 기요미의 말을 떠올렸다.

정말 도피처가 필요한 사람은 어쩌면 자신이 아닐지도 모르겠다.

야스시 일행의 시선을 등으로 느끼며 고개를 당당하게 든다.

이제 도망치지 않아.

게이타는 찾아냈다. 도피처가 아니라 새롭게 열중할 것을.

—우선은 몸을 움직인다. 그 뒤에 기술, 마지막으로 마음. 할 수 있느냐 아니냐, 그건 상관없어. 일단 해보는 게 스포츠야.

기요미의 말이 마음 어딘가에서 깊이 울린다.

가령 학교가 의지가 되지 않더라도 지금의 게이타에게는 조금쯤 다른 연대가 있다. 복싱 클래스의 아줌마와 할아버지 수강생들 가운데 예전 교육계에 있었던 사람도 있었다. 복싱 서클 관련 지인도 꽤 늘었다. 학교만이 모든 게 아니었다.

무엇보다 무적의 트레이너가 있다.

기요미는 게이타의 개인 훈련에 주력하면서도 여전히 공영 체육관에서 아줌마나 할아버지 수강생들의 펀치를 성실하게 리드하고 있다.

“기요미 씨는 항상 최고야.”

“우리 학생도 정말 강해졌네.”

“언젠가 시합에 나갈 거지?”

“그때는 우리도 응원하러 갈게.”

수강생들도 지금은 게이타가 개인 훈련을 받고 있다는 걸 알고 저마다 격려해준다.

웃으며 모든 펀치를 받는 도모토 기요미는 발키리는 아니나 역시 모두의 수호신이다.

그녀에게 오래전 복싱 체육관 주인이 말을 걸었듯 게이타는 언젠가 자신도 누군가에게 말을 걸 수 있는 사람이 되기를 바란다.

복싱을 시작하고 대략 한 달 정도가 되었다.

자신은 여전히 강하지 않고 앞으로 또 표적이 될지 모른다. 그러나 이제는 덮어놓고 도망치는 일도, 인간은 추하다고 포기하는 일도 안 할 거다.

왜냐하면 나는 이미 시작했기 때문이다.

답답한 현실에는 변함이 없고, 신종 코로나바이러스의 유행은 끝을 모르고, SNS는 온갖 욕설과 비방, 중상으로 가득하다.

그래도 게이타는 앞을 똑바로 바라보며 걸음을 내디딘다.

일단은 움직여. 마음은 따라올 거야.

그렇게 믿고 기도하며 앞으로도 이어질 부조리하고 무섭고 험한 길을, 게이타는 자기 다리를 믿고 한 걸음, 한 걸음 걸어갈 것이다.

# 전망 좋은 방

지하철역에서 지상으로 나왔을 때 하늘은 여전히 어두컴컴했다. 우에다 히사노는 우치사이와이초 교차로 건널목을 건너면서 손목시계를 봤다. 이제 곧 6시다.

11월에 들어 일출이 상당히 늦어졌다. 앞으로는 이른 출근이 힘들어지는 계절이다.

인적 없는 인도를 재빨리 걸으며 신바시로 향한다.

관청가에 인접한 정갈한 거리의 대로를 따라 내려가면 점차 잡다한 분위기로 바뀌기 시작한다. 이자카야, 라면 가게, 소비자 금융 등이 눈에 띄기 시작하면 이미 신바시역 앞이다. 같은 상업지구라도 달랑 5분 사이에 거리 모습이 이토록 바뀌는 지역도 드물다.

간토를 중심으로 영업 중인 카페 체인점에 근무한 지 이럭저럭 10여 년이 흘렀다. 처음에는 실직 후 잠시 쉬어가는 아르바이트로 시작했는데 생각보다 길어져 어느새 정직원이 되었고 6년 전, 마흔 살 때 히사노는 신바시의 매장을 맡게 되었다.

대로에서 골목으로 들어가 복합 건물 뒷문으로 돌아가서 오토록을 해제하고 안으로 들어갔다. 빌딩 1층에 있는 서른 평 정도의 매장이 지금 히사노의 성이다.

'성'이라고 할 것도 못 되지만…….

히사노는 마스크 안에서 살짝 웃었다.

검은 일인용 가죽 소파와 창가에 배치된 카운터 자리. 점장인 히사노 외에는 전원이 아르바이트인 작은 가게이다. 같은 체인이라도 신설 매장은 공간이 넓은 데 반해 고즈넉한 신바시 지점은 고색창연한 분위기가 감돌았다. 카페라기보다 찻집이라는 단어가 더 어울린다.

찻집이라고 하면 차를 마신다는 뜻인데 옛날 찻집은 담배 피우는 곳이라는 의미도 있었다고 해석하는 사람도 있다. 딱히 그걸 노린 건 아닌데 점장으로 임명되었을 때 히사노는 과감하게 신바시 지점을 전석 흡연으로 바꿨다.

시대의 흐름에 거스르는 이 정책은 직장인이 많은 신바시라는 지역적 분위기 덕분에 예상보다 평이 좋았다.

몇 년 전 건강증진법이 개정되면서 대부분의 가게에서 편안히 앉아 담배 피우기가 어려워졌다. 전석 금연이 주류가 되었고 흡연석과 금연석을 나누는 정책을 시행하는 매장이라도 간신히 입석 흡연 부스만 설치하는 정도다.

그 손바닥만 한 공간조차 신종 코로나바이러스 유행 이후 인원 제한이 이루어졌다. 운 좋게 흡연 공간에 들어가더라도 유리 너머로 순서를 기다리는 사람을 보고 있자면 담배 맛이 사라질 것이다.

신바시 지점은 몇몇 절차를 거쳐 전석 흡연 정책이 이어지고 있다. 매장이 작아 '객석 면적 100평 이하'라는 개정 건강증진법 예외 조항에 들어간 게 그나마 다행이었다.

전석 흡연 가게에는 스무 살 미만은 들어올 수 없는데 지역 탓인지 미성년자가 오는 일은 거의 없다. 환기 기준도 엄격하나 코로나 유행 이후로는 모든 사업장에 비슷한 대응이 요구되고 있으므로 마찬가지다. 게다가 '흡연 난민'의 우울함을 생각하면 그 정도 고생은 아깝지 않다고 히사노는 느끼고 있다.

일인용 소파에 깊게 몸을 묻고 커피를 마시면서 천천히 담배를 즐길 수 있는 이 매장은 인터넷에서 '스모커의 성지'라고 불리고 있단다.

유니폼으로 갈아입고 아침 영업 준비를 시작했다. 달걀샌드위치, 참치샌드위치, 햄 양상추 샌드위치까지 모닝 세트 메뉴는 많지 않고 대부분 기성품이라 진열장에 진열하면 끝이다.

오늘은 금요일이다. 직장인이 주 고객인 신바시 지점은 주말 손님이 적어 상품 보관 기간이 짧은 상품은 평소보다 적다. 남은 상품이 나오지 않도록 매입하는 일도 점장의 실력이다. 그런 점에서 단골이 많은 신바시 지점은 매입량을 정하기 쉽다.

어느 정도 준비를 끝내고 벽걸이 시계를 본다. 오전 6시 반이다. 오픈까지 30분 남았다. 이제 슬슬 오전 담당 아르바이트 기요노 유키가 와야 할 시간인데 올 기미가 전혀 없다.

늘 있는 일이다.

히사노는 가볍게 한숨을 내쉬고 혼자 청결 상태를 확인하기 시작했다. 이십 대인 유키는 사십 대 중반의 히사노를 얕보고 있다. 본인은 의식하지 못하고 있을 텐데 그래서 더 악질이다.

물론 자신이 이십 대였다면 역시 이렇게 작은 가게에 매달려 있는 사십 대 중반의 히사노를 얕봤을 것이다. 젊을 때는 여기가 아닌 어딘가에 거창한 미래가 기다리고 있다고 근거도 없이 믿었다.

대체로 이르든 느리든 그 믿음은 무너지지만…….

차가운 게 가슴속에 오간다.

잡념을 떨치고 각 부분을 점검했다. 주방, 객석, 입구. 화장실은 특별히 꼼꼼하게. 공기청정기를 돌리고 출입구의 손 소독제를 보충한다.

"좋은 아침입니다!"

히사노가 준비를 다 끝내고 오픈 10분 전이 되어서야 유키가 나타났다.

"11월인데도 계속 덥네요. 오늘도 아이스가 꽤 많이 나가겠는데요?"

출근 시간이 다 되어 나타나고도 미안한 기색은 전혀 없다. 그러나 의외로 유키의 예측은 잘 맞아떨어져 히사노는 바로 아이스커피용 얼음을 더 많이 챙겼다.

유키가 유니폼으로 갈아입기를 기다려 가게 조명을 켜고 자동문의 잠금장치를 푼다.

오전 7시. 오픈 시간이다.

"어서 오세요. 좋은 아침입니다."

오픈과 동시에 가게에 들어온 단골손님에게 히사노와 유키는 나란히 인사를 건넸다. 11시 반까지의 아침 시간대는 매일 둘이 가게를 운영한다.

전석 흡연 정책을 시행한 후 신바시 지점에 오는 사람은 대부분이 흡연 목적의 단골이다. 본사 관리팀에 처음 기획서를 제출했을 때 손님들 가운데 거친 사람들이 늘어나지 않겠냐며 우려를 들었다. 그러나 뚜껑을 열어보니 매일 가게에 오는 단골들은 의외로 혼자서 조용히 담배와 커피를 즐기는 손님뿐이었다. 관리자가 걱정한 고객층은 애당초 카페를 찾지 않을지도 모른다.

이날도 단골들은 드문드문 자리에 앉아 재빨리 재떨이를 당겨 담배에 불을 붙였다. 고객층은 이십 대부터 육십 대까지 폭이 넓은데 정장을 입은 샐러리맨 스타일의 남성이 압도적으로 많다. 집에서도 사무실에서도 마음껏 담배를 피울 수 없으리라, 지금은 소수파인 그들은 여기서 마음껏 담배 연기를 내뱉는 걸로 소소하게나마 자신을 위로한다. 그 모습을 보고 있으면 히사노의 마음도 덩달아 평온해졌다.

"여기는 전석 흡연석인데 괜찮으실까요?"

새로운 손님이 오면 반드시 먼저 확인하는 절차를 유키를 비롯한 아르바이트 직원에게도 철저히 시행하도록 한다. 인터넷 정보를 보고 일부러 찾아오는 애연가도 많으나 여성 손님은 대체로 앗, 하며 얼굴을 찌푸린다.

그럴 때는 근처 커피숍을 안내한다. 최근 히사노는 직접 지도까지 만들어 준비했다. 같은 계열 체인의 긴자나 히비야 지점의 정보도 물론 넣었으나 핵심은 경쟁 체인이라도 같은 가격대의 가게를 정확하게 소개하는 것이다.

그런 노력을 게을리하지 않은 탓인지 음식점 입소문 사이트에서도 신바시 지점의 평판은 나쁘지 않다.

가게 앞에 로드바이크 한 대가 멈춘다.

헬멧을 오토바이에 걸고 몸에 딱 붙는 가죽점퍼를 입은 남성이 가게에 들어왔다. 지난 한 달간, 매일 평일 아침에 오기 시작한 신규 단골이다.

본래 가게 앞에는 자전거라도 주차 금지인데 아직 이른 아침이고 통행자가 많지 않아서 너그럽게 봐주고 있다. 그 배려를 아는지 남성은 모닝 세트를 먹은 다음 반드시 라지 사이즈 커피를 테이크아웃해 간다.

"어서 오세요. 좋은 아침입니다."

접수대 앞에 선 남성에게 밝게 인사한다.

"안녕하세요."

남성도 가볍게 고개를 숙였다.

주문을 받으면서 자연스럽게 모습을 살핀다. 로드바이크의 남성은 이 지역 직장인과는 조금 다른 분위기를 풍기고 있다.

일단 나이를 잘 모르겠다. 젊지 않은 건 분명한데 로드바이크 때문인지 스포츠 선수처럼 다부진 체격이다.

무엇보다 중년 남성 특유의 피로감과 고압적인 자세가 없다. 왠지 상쾌하다.

매일 아침 보다 보니 남성에게 불가사의한 정겨움을 느끼고는 했는데 어느 날 문득 떠올렸다.

이 남성의 분위기는 히사노가 대졸 신입으로 입사했던 디자인 사무소 디자이너들과 비슷하다. 생각해보니 애연가도 아닌 히사노가 '전석 흡연'이라는 콘셉트를 떠올린 이유는 그곳이 일상적으로 담배를 피우는 사람들이 많아서였는지 모른다.

계속 일하고 싶었던 편안한 사무소였으나 불황의 여파로 결국은 해산했다. 현재 그들은 프리랜서로 디자인 일을 계속하고 있을 것이다. 사무직이었던 히사노만이 개인사업자가 되지 못하고 전혀 다른 직종에 취업했다.

아주 작은 상실감을 느끼면서 주문받은 블렌드 커피와 햄샌드위치를 트레이에 올린다.

"주문하신 메뉴 나왔습니다."

트레이를 남성에게 건넨다. 아마 이 사람도 그들과 같은 프리랜서이리라.

"아, 안녕하세요!"

옆 계산대에서 늘어져 있던 유키의 등이 갑자기 펴진다.

"안녕하세요."

로드바이크 남성 다음으로 온 사람은 밤색 머리카락을 어깨에 늘어뜨린 여성 손님이다. 콧소리를 내며 인사한다.

주근깨가 흩어진 화장기 없는 얼굴은 소녀처럼 사랑스럽다. 처음 가게를 찾아왔을 때는 전석 흡연 안내뿐 아니라 나이 확인까지 해야 했다. 실은 그녀가 유키보다 연상인 스물여섯임을 알고 황급히 사과했다.

—괜찮아요.

여성은 히사노에게 콧소리를 섞어 말했다.

얼마 안 되는 여성 단골손님인 그녀는 늘 달걀샌드위치 모닝 세트를 주문하고 창가 카운터 자리에 앉았다.

"저 손님, 콘카페 캐스트래요."

로드바이크의 남성이 돌아가며 아이스커피를 테이크아웃해 나가면 첫 번째 모닝 세트 행렬이 일단락되는데 그때 옆 계산대에 선 유키가 속삭인다. 그의 시선 끝에는 달걀샌드위치를 다 먹고 가느다란 손가락에 담배를 끼우고 있는 조금 전 여자 손님이 있다.

"캐스트? 배우 같은 건가?"

"아니요. 콘카페 캐스트요."

"콘카페?"

"아, 점장님이 알기 쉽게 말하자면 메이드 카페 같은 거예요. 저 손님이 일하는 콘카페는 콘셉트가 비행기 승무원이래요."

그 말을 듣고서야 히사노는 드디어 '콘카페'가 '콘셉트 카페'

의 약어임을 깨달았다.

"심야 근무를 끝내고 여기서 한 대 피운 후 집에 간대요."

"어떻게 그걸 알아?"

히사노의 목소리에 비난의 색깔이 섞인다. 고객의 개인 정보를 알아내는 건 절대 안 된다.

"얼마 전에 손님이 말을 걸어왔다고요. 고향이 같아서 잠깐 신이 났어요. 특별히 다른 속내가 있는 건 아니라고요."

"그래도 나눈 얘기를 퍼뜨리면 안 되지!"

"콘카페는 딱히 이상한 데가 아니에요. 여기도 콘카페 아닌가요? 스모킹 콘카페."

"그런 말이 아니라……."

"승무원 콘카페, 야간 비행이라는 설정이라 심야 영업이래요. 정말 웃기죠."

단골손님의 신상을 떠들지 말라는 의미였으나 유키는 전혀 신경 쓰지 않는다. 애당초 들을 귀가 없을지도 모른다.

"콘카페 월급을 들으니 성실하게 아르바이트하는 게 바보처럼 여겨지더라니까요. 사진이 붙은 캐스트용 명함도 받았는데 너무 딴 사람이라 놀랐어요. 좋겠어요, 인기로 돈을 벌다니. 맨 얼굴은 평범하고 나이도 꽤 되는데. 하긴 심야 근무나 인센티브제는 힘들 수도 있겠죠."

혼자 정신없이 떠드는 유키를 진심으로 노려보는데 단골들이 연달아 들어왔다. 두 번째 모닝 세트 손님들의 시작이다.

"어서 오세요. 좋은 아침입니다."

똑바로 앞을 보고 상업용 미소를 짓는다.

8시 무렵이 되자 테이크아웃 손님도 늘어 잡담을 나눌 여유가 사라졌다. 히사노도 유키도 오로지 커피와 카페라테를 만들고 꽉 찬 재떨이를 새로 바꾸는 작업에 쫓겼다.

창가 자리에서 계속 스마트폰을 만지던 밤색 머리의 여성이 트레이를 내놓고 가게를 나간다. 슬쩍 시야에 들어온 옆얼굴은 지독하게 피곤해 보였다.

예전과 비교하면 여성이 남성을 상대로 접대하는 가게의 분위기는 시대에 맞춰 부드럽게 변한 듯하다. 불경기와 규제의 영향도 있을지 모르지만 아마도 지난 30년간 남성의 성적 취향이 바뀌어온 탓도 있으리라.

호스티스 클럽에서 걸스 바. 걸스 바에서 콘셉트 카페.

그러나 아무리 부드러워져도 여성의 피로가 가벼워지지는 않는다.

지금은 남성이 여성 손님을 접대하는 가게도 점점 늘어난 듯하니까 그런 피로가 여성에게만 가해지는 것도 아니지만…….

"고맙습니다. 또 오세요!"

부정이라도 씻어내듯 모닝 세트를 먹어치우고 귀로에 오르는, '야간 비행'을 끝낸 비행하지 않는 항공기 승무원의 뒷모습을 히사노는 인사하며 배웅했다.

마침내 모닝 세트 행렬이 일단락되고 주간 아르바이트 두 명이 들어오면 그제야 잠시 휴식을 취한다. 시식용 커피를 들고 건물 뒷계단으로 나온다. 바깥 계단의 층계참에서 난간에 기대어 복잡한 신바시 거리를 멀거니 바라봤다.

유니폼 주머니의 스마트폰이 진동한다. 꺼내보니 대학 시절의 친구가 메시지를 보냈다. 왠지 두렵다. 여름에 있었던 '여자 모임'을 직전에 취소했는데 이번에는 둘만 만나자는 제의였다.

보낸 사람은 요네카와 에리코이다. 현재는 유명한 전자상거래 기업에서 매니저로 일하는 워킹맘이다. 경력도 화려한 데다 아내이자 어머니…….

대학 때는 함께 발리로 여행 간 적도 있는데 지금은 히사노에게 가장 멀게 느껴지는 존재다.

'읽음'이 붙고 만 메시지를 말없이 바라본다.

스마트폰이란 편리하나 아주 성가시다. 일단은 메시지 앱과 SNS는 이용하는데 노트북을 더 오래 써온 히사노는 이 조그만 기계를 조작하는 게 여전히 힘들다.

에리코가 싫은 건 아니다. 그러나 모든 걸 다 가진 그녀와 있으면 한군데 정체된 자기의 게으름이 도드라지는 느낌이다.

점장이 된 지 6년이 지나 최근에는 슬슬 관리자가 되어보지 않겠냐고 본사 인사부가 제의하고 있는데 히사노는 이리저리 피하고 있다.

이대로 충분하다.

관리자가 되려면 영양학이나 바리스타 자격증도 필요해진다. 그런 기력도, 야심이 자신에게는 없다. 지금 수입이면 혼자 충분히 먹고살 수 있다. 그것만으로 충분하다. 유키 같은 젊은이들이 아무리 얕봐도 여기서 움직이고 싶지 않다. 어느 길이나 앞으로도 혼자일 테고 아무것도 안 될 테니까.

히사노는 커피를 마시고 얕은 구름이 드리워진 하늘을 물끄러미 올려다봤다.

아주 짧은 휴식을 끝내고 점심을 대충 때우면 다음은 식후 한 모금을 원하는 커피 타임이 절정에 달한다. 이에 더해 사무실에 커피를 가져가는 손님이 쉴 새 없이 찾아와 아침 담당 유키가 빠진 뒤로도 히사노는 점심 담당 아르바이트 두 명과 정신없이 일한다.

이른 아침부터 약 열 시간을 계속 일하고 오후 4시에 간신히 퇴근한다. 저녁 담당 아르바이트에 열쇠를 넘기고 뒷문을 통해 건물을 떠난다.

큰길에 나오자마자 갑자기 피로가 밀려든다. 오늘은 조금 기분 나쁜 일이 있었다.

—전석 흡연인데 괜찮으시겠어요?

평소처럼 확인했다.

—뭐라고? 여자는 흡연하면 안 돼? 차별하는 거야, 뭐야?

비슷한 세대 여성 손님이 괜한 화풀이를 하려는 듯 시비를 걸어왔다. 모든 손님께 하는 확인이라고 설명해도 변명하지 말라며 더욱 불쾌한 표정을 지었다. 서비스업이니 어쩔 수 없는 일이라 해도 점원에게 끈질기게 불평해대는 손님을 만나면 피폐해지고 만다.

이런 날은 역시 거기일까.

지하철을 갈아타고 한 장소로 향했다.

다케바시역에서 지하철을 내려 계단을 오른다. 지상으로 나와 완만한 언덕을 이루는 다리를 건너면 오른쪽에 필로티 구조의 모던한 건물이 보인다.

기타노마루 공원 안에 있는, 도쿄국립근대미술관이다.

오늘이 금요일이라 다행이다. 보통은 오후 5시면 폐관인데 이 미술관은 금요일과 토요일만 저녁 8시까지 연다. 코로나 시국에 내내 규제되어 있던 야간 개관이 다시 시작된 게 정말 다행이다.

더 가까워지자 콘크리트 지붕 위에 '우와지마역'이라는 빨간 네온사인이 빛나는 게 보였다. 도쿄의 심장부인 황거 바로 정면에 에히메현 남서부에 있는 오래된 성의 서민 동네 역 이름이 빛을 발하고 있다. 향수가 감도는 레트로한 네온사인을 발견하니 일상에서 살짝 빗겨난 듯한, 기묘한 부유감에 사로잡힌다.

이 네온사인 역시 이번 기획전 작품의 일부이다.

그러나 오늘은…….

인기 기획전은 다음에 천천히 보기로 하고 컬렉션 회장으로 걸음을 옮겼다. 연간 정기권을 스태프에게 보여주고 엘리베이터를 탄다.

컬렉션은 맨 꼭대기 4층부터 2층까지 주제별로 12개 방이 배치되어 있다. 엘리베이터로 꼭대기까지 올라가 위층부터 순서대로 감상하는 구성이다.

이 미술관은 19세기 말부터 현대에 이르기까지 일본 작품 중심의 미술품 1만 3000점 이상을 보유하고 있다. 더 멋진 점은 원래는 상설인 컬렉션이라도 회기마다 전시를 교체한다는 것이다. 미술 감상이 취미인 히사노는 전시가 교체될 때마다 이곳을 찾는다.

아니, 전시가 교체되지 않더라도…….

독특한 기획전이나 방대한 컬렉션도 물론 매력적이나 이 미술관에 히사노에게 또 다른 의미의 특별한 장소가 있다.

들뜨는 기분을 억누르며 엘리베이터에서 내린다. 히사노는 제일 먼저 꼭대기 방으로 향한다.

좁은 입구를 나아가면 갑자기 눈앞이 확 트인다. 커다란 창 너머에는 황거의 숲과 마루노우치 고층 빌딩들의 석양이 파노라마처럼 펼쳐져 있다.

'전망 좋은 방'. 그렇게 이름 붙여진 전망 휴게실은 공간 자체가 컬렉션의 하나로 꼽힌다. 창을 향해 이탈리아 태생 디자이너 해리 베르토이아가 만든 와이어 체어가 줄 지어 있다.

휴게실에 유명 디자이너의 의자를 놓아둔 점도 미술관의 볼거리 중 하나이다. 사이타마에는 '오늘의 의자'를 공식 홈페이지에 소개하는 미술관도 있다.

세련된 와이어 체어도 좋으나 이 방에는 쇼와시대를 대표하는 프로덕트 디자이너 와타나베 리키가 1952년에 발표한 〈히모스〉의 복제품 〈로프 체어〉가 있다. 전후 시기에 자재비를 들이지 않으면서도 쾌적한 의자로 고안된, 끈을 엮어 만든 의자다. 방 안에 단 두 개뿐인데, 해먹처럼 편안해 히사노는 특별히 좋아했다.

마침 시간이 맞았네…….

아직 하늘이 상당히 밝아 마음이 뛰었다. 히사노는 얼른 로프 체어에 깊이 몸을 기댄다. 여기서 시시각각 색이 변하는 도쿄의 석양을 바라보는 게 주말을 특별하게 보내는 히사노만의 방법이다.

옅은 먹색의 하늘이 짙은 군청색으로 변하자, 황거의 숲이 검게 가라앉고 해자 주변 포장도로의 가스등이 빛을 내기 시작한다. 검은 숲 너머에는 휘황찬란하게 불빛을 내는 마루노우치 빌딩들이 이어진 산맥처럼 솟아 있다. 시선을 옮기니 조명을 비춘 도쿄타워 끄트머리도 보였다.

히사노는 로프 체어에 몸을 기대고 석양에서 밤으로 잦아드는 도시 풍경을 실컷 바라본다.

평소에는 좀처럼 체감할 수 없는 시간의 흐름에 몸을 담그고 있다 보면 서서 일하는 피로와 부조리한 짜증을 받아야 하는 불쾌감이 스르르 몸 안에서 씻겨 떨어져 나가는 듯하다.

컬렉션과 기획전은 사람들로 북적여도 이 방의 존재는 그다지 알려지지 않았는지 비교적 늘 한가하다. 이날도 넓은 방에는 몇 명뿐이다. 히사노는 조용한 시간의 흐름을 온전히 맛보았다. 자잘하고 잡다한 일상과는 상관없이 변화하는 하늘과 구름과 빛의 순간적인 정경을, 그림처럼 한 장, 한 장 망막에 새긴다.

가끔, 이곳을 카페로 만들면 좋겠다는 의견이 들리는데 오로지 풍경만 보게 하는 공간이어야 가치 있다고 생각한다. 여기에는 누군가와 마주 보는 자리가 하나도 없다. 모든 자리가 커다란 창을 향해 놓여 있다.

마치 도쿄 자체와 마주하고 있는 느낌이다.

의자에 몸을 맡긴 채 도쿄에 온 첫날을 떠올린다. 히사노는 대학 진학을 위해 고향인 나가사키에서 상경했다.

정보, 사람, 소리, 색깔…… 모든 게 지나친 거리. 그러나 의외로 그것들이 잘 정리된 거리.

도쿄의 정갈함을 지키는 것은, 눈에는 보이지 않는 수많은 룰이다. 암묵적인 룰. 스마트한 명분. 끊임없는 사교적 대화. 말하지 않아도 척척 진행되는 규칙들.

처음에는 긴장의 연속이었으나 히사노는 점차 도쿄가 자신처럼 지방에서 온 이들에 의해 돌아간다는 사실을 깨달았다. 대학 교수님도 친구도, 아르바이트 선배도 반 이상은 지방 출신이다. 그 점을 좀처럼 깨닫지 못한 이유는 그들이 '도쿄의 룰'을 묵묵히 지켰기 때문이다.

도쿄에서 사는 사람들은 솔직한 속내를 말하지 않는다. 사투리를 숨기듯 예의라는 반투명한 막으로 본심을 숨기고 최대한 같은 톤으로 말하려 조심한다. 그렇게 하지 않으면 사실은 도쿄 사람이 아니라 '촌뜨기'임을 들킬 테니까.

도쿄는 다른 지역의 사람들이 룰을 지켜 구축한 도시다.

그래서 나 같은 사람에게는 편안하다.

히사노는 태어나고 자란 땅에서 지낸 18년보다 훨씬 더 긴 시간을 도쿄에서 지냈다.

—혼자 미술관에 가다니, 왠지 허영덩어리 같잖니?

문득 어머니 아사코의 이야기가 귓가에 되살아나 단숨에 흥이 깨졌다.

도쿄의 룰 아래 산다면 입 밖에 내길 꺼려야 할 솔직한 속내. 그러나 그게 '촌뜨기'의 편견만이 아님을 잘 안다.

얼마 전에도 남성 잡지에 "미술관에 혼자 가는 여성에게 말을 걸어라"라는 연애 조언이 실려 화제가 되기도 했고 실제로 전시 감상 중에 모르는 남자가 말을 걸어온 적도 여러 번 있다. 표면적인 명분 이면에는 어머니와 같은 생각을 하는 사람은 늘 존재한다.

오히려 그게 룰 뒤에 숨은 본심일지 모른다.

6년쯤 전에 한 번, 나가사키에서 올라온 어머니를 시로카네다이에 있는 도쿄도 정원미술관에 데려간 적 있다. 옛 귀족의 저택이었던 아르데코 양식의 건축은 정말 아름다웠고 넓은 정원에는 세련된 카페도 있었다. 그곳이라면 어머니도 기뻐하지 않을까 생각했다.

—이 많은 사람은 도대체 왜 이렇게 어려운 걸 아는 척하며 보는 거니? 예술가도 아닌데.

칠레 건조 지대에 설치한 수백 개의 풍경이 바람에 흔들리는 모습을 담은 〈작은 영혼들(Animitas)〉이라는 영상 작품 앞에서 어머니는 조그맣게 속삭였다.

국제적으로 활약하는 현대 미술가 크리스티앙 볼탕스키의 적막함이 떠도는 세계관에 도취해 있던 히사노는 둔기로 머리를 세차게 얻어맞은 느낌이었다.

다시는 어머니와 함께 미술관을 찾지 않겠다고 굳게 다짐한 순간이었다.

미술관을 나온 다음 어머니는 레스토랑에 들어가자마자 이런 곳에서 현실도피하지 말고 좀 더 현실을 보라며, 마흔 살 이상도 들어갈 수 있는 결혼정보회사 가입을 끈질기게 권유했으나 굳게 입을 다물었다. 당시는 히사노가 막 마흔 살이 되었던 때라 어머니는 외동딸의 결혼을 아직 포기하지 못했던 모양이다. 점장이 되었다고 말해도 "고향에서 자식이 결혼하지 않은 사람은 엄마뿐이야"라며 기어이 결혼상담소 팸플릿을 들이밀었다.

성가셨고 도저히 내 마음을 알아줄 것 같지 않았다.

그렇다고 히사노에게 나쁜 엄마였다고는 할 수 없다.

히사노가 어릴 때 부모님이 이혼했는데 아사코는 외동딸을 부족함 없이 키워냈다. 보험 판매 일을 계속하면서도 매일 저녁 따뜻한 식사를 준비해주었다.

이혼 원인은 아버지의 불륜이었다. 히사노가 스무 살이 될 때까지 양육비는 보내줬으나 새로운 가족과 오사카와 사는 아버지와는 거의 교류하지 못했다.

모녀 가정은 결코 유복하지 않았으나 도쿄 대학에 가고 싶다는 히사노의 희망을 어머니는 최대한 응원해주었다.

원래 그림 그리기를 좋아한 히사노는 도쿄에서 미술 관련 일을 하고 싶었다. 그러나 그것은 너무나 좁은 문이었다. 프로 화가나 디자이너가 되는 꿈은 도쿄 미대의 오픈 캠퍼스에 참여했을 때 이미 산산이 부서졌다. 자신에게는 그 일을 직업으로 삼을 만한 재능이 없었다.

그러나 도쿄에는 많은 미술관이 있다. 국립 미술관이나 박물관이라면 대개 500엔 정도면 입장할 수 있다. 때로는 무료 감상할 수 있는 설치 공간도 준비되어 있다.

결국 히사노는 도쿄 내 대학 문학부에 진학했고 취미로 미술 감상을 계속했다. 감상자로서 예술에 기여하고 지지할 수 있음을 깨달았기 때문이다. 자신에 대한 위로이기도 했으나 사실 뛰어난 미술 작품은 히사노를 늘 자기 발로는 도달할 수 없는 '여기 아닌 어딘가'로 데려다주었다.

사무직이라도 대졸 신입으로 디자인 회사에 들어갔을 때는 솔직히 기뻤다. 당시 그 사무소는 도쿄의 소극장에서 공연되는 예술 영화 포스터 디자인을 주로 맡았다. 시사회에서 가장 먼저 영화를 볼 수 있다는 이점도 있었다.

사무소가 해산되어버린 건 유감이나 그 또한 시대의 흐름이라고 받아들였다. 더불어 지금 상황도 나름대로 만족하고 있다. 요즘 세상에 아르바이트로 시작해 정직원이 되다니 대단한 일이 아닐 수 없다.

그러나 어머니는 아무것도 되지 못한 외동딸에 속을 끓이고 있다.

—도쿄에 나가 넓은 세상을 보는 일도 좋은 일이지. 네가 젊을 때 다양한 경험을 하길 바랐어. 그런 게 다 미래를 위한 거 아니니?

어머니에게 미래란 딸이 새로운 가정을 꾸리는 일과 도무지 떼어내 생각할 수 없을 것이다.

—엄마는 고향을 벗어나본 적이 없어서 네 아버지처럼 그저 그런 사람밖에 못 봤으니 어쩔 수 없지. 그런데 넌 다르잖니?

그래서 기대했다며 섭섭해했다.

예술가가 되지 못한 건 어쩔 수 없다. 그래도 아내나 어머니라면 못 될 게 없지 않느냐며 어머니는 꼬투리를 잡아 히사노를 나무랐다.

—도쿄에는 그렇게 사람이 많은데 어째서 좋은 사람 하나를 못 만나니?

—지금이야 괜찮을지 모르지. 그러나 앞으로는 외로울 게 분명해.

—이러면 엄마는 영 마음을 놓을 수가 없겠구나.

이런 말을 들을 때마다 "그러는 엄마도 결국 혼자잖아?"라는 말이 목구멍까지 올라왔으나 간신히 삼켰다. 신종 코로나바이러스가 확산 중이라는 핑계로 지난 3년 가까이 오봉에도 새해에도 나가사키에 가지 않았다.

다행히 전화로 안부를 물으면 어머니는 허리가 아프다며 투덜대기는 해도 코로나에도 안 걸리고 비교적 건강하게 지냈다. 건강하게 지내면 그걸로 됐다. 얼굴을 보면 늘 나오는 질문만 변함없이 되풀이될 뿐이다.

혼자인 이유를 아무리 설명해도 이해해줄 것 같지 않았다.

대학 동창들과의 '여자 모임'에 참석하는 게 싫은 이유도 마찬가지다.

수업 세미나에서 친해진 친구들은 지금은 다 결혼해 엄마가 되었다. 에리코처럼 출산 후에도 일을 계속하는 사람도 있고 전업주부인 사람도 있다. '도쿄의 룰'을 따르는 그녀들은 어머니처럼 솔직한 속내를 털어놓지는 않으나 그 눈빛과 말투는 항상 히사노에 대한 조심스러운 질문을 담고 있다.

무엇보다도 "결혼만이 전부는 아니야"라며 이해하는 듯 행동하는 걸 보는 것도 우울하고 싫다. 솔직한 마음을 털어놓는다고 해서 그 마음이 그대로 이해되리라는 보장은 없다. 혹시 털어놓아도 거기에는 다시 "왜?" "어째서?"라는 대답할 수 없는 수많은 의문부호가 달릴 것이다.

사실 히사노는 연애에 전혀 관심이 없다.

고등학생 때 깨달았다. 다들 아이돌이나 애니메이션 캐릭터에 빠져 있는 중학교 때까지는 그래도 그럭저럭 따라갈 수 있었는데 고등학교에 들어와 주변 모두가 실제 연애로 내달리기 시작하자마자 소외감을 느꼈다. '연애 이야기'에 낄 수 없었다.

—히사노도 언젠가는 틀림없이 알게 될 거야.

—아직 괜찮은 사람을 못 만났을 뿐이야.

—상처받는 게 싫은 거 아냐? 좀 더 자신을 가져.

남자친구가 있는 반 친구들은 그렇게 격려했다.

—난 절대 배신 안 해.

—우정이 먼저야.

남자친구가 없는 반 친구들은 그렇게 견제했다.

마침내 정말로 알게 될 때가 되었는지, 호감을 밝힌 아르바이트 선배와 교제했고 그가 원해 성관계도 경험했다. 그러나 아무것도 달라지지 않았다.

선배에게 연애 감정이 생기지도 않았고 잠자리를 할 때마다 간신히 견딜 뿐 횟수가 늘어나도 다른 여자들이 말한 것처럼 쾌감이나 흥분을 느끼지 못했다.

에리코와 함께 발리를 여행했을 때 딱 한 번 그런 화제를 이야기한 적 있다. 연애에도 섹스에도 관심이 생기지 않는다, 굳이 표현하자면 고통일 뿐이다. 히사노의 말을 듣고 에리코는 "그건 진짜 상대를 아직 만나지 못해서 그런 거 아닐까?"라고 고교 동창과 크게 다르지 않은 말을 던졌다. 그래서 너는 '진짜 상대'와 연애와 섹스를 하고 있냐고 물었더니 묘하게 생각에 잠겼고 대화는 그걸로 끝이었다.

그때 히사노는 생각에 잠길 정도의 상대와도 연애나 섹스를 '그냥' 할 수 있는 에리코 같은 여자들은 역시 자신과 근본적으로 무언가가 다르다는 사실을 새삼 깨달았다.

최근에는 자기 같은 사람을 '에이로맨틱(Aromantic)'이나 '에이섹슈얼(Asexual)'이라고 부른다고 한다. '에이로맨틱'이나 '에이섹슈얼'은 연애나 섹스를 혐오하는 게 아니라 그저 관심이 없는 사람들을 호칭하는 단어이다. 그 정의에 따르면 자신도 대충 그에 해당할 것이다.

최근 뉴스에서 자주 보는 LGBTQ에 더해 지금은 수많은 명칭이 존재한다. 아무에게도 연애 감정이나 성적 욕구를 갖지 않는 '에이로맨틱', '에이섹슈얼'과는 반대로 모든 성과 젠더에 연애 감정과 성적 욕구를 갖는 '팬로맨틱(Panromantic)', '팬섹슈얼(Pansexual)'이라는 정의도 있다고 들었다.

굳이 명찰이 필요하다면 자신은 에이섹슈얼, 에이로맨틱일 것이다. 그러나 그런 식으로 자기 주장을 해야 하는 세상은 히사노에게 살기 힘들고 번거롭기만 하다. 히사노는 그렇게까지 해서 자기 긍정을 얻고 싶지는 않았다.

나는 평생 혼자일 것이고 아무것도 안 될 것이다. 그것뿐이다. 다만…….

어머니를 생각하면 히사노의 마음은 침울해진다.

—네가 그렇게 계속 혼자인 이유는 아무래도 내가 이혼을 해서겠지.

나가사키로 돌아가는 어머니를 공항에서 배웅할 때 한숨처럼 중얼거렸다.

자기가 아무것도 안 되는 건 어쩔 수 없는 일이나 그것 때문에 어머니가 자책하는 건 견딜 수 없었다.

동시에 히사노가 아내도 어머니도 되지 못해서 아사코 역시 '어머니' 이상의 존재가 되지 못했음을 깨닫고 만다. 어머니는 틀림없이 열망했을 '할머니'라는 자리를 끝내 얻지 못했다.

너무나 안타깝고 미안하다.

아무에게도 연애 감정을 품지 못한다는 말은 차갑고 자기 멋대로라는 뜻일지 모른다. 그래서 나는 자신을 긍정할 수 없다. 아무도 사랑하지 않는 나는 자기조차 사랑할 수 없다.

어느새 밖은 어둠에 잠겨 유리창에 얼굴이 비친다. 살짝 눈살을 찌푸린 표정이 정말 한심하게 보였다.

이제 슬슬 전시를 보러 가야겠다고 생각하며 히사노는 로프 체어에서 몸을 일으켰다.

다음 주 일요일, 히사노는 히비야 호텔 라운지에서 에리코와 마주 앉아 있다. 솔직히 오기 싫었는데 '꼭 만나 얘기하고 싶은 게 있다'는 메시지가 계속 날아와 더는 거절할 수 없었다. 무엇보다 에리코는 대학 때 가장 친했던 친구이다. 실제로 얼굴을 보니 역시 반갑고 기쁘다.

다만 에리코가 데려온 라운지의 커피가 커피 체인점 가격 여섯 배에 해당해 몰래 눈을 부릅떴다. 라운지에서 수다 꽃을 피우는 사람들은 대부분 경제적으로 여유가 있어 보이는 중년 여성이다. 말할 필요도 없이 히사노가 점장을 맡은 카페와는 고객층이 사뭇 다르다.

자리를 잡고 한동안 간단히 근황을 전했다. 어차피 히사노가 할 얘기는 거의 없어서 대부분 에리코가 '여자 모임' 친구들의 최근 상황을 말했다.

무엇보다 친구 오모리 도모코의 아들이 최근 복싱을 시작했다고 한다. 코로나 유행 이후 학교는 거의 온라인 수업이라 여름방학 내내 방에만 틀어박혀 있었는데 갑자기 스파링에 출전했다는 것이다. "걱정스럽기는 해. 그래도 히키코모리보다는 낫잖아." 도모코는 안도의 표정을 지었다고 한다.

대학 시절, 도모코는 우수한 학생이었다. 동창 가운데 입사를 희망하는 사람이 많았던 대형 종합 상사에 대졸 신입으로 입사했는데 그 상사 연수에서 "여성은 꼭 치마를 입도록" 지도를 받았다고 했던 걸 지금도 생생히 기억한다.

그런 환경의 회사에서 사내 커플로 만나 결혼한 도모코는 퇴사해 현재는 전업주부이다.

—히사노는 정말 괜찮은데…….

'여자 모임' 친구 중에 히사노만 독신이었을 때 도모코는 중얼거렸다. 악의가 있었던 건 아니지만 그녀에게는 그만큼 결혼하지 않는 게 '괜찮지 않은' 일임을 뼈저리게 깨달았다.

"다른 얘기인데 너, 미술관 순례 올리는 거 정말 좋아."

갑자기 던져진 에리코의 말에 히사노는 정신을 차린다.

"응? 내가 계정 알려줬었나?"

"응. 전에 알려줬어."

사진이나 동영상 업로드 사이트가 관람객을 불러 모으는 효과가 큰지 최근 미술관은 규칙만 지키면 촬영을 허가해줄 때가 많다. 히사노도 기록을 겸해 간단한 감상과 함께 미술관 전시를 사진 업로드 사이트에 올리고 있다.

'hisano'라는 계정을 사용하고 따로 열람 제한을 두지도 않았으니 당연히 많은 사람이 볼 가능성이 있겠으나 에리코가 자기 계정을 들여다보고 있다고 상상하니 왠지 찝찝한 기분이 들었다.

회사에서는 관리직으로, 가정에서는 아내와 어머니로 매일 바쁜 시간을 보낼 그녀의 눈에 '늘 혼자'인 나는 정말 태평하게 보일지도 모른다.

—이렇게 어려운 걸 아는 척하며 보는 거니? 예술가도 아닌데.

어머니의 혼잣말이 그 생각 위로 겹친다.

"밤에 네가 올린 사진을 보고 있으면 발리에서 화랑을 돌아다니던 때가 기억나. 우붓, 정말 좋았어! 정글 속에 공방과 갤러리가 있었잖아."

에리코의 말에 다른 뜻은 없는 듯하다.

"역시 예술은 위로가 된다니까. 요즘은 좀처럼 위로받을 일이 없어……."

에리코는 크게 한숨을 내쉬며 테이블에 팔꿈치를 댔다.

"왜 그래? 무슨 일 있었어?"

"응. 좀."

에리코의 찻잔이 빈 걸 알아차린 라운지 직원이 은색 포트를 들고 와 새 커피를 따라준다. 에리코는 두 잔째 커피를 마시면서 이야기를 조금씩 털어놓기 시작했다.

현재 에리코가 매니저로 있는 부서에서 어떤 공포증이 있는 직원 한 명이 사무실에서 공황 발작을 일으켰는데 그녀를 둘러싸고 한때 회사 분위기가 험악해졌다고 한다. 그 여성이 공황 발작을 일으킨 건 딱 한 번뿐인데 젊은 남자 직원 하나가 에리코가 안일하게 대응했다며 따지기 시작했다는 것이다.

"공황 발작을 일으킨 애도 정직원이야?"

히사노의 질문에 에리코는 고개를 끄덕인다.

"파견이나 계약직이라면 또 모르겠지만 정직원을 그런 이유로 해고하면 오히려 직장 내 괴롭힘이 되잖아?"

그런 이율배반적이고 모순적인 구조가 회사 안에서 마찰을 낳는다며 에리코는 눈살을 찌푸렸다.

"그녀는 지금 전혀 문제없이 일하고 있어. 그래도 계약직 직원들 분위기는 술렁여. 게다가 그 젊은 직원은 잘난 척해대며 정신질환자까지 배려해가며 일할 수는 없지 않냐, 그게 정말 공평한 근무 환경이냐며 사사건건 따진다니까."

또 에리코의 상사는 그의 얘기를 그대로 믿고 현장 상황은 아무것도 모르는 주제에 의기양양하게 여성 매니저는 엄격하질 못하다며 설교했다고 한다.

"우와. 나까지 우울해진다!"

저도 모르게 얼굴을 찌푸리자, "그렇다니까!"라며 에리코도 고개를 절레절레 흔든다.

"어려운 문제야. 다양성, 다양성 하는데 다양성을 진짜 인정하는 환경이 전혀 갖춰져 있지 않아. 솔직히 강하게 주장하는 사람이 이기는 싸움 같지 않아? 저마다 자기 사정만 주장하면, 배려해야 하는 사람이 제일 손해 보는 일이 발생할 수도 있잖아?"

에리코가 하고자 하는 말은 잘 안다.

지금은 온갖 명칭이 넘쳐나 SNS를 보고 있으면 명찰이 필요한 사람이 정말 많다. "난 커뮤니케이션 장애예요", "난 불안장

애예요", "난 주의력결핍장애(ADHD)예요", 이름표를 붙이면 누군가는 안심이 될지도 모르나 너무 일상적으로 꼬리표를 붙이게 되면 정말 고통을 겪는 사람들이 보이지 않게 되어버리지 않을까.

게다가 사람을 관리하는 자리에 있는 에리코의 말처럼 주장이 요구로 변질되는 경우도 생긴다.

그렇게 생각하니 히사노의 심정은 복잡해졌다.

"앞으로 세상은 더 다양한 일들로 어려워지고 힘들어지겠지. 우리 애가 정말 잘 적응할지 걱정돼. 우리 둘째는 워낙 응석받이라."

갑자기 에리코가 엄마의 얼굴이 되었다.

"아들은 어느 정도 크면 엄마에게 개인적인 얘기는 전혀 안 하게 되나 봐. 도모코도 아들을 도통 모르겠다고 했어. 이번에도 어떻게 복싱을 시작하게 됐는지는 여전히 미스터리래."

"어쩔 수 없지. 부모와 자식도 결국은 남이니까……."

그냥 나온 말에 에리코는 숨을 삼켰다.

"그런가? 듣고 보니 그러네. 그렇지만 그래서 더 얘기해야 하는 거 아닌가? 아무것도 설명해주지 않으면 모르니까."

그 탄식에 조금 찔렸다.

"그건 그렇고 조금 외모가 괜찮은 젊은 남자는 늘 아줌마를 우습게 보는 경향이 있지 않니?"

다음 에리코의 혼잣말 같은 소리에 이번에는 히사노가 놀라 앗! 소리를 내뱉었다.

"너도 그런 생각을 해?"

여전히 화사하고 아름답고 누구나 다 아는 회사에서 매니저로 일하는 에리코가 자기와 똑같은 생각을 품다니 의외였다.

"있어. 그거 있어!"

에리코가 고개를 크게 끄덕였다.

"그 유능한 남자 직원 말이야, 이번 일이 있기 전부터 나를 무시하는 태도를 보였어. 그런데 말이야, 나도 젊었을 때 아저씨들을 무시했던 걸 생각하면 이해도 되고."

에리코는 어깨를 움츠렸다.

그 행동을 보며 에리코는 정말 많은 가면을 쓰고 있음을 새삼 깨닫는다. '어머니' '아내' '여자' '상사'까지. 이날도 차례차례 가면을 바꿔 쓰며 다양한 이야기를 해주었다.

반면 도모코처럼 '어머니'의 가면만을 단단히 쓰고 벗지 않는 사람도 있을 것이다.

듣기만 하는 자신은 밋밋한 맨얼굴을 그대로 드러내고 있다.

가면이 많으면 바쁘고 힘들 테지만 다른 가면을 쓰는 순간 삶이 전환되는 일면도 있을 것이다. 어쩌면 자신은 미술을 감상함으로써 그런 전환을 바라는 게 아닐까.

왜 미술 작품을 보냐는 어머니의 질문에 대답 하나를 찾은 느낌이었다.

"아, 맞다! 네게 꼭 하고 싶은 얘기가 있었어."

에리코가 커피잔을 받침에 놓으며 갑자기 손뼉을 쳤다.

"실은 우리 회사에 사업개발부라는 정체를 알 수 없는 부서가 생겼거든. 그리고 거기에 역시 정체 모를 거품경제기의 아저씨가 이사 대우로 들어왔어. 그런데 그 사람, 아침마다 너희 카페에서 모닝 세트를 먹는다고 하더라."

그 '정체 모를 거품경제기의 아저씨'가 매일 로드바이크로 회사에 온다는 말을 듣고 히사노는 눈을 동그랗게 떴다.

"매일 아침 너희 체인점 커피를 들고 있어서 슬쩍 어느 가게에서 샀냐고 물었더니 담배를 피울 수 있는 신바시 지점이라고 하잖아? 네가 점장으로 있는 가게 맞지? 너희 가게에서 우리 회사까지 로드바이크로 오면 의외로 가깝고."

"혹시 그 사람, 검은 가죽점퍼를 자주 입어?"

"맞아, 맞아!"

에리코가 또 손뼉을 쳤다.

세나 미쓰히코라는 이름의 남성은 원래 대형 제작 프로덕션에서 영상 프로듀서로 일했는데 한 달쯤 전에 에리코가 일하는 이커머스 회사로 자리를 옮겼다고 한다.

"엄청난 우연이라 정말 놀랐어. 그 가게 점장이 대학 동창이라고 했더니 그 사람도 놀라더라."

코로나로 인한 새로운 생활 습관의 영향으로 현재 이커머스 업계는 무섭게 세력을 늘리고 있다.

"세금 대책인지 뭔지로 사장이 영상 사업에 손을 대고 싶어서 헤드헌팅했나 봐. 물론 지금까지는 흡연실에서 담배 피우는 모습만 봤지만."

무슨 일을 하는지 알 수 없었던 아저씨가 히사노의 가게 커피를 아주 칭찬했다고 한다.

"도쿄 내 체인점 중에서 너희 가게가 제일이래."

"체인점은 어디나 같은 머신으로 내려. 핸드 드립도 아닌 이상 맛은 똑같을 텐데."

"그게 아니래. 같은 머신이라도 커피가 남거나 부족하지 않도록 잘 회전시키고 있어서 그런 거래. 점장이 제대로 가게 상황을 파악하고 가장 맛있는 상태로 커피를 내는 거라고."

히사노는 저도 모르게 어리둥절한 표정을 짓고 말았다.

본사 관리자나 총괄 매니저에게 그런 말을 들은 적은 한 번도 없다.

"이 말을 꼭 만나서 전하고 싶었어."

에리코는 커피를 마시면서 아주 기쁜 듯 웃었다.

"너는 틀림없이 일 처리를 잘할 거야. 발리 여행에서도 정말 꼼꼼하게 조사했잖아. 그 덕분에 정말 좋은 추억을 만들었어. 그런 면을 일에서도 잘 살리고 있어서 감동했어."

히사노는 생각지도 못한 칭찬을 멀거니 듣고 있었다.

요즘 들어 날씨가 맑은 날이 많았는데 그날은 아침부터 차가운 비가 내렸다. 기온도 뚝 떨어져 으슬으슬 춥다. 올가을 처음으로 겨울 코트를 꺼내 입은 히사노는 지하철 계단을 내려가면서 뒤를 돌아봤다.

"엄마. 안 추워?"

도쿄로 온 이후 오랫동안 사투리를 쓰지 않았는데 어머니랑 있으면 아무래도 정겨운 울림에 끌리고 만다.

"괜찮아. 잔뜩 껴입었어."

뒤를 따라오는 어머니가 고개를 끄덕였다.

아니나 다를까 어머니는 더 입을 수도 없을 정도로 잔뜩 옷을 껴입고 머리에는 털모자까지 쓰고 있다. 그래도 오랜만에 만난 어머니는 아주 말라 훨씬 작아진 느낌이다.

한동안 만나지 못한 탓인지 어머니는 부쩍 쇠약해진 듯 보였다.

지상으로 나오니 컴컴한 하늘을 배경으로 한 '우와지마역'이라는 붉은 네온사인이 눈에 들어왔다. 네온사인을 바라보며 절로 한숨을 내쉬었다.

어쩌다가 이렇게 됐을까…….

11월 중반, 갑자기 도쿄에 오겠다는 어머니의 연락을 받았다. 도쿄에 볼일이 있어 오는 김에 만나자는 것이다. 히사노는 급히 휴가를 내고 공항까지 어머니를 마중 나갔다.

거기까지는 좋았는데 긴자에서 점심을 사주겠다고 하니 점심은 이미 먹었다며 미술관에 데려가달라는 말을 어머니가 꺼냈다. 게다가 히사노가 지금 가장 가고 싶은 곳을 데려가달라는 말을 되풀이했다.

"엄마. 미술에 관심도 없잖아?"

어이없어서 한 말에 어머니는 그렇지 않다며 성을 냈다.

"너, 다음에는 도쿄국립근대미술관 기획전에 가고 싶다는 글을 얼마 전에 올렸잖아. 그곳에 데려가다오."

갑자기 그런 말을 듣고 아연했다.

아사코는 젊어진 배낭 주머니에서 스마트폰을 꺼내 히사노보다 훨씬 익숙하게 조작했다.

"자, 이것 봐. 네가 올린 거지?"

의기양양하게 사진 업로드 사이트 화면을 내밀어 히사노는 할 말을 잃고 말았다. 에리코에 이어 어머니까지 자신의 사진을 보고 있을 줄은 상상도 못 했다.

"아니, 네가 도통 집에 오질 않으니 이렇게라도 근황을 알아야 하지 않겠니."

메일 주소로 검색하니 바로 알았다며 어머니는 찔리는 기색도 없이 웃었다.

정원미술관 일로 완전히 정을 뗀 히사노는 뭐든 다른 걸로 관심을 돌리려고 했으나 어머니는 "네가 제일 보고 싶은 걸 함께 보고 싶다"라는 주장만 되풀이할 뿐이었다.

결국은 두 손 들고 말았으나 히사노는 지금도 어머니가 진짜 현대 미술을 보고 싶은 것인지 회의적인 생각을 떨치지 못하고 있다.

"이번 기획전은 현대 미술이야, 엄마. 소장품 컬렉션이 낫지 않아? 중요 문화재도 볼 수 있고."

원래 기획전 표에는 컬렉션도 포함되어 있는데 둘을 다 보려면 히사노도 상당히 피곤했다. 칠순을 넘긴 어머니의 체력으로는 불가능하다고 판단했다.

"너는 그거 얼마 전에 봤잖아."

그러면서 어머니는 의기양양하게 기획전 쪽으로 가려 했다. 어쩔 수 없이 히사노는 기획전 표를 두 장 샀다.

기획전은 일본 현대 미술을 대표하는 예술가 오다케 신로의 특별 회고전이었다.

전단이나 잡지에서 오린 것, 스낵의 성냥갑, 계산서 같은 종이부터 금속 라벨, 자동차 바퀴, 폐기물까지 문자 그대로 온갖 잡동사니를 붙인 여러 권의 스크랩북은 오다케의 대표적인 작업이다.

이번 회고전에는 미니어처 북부터 수십 킬로미터에 달하는 거대한 스크랩북을 비롯해 약 500점의 작품이 출품되었다. 미술관 외관에 설치한 '우와지마역'이라는 네온사인도 1990년대 중반에 역이 개축될 때 버려진 네온사인을 오다케가 가져와 이번 전회에 맞춰 미술관에 '콜라주'한 것이다.

히사노는 전시장에 들어가자마자 방대한 작품들이 뿜어내는 에너지의 소용돌이에 완전히 매료되었다. 특히 보라색의 기이한 조명 아래 서 있던 '몽쉐리'라는 스낵 간판을 단 스크랩 오두막이 인상적이었다.

오두막 안에 거대한 스크랩북이 설치되어 있고 주위에도 빼곡하게 광고와 잡지 스크랩이 붙어 있다. 오두막의 벽면에는 오다케가 대학 휴학 중에 일했다는 홋카이도 베쓰카이의 낙농 간판이 설치되어 있다. 깊은 밤, 느닷없이 목장 마을로 들어와 버린 듯한 환상적인 분위기를 자아내는 스크랩 오두막을 보고 있자니 점점 쓸쓸한 기분이 들었다.

여기에는 흘러간 시간과 잃어버린 것의 잔상과 기억 같은 게 붙어 있다. 사라져버린 것의 인상은 자신과 직접 관계가 없는 것이라도 애절하다.

완전히 작품 세계에 빠져 있던 히사노는 퍼뜩 정신을 차렸다.

황급히 주위를 둘러보는데 바로 옆에 아사코가 있었다. 어머니도 히사노와 나란히 작품을 가만히 응시하고 있다.

"엄마. 피곤하지?"

커다란 마스크 너머의 옆얼굴이 창백해 보여 걱정된다. 아사코는 고개를 저었으나 바로 얼굴을 찌푸렸다.

"그냥 좀 허리가 아파."

어머니가 허리를 문지른다.

"무리하면 안 돼."

작품 세계에 몰두하는 통에 어머니를 완전히 잊고 있었다. 히사노는 어머니의 팔을 잡고 엘리베이터까지 안내했다.

꼭대기 '전망 좋은 방'에 도착하자 어머니의 눈이 커졌다.

"엄청난 경치구나."

애석하게도 날씨가 좋지 않았으나 오늘도 황거의 상록수 숲 너머로 거울 유리로 둘러싸인 마루노우치의 고층 빌딩들이 산맥처럼 이어져 있다. 해자 옆의 포장도로 가로등이 흐리게 빛나 번져 보인다.

평일임에도 기획전은 젊은 사람들을 중심으로 붐볐는데 이 방은 여전히 조용했다.

어머니는 와이어 체어에 기대 상당히 오랫동안 눈앞의 풍경에 몰입했다. 히사노도 그 모습에 안도했다. 생각해보면 여기서 보는 풍경만큼 도쿄다운 건 없다.

어머니가 현대 미술을 진심으로 즐겼는지는 알 수 없으나 황거와 마루노우치의 빌딩들, 도쿄타워라는 도쿄의 상징이 파노라마처럼 펼쳐지는 모습은 이따금 도쿄에 오는 어머니에게는 작은 선물일 수도 있겠다.

얼마 후 어머니가 감개에 젖어 홀쩍 내뱉었다.

"너, 여기서 계속 애를 썼구나……."

어머니의 모습이 평소와 너무 달라 히사노는 어찌해야 할 바를 몰랐다.

"자, 이제 갈까. 시간도 늦었고."

어머니가 허리를 문지르면서 일어났다.

미술관을 나와 시간 되면 차라도 마시자고 했는데 어머니는 "그러면 네 가게에 갈까?"라는 말을 꺼냈다.

"우리 가게는 체인이라 도쿄 어디에나 있어. 도쿄다운 더 예쁜 카페에 가자."

"됐어. 네 가게가 보고 싶어."

"난 고용된 점장이라 딱히 내 가게도 아냐. 그리고 우리 가게는 모든 자리가 흡연석이야."

6년 전 점장이 되었다고 알렸을 때는 전혀 관심도 보이지 않아놓고 도대체 왜 이제 와서 난리일까. 만나지 못한 몇 년 사이에 심경의 변화라도 생겼나. 혹시 누군가가 딸의 근황이라도 물었나.

영 이해가 가지 않은 상태로 그래야 성에 찬다면 어쩔 수 없다는 마음으로 히사노는 어머니를 데리고 신바시까지 갔다. 작은 가게에 "어머, 귀엽네"라며 어머니는 환하게 웃었다. 앉고 5분도 지나지 않아 역시 흡연자만 있는 가게 분위기에 조마조마해지기 시작했다.

어머니와 함께 가게에 있는 건 아무래도 불안해 얼른 가게를 나왔다. 뒤에서 아르바이트 유키가 싱글싱글 웃고 있는 것도 신경에 거슬렸다.

"여기서부터는 나 혼자 갈게."

JR 개찰구에서 배낭을 멘 아사코가 웃었다.

"얘. 오늘은 고마웠다. 오랜만에 만나서 좋았어."

"엄마도 몸조심해야 해."

히사노도 가게 스콘을 선물로 건네며 말을 건넸다.

손을 흔들며 개찰구로 향하는 뒷모습을 바라보며 문득 어머니는 도쿄에 무슨 볼일이 있었던 건지를 생각했다. 게다가 이번에는 혼자인 히사노를 걱정하고 못마땅해하는 말을 한 번도 꺼내지 않았다.

마흔여섯이나 된 딸이니 이제 무슨 말을 해도 소용없다고 드디어 포기했나.

그게 어머니에게 좋은 일인지 나쁜 일인지는 잘 모르겠다.

히사노는 어머니의 조그만 뒷모습이 북적이는 인파에 묻혀 보이지 않을 때까지 우두커니 개찰구를 지켰다.

"어서 오세요. 좋은 아침입니다!"

모닝 세트 단골들에게 인사하면서 이날도 히사노와 유키는 오픈 직후부터 차례차례 커피와 카페라테를 만들었다. 자동문이 열릴 때마다 들어오는 북풍이 차갑다.

어머니가 갑자기 도쿄를 찾고 한 달이 지나 이미 연말이 다가왔다. 이제 일주일만 지나면 2022년도 끝이다.

11월은 비교적 따뜻한 날이 이어졌는데 12월 들어 기온이 뚝 떨어져 주말에는 한파가 몰려온다고 한다. 도쿄에도 크리스마스 눈 예보가 나왔다.

한때 안정된 듯 보였던 신종 코로나바이러스 감염자도 다시 폭발적으로 늘어 마침내 도쿄의 일일 확진자가 2만 명을 넘어섰다. 귀성 시즌을 맞아 더 큰 감염 확대가 우려되고 있다. 여전히 안심할 수 없는 매일이다.

어머니와는 지난달에 만났으므로 올해도 고향에는 가지 말아야겠다고 생각했다.

멀거니 이리저리 시선을 던지고 있는데 문득 일인용 소파에 앉아 커피를 마시면서 담배를 피우고 있는 세나 미쓰히코가 보였다.

에리코에게 이야기를 들은 뒤로도 미쓰히코와 개인적으로 대화를 나누는 일은 딱히 없다. 그 후 미쓰히코가 이혼한 독신남이라는 정보를 에리코의 문자로 알게 되었으나 고객의 개인 사정에 관심은 없다. 그저 모든 손님이 이 가게에서 편하게 지내기를 바랄 뿐이다.

이렇게 추워졌는데도 미쓰히코는 여전히 로드바이크를 타고 가게에 온다.

—세상 물정 모르는 거품경제 세대랄까. 언제나 발이 땅에서 떠 있는 느낌이야.

에리코의 문자에는 '쯧쯧'이라는 듯 어깨를 움츠린 고양이 이모티콘이 달려 있었다.

첫 번째 모닝 세트 손님들이 가게를 떠났을 무렵 앞치마 주머니에 스마트폰이 들어 있는 걸 깨달았다. 커피를 만드느라 바빠 깜빡하고 대기실에 놓아두는 걸 잊은 모양이다.

자연스럽게 스마트폰을 꺼내다가 깜짝 놀랐다.

부재중 알림 옆에 '12'라는 숫자가 표시되어 있었다. 도대체 무슨 일인가 싶어 잠금을 해제하자 모르는 번호가 수없이 전화한 착신 이력이 나타났다. 도무지 짐작이 가지 않았으나 아무래도 출근할 때부터 전화가 온 듯하다.

이런 이른 아침에, 도대체 어디서……?

시외 번호이고 그 번호가 나가사키인 것만은 알았다.

"기요노 씨, 미안해. 잠깐 나갔다 올게."

때마침 손님이 끊긴 때라 스마트폰을 들고 일단 가게 밖으로 나갔다. 불어오는 북풍에 몸을 움츠리며 발신을 누른다. 바로 여성의 목소리가 응답했는데 그녀가 댄 명칭을 바로 알아듣지 못했다.

그저 호스피스라는 단어만 겨우 귀에 남았다.

"저, 그쪽에서 여러 번 제게 전화하셨는데요."

소란한 심장을 다스리며 간신히 목소리를 냈다.

"아, 네……. 우에다 아사코는 제 어머니인데요. 아, 네…… 네……."

처음에만 제대로 대답한 듯하다. 어느새 스마트폰을 든 손이 사정없이 떨리기 시작했다.

"그게…… 전 몰랐어요. 아무것도 못 들었어요. 아무것도……."

목이 막히고 목소리가 갈라졌다. 머릿속이 새하얘져 상대의 말을 이해할 수 없었다.

아니, 저번에 만났을 때 그런 말은 한마디도…….

갑자기 평소와 달랐던 어머니의 모습이 떠오르며 예리한 칼날이 가슴에 날아와 박혔다.

—네가 제일 보고 싶은 걸 함께 보고 싶다.

그 말 뒤에 숨은 진실을 알고 가슴이 답답해졌다.

히사노는 스마트폰을 움켜쥐고 얕은 호흡을 뒤풀이한다.

지난 몇 년, 아사코를 괴롭힌 허리 통증은 단순한 요통이 아니었다. 진단받았을 때는 이미 췌장암 4기였다고 한다. 시한부 석 달이라는 선고를 받고 아사코는 몸에 큰 무리가 가는 치료를 거부하고 그리스도교 계열의 나가사키 호스피스 시설 입원을 선택했다. 지난달은 그 사실을 딸에게 전하려고 외출 허가를 받았다고 한다.

"그렇지만 전, 아무것도, 못 들었는데요……."

히사노는 멍한 머리로 그 말만 되풀이했다. 시야가 흐려지고 자기도 모르게 눈에서 눈물이 흘러나왔다.

나 혼자만 먹고살면 그만이다. 그런 태평한 마음에 어머니가

병으로 쓰러진다는 미래에 대한 대비는 전혀 없었다.

어머니는 계속 안정된 상태를 유지하고 있었는데 이번 달부터는 기온이 떨어져서 더 그랬는지 갑자기 상태가 악화했다고 한다.

이 시설에서는 고통을 완화하는 조치는 해도 치료할 수는 없다. 전화한 여성이 마지막을 알리는 연락이라고 차분하게 말했다.

"……알겠습니다. 지금 바로 갈게요. 바로……."

히사노는 기력을 짜내 호스피스 시설의 이름과 주소를 확인했다.

전화를 끊고도 온몸의 떨림이 멈추지 않았다. 바로 가겠다고 했으나 나가사키는 너무 멀다. 무엇보다 이런 연말에 비행기 표를 잡을 수나 있을까.

일단 항공사에 전화해보려 했는데 손가락이 떨려 제대로 검색할 수가 없다. 이를 악물고 최선을 다해 조작하려 했다.

"왜 그러세요?"

그때 바로 옆에서 목소리가 들려 하마터면 스마트폰을 떨어뜨릴 뻔했다. 테이크아웃 커피를 든 미쓰히코가 의아하게 히사노를 바라보고 있다.

"당장…… 당장 나가사키로 가야 해요. 어머니 몸 상태가 갑자기 안 좋아져서…….”

히사노는 말하고 깜짝 놀랐다. 손님에게 이런 개인적인 일을 말해서 어쩌자는 건가.

그러나 도무지 혼자서는 감당할 수가 없었다.

“저, 스마트폰으로 표를 사본 적이 없어서…….”

말한 순간 왈칵 울음이 터졌다.

“알겠어요.”

곧바로 미쓰히코는 자기 스마트폰을 꺼내 익숙하게 검색하기 시작했다.

“아, 큰일이네. 모든 항공사의 오늘 표는 다 매진이에요.”

스크롤을 반복하며 크게 한숨을 쉬었다.

역시, 그런가?

경종이 울리듯 히사노의 가슴이 빠르게 뛰기 시작했다. 이제 어떻게 해야 하지? 신칸센으로는 시간이 너무 오래 걸린다.

“공항에서 당일 취소를 기다리는 게 제일 좋은 방법인데 대부분 사전에 인터넷 예약을 받고 있어서 당일은 쉽지 않을지도 모르겠어요.”

미쓰히코는 잠시 생각에 잠겼다가 히사노를 바라봤다.

“점장님. 마일리지 회원인 항공사 있나요?”

“마일리지…….”

카드가 있었던 것 같다. 그러나 여러 해 고향에 돌아가지 않아서 어디 뒀는지 잊었다.

"마일리지 등급으로 우선순위를 올릴 수 있는데."

"그렇게 높은 등급은 아닐 거예요."

"그런가……. 항공사는 긴급 상황이라도 의외로 융통성이 없어요. 명의 변경도 안 되어서 타인의 등급으로 등록할 수도 없고."

"이, 일단 공항에 가봐야 하나요?"

불안함과 추위로 온몸의 떨림이 멈추지 않았다.

"아니. 공항 대기 인원을 내 ID로 조회해볼게요. 그래도 조금이라도 사람이 적은 카운터에 있는 게 낫잖아요. 일단 안으로 돌아가죠. 여기는 너무 추워요."

미쓰히코가 재촉해 함께 가게로 돌아오니 계산대의 유키가 깜짝 놀랐다. 그제야 비로소 자신이 눈물을 닦지도 않고 있음을 깨달았다.

서둘러 계산대로 들어가 간단하게 상황을 설명했다.

"가게는 걱정하지 마세요."

유키는 바로 긴장하며 혼자 가게를 보겠다고 했다.

"음…… 역시 연말은 인터넷 예약도 오래 기다리네. 이래서는 당일표는 못 구해요."

가게 구석에서 미쓰히코가 인원 조회를 계속한다. 히사노는 초조함을 억누르며 미쓰히코가 조작하는 스마트폰 화면을 바라봤다.

"저기요!"

갑자기 카운터 자리의 밤색 머리 여성이 돌아봤다.

"이 항공사라면 당일 취소가 있을 거예요."

히사노와 미쓰히코는 나란히 고개를 들었다. 콘셉트 카페의 여성이었다.

"죄송해요. 두 분 이야기가 들려서요."

원래 콧소리가 섞인 목소리인 듯한 그녀의 표정만은 한없이 진지했다.

"여기는 전화와 인터넷 예약을 전혀 안 받아요. 마일리지 회원 제도도 없어서 공항에서 기다리는 수밖에 없어요. 당일표라면 가장 확률이 높을 거예요. 성공률이 70퍼센트 이상이라고 들었어요."

여성은 스마트폰으로 중견 항공사의 홈페이지 화면을 보여줬다.

"아, 저기는 난 이용해본 적 없어."

미쓰히코가 허를 찔린 표정을 지었다.

"고맙습니다."

히사노가 서둘러 고개를 숙이자, "아니, 아니에요"라며 여성은 고개를 저었다.

"늘 여기서 편안히 지내게 해주셨잖아요."

여성이 차분하게 말을 이었다.

"저, 가짜 항공사 승무원이에요. 그래도 밤새 항공 덕후들을 손님으로 받아서 어쩌다 이런 정보는 많이 알게 되었어요. 도움이 된다면 좋겠어요."

히사노는 여성이 알려준 항공사와 미쓰히코가 알아봐준 비교적 인원이 적은 편을 메모해 조퇴하고 하네다 공항으로 향했다.

점심과 저녁 담당 아르바이트생에게 연락하는 일까지 맡아준 유키와 미쓰히코, 밤색 머리 여성의 배웅을 받으며 히사노는 가게를 떠났다.

공항으로 향하는 중 솟구치는 눈물을 간신히 참았다. 유키를 비롯해 단골들이 그렇게 도와줄 줄은 생각도 못 했다.

아무것도 되지 못한다고 착각했던 자신은 오만했다.

자신은 그 가게의 점장이다. 그에 대한 자부심을 품지 못하면 함께 가게를 운영하는 스태프와 가게에 와주는 단골들에게 면목이 없다.

어머니를 만나면 제대로 설명하자.

혼자인 건 어머니의 이혼 때문이 아니다. 자신은 연애에도 섹스에도 관심이 없는데 그건 그저 타고난 개성 같은 거라고. 자란 환경이나 교육에 문제가 있어서가 아니라고.

그리고 절대 불행하지 않다고.

내게는 함께 보낸 시간을 '좋은 추억'이라고 말해주는 친구도 있고 작지만 나의 '성'도 있다. 함께 일하는 동료와 소중한 단골도 있다.

그 사실을 자신도 이제야 깨달았다.

그러니까 엄마, 아직 가지 마.

히사노는 기도하는 심정으로 바닷가 풍경을 바라보며 공항행 모노레일 난간을 꼭 잡았다.

새로운 해, 2023년이 밝았다. 올해 겨울은 유독 춥다.

간사이는 기록적인 적설과 계속된 눈보라로 유통이 중단되는 사태에 직면했다. 도쿄는 그 정도로 눈이 많이 오지는 않았으나 히사노의 가게에도 동결 방지 매뉴얼이 배포되었다.

실제로 가게 수도가 어는 일은 없었으나 10년 만의 한파라는 이야기가 일기예보에서 여러 번 나왔다.

이날, 히사노는 휴가를 내고 '전망 좋은 방'에 왔다. 오늘도 커다란 창밖에는 황거의 녹음과 마루노우치 빌딩들의 파노라마가 펼쳐지고 있다.

—엄청난 경치구나.

감탄하던 어머니의 모습이 눈꺼풀 안에서 되살아난다. 오늘도 그날과 마찬가지로 납빛 구름이 드리워진 흐린 날이었다. 몇 사람이 듬성듬성 앉아 창밖을 바라보고 있다.

작년 말, 하네다 공항에서 취소 표를 기다린 히사노는 운 좋게도 오래 기다리지 않고 항공권을 구입할 수 있었다. 콘셉트 카페의 '비행하지 않는 승무원'이 알려준 항공사 비행기였다.

이후로도 나가사키 공항에서 버스와 전차를 갈아타고 마침내 호스피스 시설에 도착했을 때는 이미 저녁이 되어 있었다.

—따님이 오신다니까 어머니가 다시 기운을 차리셨어요.

간호사는 그런 말을 건넸으나 어머니는 눈을 뜨지 못했다. 창가 침대에서 한층 작아진 어머니는 혼수 상태였다.

완화 처치를 받는 어머니 곁에서 히사노는 그저 어머니의 손을 잡고 있는 것밖에 할 수 없었다. 어머니의 몸은 따뜻했으나 비참할 만큼 야위어 있었다.

엄마, 미안해. 아무것도 알아보지 못해서.

히사노는 멀리 펼쳐진 납빛 하늘을 바라본다.

커다란 마스크와 모자 탓에 이변을 알아차리지 못했다. 그날 점심 먹자는 제안을 거절한 것도, 틀림없이 식사할 수 없는 상태였기 때문이었을 것이다.

그래도 만나러 와줘서 정말 고마워.

안 그래도 히사노에게 특별한 장소였던 '전망 좋은 방'은 어머니와의 소중한 추억의 장소가 되었다.

어머니는 끝내 눈 한 번 뜨지 못하고 며칠 뒤에 세상을 떠났다. 맑게 갠 날의 저녁이었다. 석양이 방을 가득 채웠다. 눈꺼풀이 감긴 어머니의 평온한 얼굴이 황금색으로 물들어 반짝반짝 빛나는 듯 보였다.

시기가 시기인 만큼, 히사노는 어머니와 아주 가까웠던 사람만 불러 조촐한 장례식을 치렀다. 그제야 어머니가 영대공양* 묘에 들어갈 절차를 밟아놓았다는 사실과 신변 정리를 이미 끝냈음을 알았다.

에리코의 말처럼 자신이 정말 '일 처리'를 잘한다면 그건 어머니에게 물려받은 것이리라.

―아사코 씨는 말이야, 늘 너를 무척 자랑했단다. 네 가게가 입소문 사이트에서 늘 만점이라며.

조문객 중 한 명은 그렇게 말하기도 했다.

너무 긴장한 탓인지 정말 슬펐는데도 장례식을 치르는 동안

* '영원히 공양한다'는 뜻으로, 사찰에 미리 대금을 내어 유해 관리와 공양을 맡기는 방식.

눈물을 흘리지 못했다. 그리고 해가 바뀐 지금도 왠지 눈물이 나지 않았다.

아직 어머니의 죽음을 제대로 받아들이지 못하고 있나 보다.

머리맡에 앉아 수없이 건넸던 내 얘기가 어머니에게 전해졌을까.

엄마, 마지막으로 같이 본 기획전, 재밌었지?

지나가버린 것이나 잃어버린 것들을 이어서 모아놓은 듯한 스크랩북. 그 현대 미술을 어머니는 어떤 심정으로 바라봤을까.

듣고 싶은 얘기와 전하고 싶은 말이 산더미 같은데 확인할 방법이 없다.

좀 더 제대로 말해야 했다. 겁먹거나 포기하지 말고.

'에이로맨틱'이나 '에이섹슈얼' 같은 '명찰'을 다는 일이 번잡스러워도 그런 새로운 용어는 내 상황이 결코 특이한 게 아님을 상대에게 알리는 데 도움이 됐었을지도 모른다.

요구(어필)가 아니라 전달(커뮤니케이션)하기 위해 새로운 개념이 필요했을지도 모른다.

지금은 후회하는 수밖에 없지만.

듬성듬성 앉아 있던 사람들이 떠나고 어느새 방에는 히사노만 남았다. 이제 곧 폐관 시간이다.

히사노는 눈을 감고 가만히 로프 체어에 몸을 기댔다.

그때 갑자기 주위가 밝아졌다. 눈을 뜨니 구름이 갈라지고 커다란 저녁 해가 방을 가득 황금색으로 물들였다.

어떻게……?

이 방은 서향이 아니다. 놀라 눈을 뜨니 방을 비춘 빛은 마루노우치 빌딩들의 거울 유리에 반사된 석양이었다.

환상적인 커다란 석양이 황거의 녹음 위에 솟은 빌딩 벽면에 콜라주되어 있다.

그 순간 머릿속에 어머니가 숨을 거둔 날의 병실이 떠올랐다. 석양으로 물들어 빛나는 듯 보였던 어머니의 얼굴.

황금색으로 가득한 빛 속에서 누군가가 속삭인다.

—너, 여기서 계속 애를 썼구나…….

어쩌면 '명찰'을 내세우며 설명하지 않아도 어머니는 이미 다 알고 있었을지 모른다. 자신조차 알아차리지 못한 모든 것을.

그렇게 생각하는 것도 물론 환상이다. 그러나 한없이 변하며 사라지는 이 세상의 모든 존재는 다 환상일 것이다. 그러므로 스크랩해 모아둔다. 마음에, 기억에 붙여놓는다. 연애 감정은 이해하지 못하더라도 그것이 사랑임을 처음으로 알았다.

나는 사랑할 수 있다.

친구를, 동료를, 일을. 이제까지 긍정할 수 없었던 자신도.

여기서 계속 애를 써왔구나…….

어머니에게 인정받은 자신을.

그러니까 부디 안심해.

정신을 차려보니 따뜻한 게 뺨을 적시고 있었다. 히사노는 환상적인 석양빛을 받으며 조용히 그러나 끝없이 눈물을 흘렸다.

# 해파리는 거스르지 않는다

지난 며칠 따뜻한 날이 이어졌는데 벚꽃이 피자마자 기온이 뚝 떨어졌다. 매년 이맘때쯤 일본 열도는 이상하게 추워진다. 이른바 꽃샘추위라는 것이다.

세나 미쓰히코는 로드바이크를 운전하면서 넥워머에 턱을 묻는다. 하늘은 아주 맑은데 불어오는 북풍이 매섭다. 감염 예방을 위한 마스크도 지금은 방한에 도움을 주는 듯하다.

시나가와역 앞 주차장에 오토바이를 세우고 늘 가는 카페로 향했다. 동쪽 출구에서 몇 분 걸으면 나오는 카페는 요즘 스타일의 세련된 카페는 아니다. 체인점인데도 좌석 배치가 비교적 널찍해 예전부터 미팅 장소로 자주 이용했다.

문을 여니 역시 샐러리맨처럼 정장을 차려입은 사람들이 저마다 테이블에 자리를 잡고 비즈니스 미팅에 꽃을 피우고 있다. 가게 안을 둘러봤으나 만나기로 한 사람은 보이지 않는다.

"한 사람 더 올 겁니다."

다가온 직원에게 알리고 안쪽 소파 자리에 앉았다. 마스크를 턱까지 내리고 직원이 놓고 간 물을 한 모금 마신다.

딱히 할 일도 없어서 스마트폰으로 뉴스 사이트를 여는데 이날도 화제는 신종 코로나바이러스 관련 기사였다. 새로운 변이가 등장해 코로나 감염자 수는 여전히 상승 곡선을 그리고 있다. 그래도 정부는 앞으로 코로나를 인플루엔자와 같은 5류 전염병으로 분류할 생각인 듯하다. 5류로 이행되면 일일 감염자 수도 보고되지 않는다.

이 재난도 이렇게 흐지부지되어 언젠가는 일상이 되겠지.

냉소적으로 뉴스를 대충 읽다가 시각을 확인하니 어느새 약속 시각이 지났다.

생각해보면 옛날부터 시간 개념이 없는 녀석이었다. 특히 상대가 자기보다 아래라고 생각하면 아무렇지 않게 몇십 분씩 기다리게 한다. 그런 태도는 삼십 대의 한창 일할 때나, 오십 대 중반이 된 지금도 전혀 변함이 없다.

버릇처럼 가죽점퍼 주머니로 손이 가 담배를 찾다가 정신을 차렸다.

몇 년 전 개정된 건강증진법 덕분에 지금은 음식점 대부분에서 담배를 피울 수 없다. 앉아서 담배를 즐길 수 있는 가게는 도쿄에서 극히 일부이다. 이런 경향은 음식점에만 해당하지 않는다. 예전에는 빌딩에 층마다 있던 흡연실도 점점 줄어들고 있다.

담배 따위나 피우는 구 인류는 어디 가든 사절이란 말인가.

인원 제한이 있는 흡연 부스로 가고 싶지도 않아 흡연은 포기한다.

작년 가을에 새로운 직장으로 옮긴 뒤부터 전석 흡연이라는 요즘 시대에는 보기 드문 콘셉트 카페에 다니기 시작했다.

이른바 '스모커의 성지'. 느긋하게 앉아 담배를 즐길 뿐만 아니라 항상 새 재떨이가 준비된 청결한 실내를 떠올렸다.

그때 입구에 어깨가 넓은 중년 남성이 나타났다. 예전 동료인 후쿠시마다.

"미안해. 전차가 늦게 와서."

후쿠시마는 번드르르한 사과를 내뱉으며 다가온다. 자리에 앉자마자 직원을 불러 미쓰히코의 의견도 묻지 않고 따뜻한 커피 두 잔을 주문했다.

"아무래도 사고가 있었던 모양이야. 지금 역에 사람이 엄청나. 너는 안 걸렸어?"

"난 시내는 로드바이크로 이동해서."

미쓰히코의 말에 후쿠시마가 눈을 동그랗게 뜬다.

"뭐? 로드바이크? 오십 대도 중반을 넘었는데 대단하네. 그런데 너, 세타가야 안쪽 단독주택에 살지 않아? 거리가 꽤 될 텐데."

그렇게 말하는 후쿠시마는 지난 10년 동안 상당히 살이 올랐다. 특히 배가 심하다. 당장이라도 셔츠 단추가 튕겨져 나올 것 같다.

그에 비해 미쓰히코는 매일 로드바이크로 단련한 덕분에 삼십 대 중반 때와 체형이 거의 다르지 않다. 흰머리도 없어서 실제 나이를 맞히는 사람이 거의 없다.

"그 집은 원래 아내 명의라. 전처라고 해야 하나."

"아, 맞다. 너, 헤어졌지?"

후쿠시마의 무례한 말이 가게 안에 울렸다.

"괜찮아? 그 미녀 부인, 거래처 사장 딸이었잖아?"

"오십을 넘긴 부인인데 새삼 누구 딸이 뭐가 중요할까. 장인어른도 이미 타계하셨고."

신부 아버지가 세타가야 단독주택의 보증금을 선뜻 내줬다는 소문이 돌았을 때 후쿠시마를 포함한 동료들이 '꽃가마를 탄 남자'라고 요란을 떨었던 게 기억나 미쓰히코는 마스크 안에서 살짝 웃는다.

이 녀석에게 나는 여전히 거래처 사장의 데릴사위로 들어가 꽃가마를 탄 행복한 남자겠지.

"딱히 싸운 일도 없었어. 우리는 원만하게 이혼했어."

"그야 넌 누군가와 싸울 배짱 같은 게 없으니까."

당연한 듯 내뱉은 한마디가 미쓰히코의 가슴속에 덜컥 걸렸다.

"그래서 가죽점퍼 같은 걸 입었어? 지금은 어디 사는데?"

"실은 근처야. 그냥 편하게 혼자 임대 맨션에 살아. 시나가와 구 괜찮아. 지내기 편하고."

가볍게 대답하고 속으로 낮게 읊조린다.

누구와도 싸우지 않는 건 미덕 아닌가.

애당초 이혼도 일방적으로 아내가 꺼낸 얘기였다.

—딸이 스무 살이 되면 이혼해요.

5년쯤 전, 아내가 갑자기 선언했다. 이유는 지금도 모른다. 물었어야 했는지 모르나 아내가 갑자기 자기 생각을 실행에 옮긴 게 한두 번이 아니라 또 변덕이 동했다고만 생각했다.

딸 아카리가 스무 살 생일을 맞자마자 정말 이혼 서류를 내밀어 깜짝 놀랐다. 그러나 그때도 아내가 결심한 이상 어쩔 수 없다고만 생각했다.

아무것도 할 수 없는데 싸워봤자 피곤할 뿐이다. 배짱이 없는 게 아니다. 그저 피곤한 길을 피하는 것뿐이다.

"어때? 우리 기획에 투자할 수 있겠어?"

커피가 나오자마자 후쿠시마는 바로 본론으로 들어갔다.

"미국과 합작으로 할리우드 스타의 출연도 거의 결정되었어. 일본의 주연급 배우는 이제부터 정해야 하지만 출연진은 꽤 괜찮을 거야."

미쓰히코는 내놓은 기획서를 넘겼다.

일본의 인기 만화를 원작으로 한 합작 영화. 이름을 올린 할리우드 스타는 자국에서는 지는 별이지만 일본에서는 그럭저럭 인지도를 유지하고 있다.

"메일로도 확인했어. 확실히 나쁜 기획은 아닌데 다만……."

미쓰히코는 잠시 말을 흐린다.

"솔직히 요시오카 대표가 전면에 나서면 곤란해. 지금 우리 회사는 일반 기업이라 이미지가 무엇보다 중요해."

과감하게 이야기를 꺼낸 순간 후쿠시마는 불쾌한 듯 얼굴을 찌푸렸다.

"그건 우리도 잘 알아. 한동안 요시오카 대표는 앞에 나서지 않을 거야."

후쿠시마가 짜증스럽다는 듯 가운뎃손가락으로 테이블을 계속 두드린다.

"그건 그렇고 너, 그런 말을 잘도 한다. 우리가 그 사람 덕을 얼마나 봤는지 잊었어?"

"그야, 잘 알지."

"그렇다면 쓸데없는 소리는 꺼내지 마. 우리는 세간의 관심이 잦아들 때까지 기다리면 되니까."

세간의 관심이 잦아들 때까지 기다린다……. 후쿠시마의 말을 반추하면서 미쓰히코는 커피잔을 들었다.

1989년. 지금으로부터 34년 전 미쓰히코는 오랜 전통의 영화사에 대졸 신입으로 들어갔다. 후쿠시마는 입사 동기다. 처음 미쓰히코는 총무과에 배속되었는데 중간에 후쿠시마가 있는 비디오영업부로 옮겼다. 당시 비디오영업부의 부장이 아직 삼십 대였던 요시오카였다.

요시오카는 삼십 대에 이례적 출세를 한 후 영업 경험을 살려 제작부로 자리를 옮겼다. 'V시네마'라고 불린 오리지널 비디오가 잘 팔리던 시대였다. 거래처인 비디오 판매회사로부터 출자를 받아서 수많은 액션 영화와 호러 영화를 제작했다. 그중 몇 작품은 인기 시리즈가 되었고 재능 있는 젊은 감독과 액션 스타, 아이돌을 발굴했다.

공적을 인정받아 영화사의 근간인 영업부와 제작부 부장을 겸임하기에 이르렀다. 요시오카 제국의 시대가 개막한 것이다.

확실히 능력 있는 프로듀서였으나 동시에 지금으로 따지면 직장 내 괴롭힘의 화신 같은 남자였다. 후원사나 비디오 판매 회사의 접대 자리에서 여직원에게 술을 따르게 하는 일은 당연하고 술자리의 흥을 올리기 위해 젊은 남성 영업 사원은 원샷이 의무였다. 당시부터 요시오카의 측근이었던 후쿠시마는 맥주 피처를 단숨에 들이켰다.

술이 약한 미쓰히코는 한 잔을 단숨에 들이켠 후 급성 알코올 중독으로 쇼크를 일으키는 바람에 이후로는 재난을 피할 수 있었으나, 이상하게도 후쿠시마를 비롯한 일부 남성 직원들은 요시오카가 횡포를 부릴수록 그의 제왕적 군림에 도취했다. 또 요시오카에게는 기절한 미쓰히코를 극진히 보살피는 기묘한 오지랖이 있어서 그런 점이 더 공감을 일으켰다.

히트작이 늘어날수록 요시오카의 횡포도 커져 마침내 자기 체제에 순응하지 않는 제작 프로듀서의 기획을 고의로 짓밟기도 했다.

요시오카 체제가 서기 전부터 제작부에 있던 동기 프로듀서 미사키 가즈야도 요시오카에게 기획이 통과되지 않아 끝내 회사를 떠난 사람이다.

아니, 그 사람은 기획을 성사시키려고 스스로 현장 프로듀서 자리에서 내려왔지……. 연기자처럼 단정한 미사키의 얼굴이 뇌리에 떠올라 미쓰히코는 슬쩍 시선을 떨군다.

미사키 가즈야는 과묵했으나 감각도 능력도 있는 프로듀서였다. 더불어 청렴결백한 점이 있어서 때로 요시오카의 괴롭힘 습성을 강하게 비판했다. 그래서 더 요시오카의 마음에 들지 않았을 것이다.

—그 녀석 기획은 내가 통과 안 시켜.

대놓고 사람들 앞에서 공언하기까지 했다.

미사키는 부조리한 방해가 현장에 영향을 미칠 것을 우려해 끝내 스스로 사표를 냈다.

미사키를 잃고 공중 분해될 뻔한 기획을 이어받으려고 영업부에서 제작부로 이동한 사람이 바로 미쓰히코였다. 미사키가 추진한 기획은 잠재력이 컸다.

요시오카는 그 기획서를 미사키가 다른 프로덕션으로 가져가지 못하도록 새로운 제작 프로듀서로 자기 수하인 미쓰히코를 현장에 보냈다.

"너 같은 녀석이 프로듀서가 된 이유도 뒤에 요시오카 대표가 있었기 때문이잖아."

후쿠시마가 소파에 완전히 기대고 팔짱을 낀다.

"알아."

미쓰히코는 커피를 한 모금 마시고 고개를 끄덕였다. 사실 과장도 아니다.

요시오카가 싫어해 내쫓은 프로듀서들의 일을 속속 이어받았다. 미쓰히코의 이름은 제작 프로듀서로서 수많은 영화에 올라갔으나 사실 그가 기획한 작품은 하나도 없다. 누구와도 갈등을 만들지 않으며 공중 분해될 뻔한 현장을 간신히 이어나갔을 뿐이다. 그런 업무 스타일이 주위의 비웃음을 산다는 사실은 자신도 잘 알고 있다.

—기획이 마무리되어서 다행이야.

회사를 떠나며 그렇게 말한 사람은 미사키뿐이다. 다만 그때의 한없이 차가웠던 눈빛이 험담이나 비웃음보다 미쓰히코의 가슴 깊은 곳을 여전히 찌릿찌릿 자극한다.

요시오카 제국의 시대는 한동안 이어졌으나 2000년대에 들어와 드디어 문제가 드러나기 시작했다. 경영진도 모든 걸 독단적으로 결정하는 방식을 꺼리기 시작한 것이다. 특히 남녀고용기회균등법의 개정으로 두각을 드러내는 여성 직원들의 반발이 컸다.

—노인네들이랑 건방진 여자들이 하도 시끄러워서 못 해먹겠어.

요시오카가 투덜대면서 회사를 떠나 제작 프로덕션을 세운 게 지금으로부터 15년쯤 전이다. 후쿠시마를 비롯한 제작부의 대다수 스태프가 요시오카를 따라 나왔다. 미쓰히코도 묵묵히 그 흐름을 따랐다.

총무에서 프로듀서로 올려줬을 정도로 이상하게 요시오카의 사랑을 받은 미쓰히코는 회사에 남아도 있을 자리가 없었고 딸도 아직 어려서 직업을 잃을 순 없었다.

제작 프로덕션으로 옮긴 뒤로도 미쓰히코의 일은 변하지 않았다. 요시오카와 중간에 사이가 틀어진 프로듀서의 일을 인계해 현장을 돌리는 역할이다. 여전히 누군가가 시작한 기획의 크레디트에 이름만 올라가는 일의 연속이었다.

우습게도 그런 그의 역할이 가장 크게 발휘된 게 작년 봄, 요시오카 본인이 시작한 뉴질랜드와의 합작 영화 기획이 암초에 부딪혔을 때였다.

총괄 프로듀서를 맡은 요시오카가 젊은 여배우에게 성희롱으로 고발당한 것이다.

할리우드부터 번진 #MeToo 운동의 영향으로 최근 몇 년 사이 일본에서도 영상 업계와 연극계의 직장 내 괴롭힘과 성희롱이 매스컴을 뜨겁게 달궜다. 그때까지 연예계의 관습으로 묵인되어온 행태가 마침내 문제시되는 시대가 온 것이다.

물론 요시오카는 잘못을 인정하지 않았다. 그는 정말로 자기에게는 전혀 잘못이 없다고 생각할 것이다.

그러나 이제까지의 직장 내 괴롭힘이 속속 드러나며 후원사가 손을 끊고 주연 여배우마저 출연을 거부하기에 이르자 드디어 일이 잘못되었음을 깨달은 듯하다.

표면적으로는 총괄 프로듀서를 사임한 요시오카 대신 뒷수습에 나선 미쓰히코는 여기저기 고개를 숙이고 다니며 최종적으로는 외부에서 프로듀서를 데려와 간신히 프로젝트가 좌절되는 것만은 막았다.

우연히도 그 과정이 미쓰히코에게 새로운 전환점을 가져다주었다.

외부 프로듀서에게 모든 걸 맡기고 한숨 돌리고 있는데 중견 전자상거래 기업 파라웨이의 사장이 직접 헤드헌팅을 제안했다. 법인세 대책 차원도 있을 텐데, 사장은 앞으로 문화 산업의 하나로 영상 분야에 진출하고 싶다고 직접 말했다.

신종 코로나바이러스의 유행은 이커머스 시장을 확대했다. 그중에서도 파라웨이는 급격한 성장을 보여 앞으로 코로나가 진정되어도 갑자기 매출이 줄지는 않으리라고 경영진은 판단했을 것이다.

실제로 현재 영화 제작은 예전처럼 큰 도박은 아니다.

미쓰히코가 신입 사원일 때는 극장, 비디오, TV까지의 3차 사용이 전부라 너무나 힘들었는데 현재는 TV 방송만 따져도 지상파, 위성, 유료 방송에 더해 구독형 온라인 동영상 서비스 플랫폼이 수없이 많다. 필름에서 디지털로 이행하며 제작비도 대폭 줄었다.

즉 요즘 영화는 범용성이 높은 콘텐츠이기도 하다.

의외로 요시오카는 이 헤드헌팅을 반겼다. 미쓰히코를 파라웨이로부터의 출자 창구로 이용할 수 있다고 판단했을 것이다.

"지금의 너는 다 요시오카 대표 덕분에 있는 것임을 명심해. 그 사람이 없었으면 넌 총무에서 썩다가 진즉에 구조 조정 당했을 거야."

후쿠시마는 자기가 요시오카라도 되는 양 이쪽을 노려봤다.

"설마 너, 네 능력으로 헤드헌팅되었다고 생각하는 건 아니지? 문외한이 크레디트의 이름만 보고 네게 제안했을 뿐이야."

"안다고 했잖아."

자신에게 기획력이 없다는 사실 정도는 후쿠시마가 굳이 알려주지 않아도 자각하고 있다.

"그렇다면 이러쿵저러쿵 변명만 늘어놓지 말고 기획을 통과시켜. 요시오카 씨도 그럴 생각으로 네 이직을 받아준 거니까."

후쿠시마가 소파에 기댔다.

"게다가 너도 슬슬 그쪽에서 큰일을 해야 하지 않아?"

솔직히 아픈 곳을 찔렸다.

미쓰히코는 파라웨이에 이사 대우로 영입된 지 반년이 되었다. 초기에 인터넷용 기업 광고를 제작한 것 외에는 이렇다 할 일은 못 했다. 안 그래도 '사업개발부'라는, 존재 의의가 애매한 이름의 부서인데 이대로 가면 '도대체 저 사람은 뭐야?'라고 다른 부서 사람들이 수군거리기 시작해도 이상할 게 없다.

"어쨌든 피차 나쁜 일은 아니야. 잘 좀 해봐."

후쿠시마는 침묵을 지키는 미쓰히코에게 기획서를 내밀었다.

그 후로 미쓰히코는 별말 하지 않고 조용히 시큼털털해진 커피를 마셨다.

"이봐, 세나."

당연한 듯 건네진 계산서를 받아 커피 요금을 치르고 있는데 뒤에서 이름이 불렸다.

"너 왜 로드바이크를 타?"

"건강을 위해서, 그리고……."

영수증을 받으며 어쩌다 속내를 내뱉고 만다.

"바이크를 타고 있으면 아무 생각도 안 들어서일까."

"뭐?"

그 순간 후쿠시마의 얼굴에 조소가 깃든다.

"너, 생각할 게 있기나 해?"

순간 미쓰히코의 마스크 속 뺨 근육이 경직된다. 그러나 오히려 태평한 목소리를 냈다.

"듣고 보니 없네."

후쿠시마와 헤어져 주차장으로 돌아오니 오후 4시가 되려 하고 있었다. 회사로 돌아가기에는 어정쩡한 시간이다. 게다가 솔직히 너무 피곤했다.

배낭에 든 기획서가 무겁다.

실제로 이 기획서를 통과시키는 일은 그다지 어렵지 않다. 지금까지도 그런 역할을 해왔으니까. 아무리 경력이 많아도, 대작 영화에 이름을 올렸다 한들 어차피 다 다른 사람 일이었다. 딱히 의욕이 없어도 역할만 수행하면 경력은 그럭저럭 올라간다.

너무 이상한 얘기네.

열정과 뜻이 있는 사람일수록 왠지 이물질이나 방해꾼으로 여겨져 철저히 짓밟히는 일은 특별히 영화계만의 이야기가 아니다.

미쓰히코는 거기까지 생각하다가 고개를 흔들었다.

안돼. 그만해. 그런 생각을 열심히 한다고 세상이 바뀌는 것도 아냐. 내 신경만 너덜너덜해지지.

회사에 돌아가지 않아도 신경 쓸 사람은 아무도 없을 것 같았으나 그래도 일단 회사에 연락해 외부 일정 후 집에서 작업하겠다는 뜻을 전한다. 재택근무가 인정된 건 신종 코로나바이러스 덕택이다.

전화를 받은 직원은 재택근무라는 말을 전혀 안 믿는 눈치였으나 이사 대우인 그에게 반론을 제기할 마음은 없었다.

이 아저씨, 정말 제멋대로네…….

전화를 끊은 직원이 동료에게 투덜대는 모습이 눈에 선하다.

기업 광고 하나로 언제까지 버틸 수는 없는 노릇이다. 역시 기획을 통과시켜야 하나.

한숨을 내쉬고 헬멧을 쓰고 로드바이크에 올랐다. 제1게이힌 국도를 향해 페달을 밟아 중앙분리대가 있는 대로를 단숨에 남하한다.

운 좋게 빨간불에 걸리지 않고 20분쯤 경쾌하게 달라니 곧 오모리해안역 앞이 나왔다. 3차선을 타고 바다 쪽을 달리면 고층 맨션을 배경으로 돌고래 조각이 보인다.

시나가와구에서 운영하는 시나가와수족관 입구다.

주차장에 오토바이를 세우고 군데군데 펭귄과 바다사자 조각이 세워진 공원을 어슬렁어슬렁 걷는다. 잔디 너머에는 가쓰시마 운하의 물을 이용한 인공 호수가 펼쳐져 있다. 바닷물이 섞인 호수 위를 물새 몇 마리가 유유자적 헤엄치고 있다. 물가에 놓인 벤치에는 자기처럼 일을 놓아버린 샐러리맨 같은 남자들도 있었다.

유리로 지어진 수족관은 이 공원의 가장 안쪽에 있다. 티켓 판매소에서 "5시에 폐관해요"라는 말을 들었으나 여러 번 온 미쓰히코에게는 30분이면 충분하다.

구민 할인을 이용해 안으로 들어간다.

폐관 시간이 다가온 탓인지 통로에는 사람이 전혀 없고 구획된 수조 안을 물고기들만이 조용히 헤엄치고 있다. 인기가 많은 바다표범 관이나 돌고래와 바다사자 스타디움에는 들르지 않고 곧장 지하로 간다.

계단을 내려오면 이 수족관의 볼거리 중 하나인 터널 수조가 펼쳐진다. 시야가 온통 푸른색으로 물든다. 때마침 터널에 사람이 없어 미쓰히코만이 180도 완전히 바다에 둘러싸인다.

머리 위를 커다란 가오리가 날개를 펼친 듯 유유히 헤엄치고 동그란 물고기 떼가 스팽글처럼 반짝이며 옆을 지나간다.

500톤의 물을 채운 거대한 수조를 관통하는 전체 길이 22미터의 터널을 걷는 일은 잠깐의 바다 산책이다. 조용한 배경 음악이 흐르는 가운데 크고 작은 물고기들이 소리도 없이 스치고 돌아다닌다. 은색으로 빛나는 무리는 전갱이일까. 화려한 도미도 보인다.

곧 커다란 푸른바다거북이 공중을 나는 듯 사지를 천천히 움직이며 나타났다. 조명을 받은 푸른 등딱지가 아름답다. 이렇게 큰 푸른바다거북을 사육하는 건 도내 수족관에서도 드문 일이라고 한다.

푸른바다거북의 살짝 치켜 올라간 검은 눈이 미쓰히코를 바라본다. 너무 정면으로 보고 있어서 혹시 말이라도 걸려나 싶은 착각에 빠졌다.

용궁인가.

너무나 맥락이 없는 자신의 사고에 씁쓸한 웃음을 짓는다. 그러나 정말 용궁이라면 어쩌다 이곳에서 시간을 보낸 자신은 현세로 돌아간 순간 노인을 넘어 재로 변할지 모른다.*

사실 그래도 괜찮기는 한데…….

우아하게 머리 위를 지나가는 푸른바다거북에게 작별을 고하고 다음 방으로 들어갔다.

이곳에 그가 틈만 나면 이 수족관을 드나드는 계기가 된 수조가 있다.

'해파리들의 세계.'

그렇게 이름 붙여진 구역에는 LED 조명 빛에 의한 연출이

* 일본의 전래 동화《우라시마 타로》이야기. 거북이를 구해준 한 어부가 용궁에서 3년을 보내고 왔더니 현실은 300년이 지나 있었다는 내용.

이루어지는 가운데 수많은 해파리가 있다. 둥실둥실 물속을 떠도는 해파리는 모습만으로도 위안이 되나 전시실에 들어가자마자 '해파리란'이라는 패널에 미쓰히코의 심장을 움켜쥔 글이 있다.

**해파리는 먹이를 향해 헤엄치지 않고 그저 우연히 닿은 먹이를 잡습니다.**

이 문장을 본 순간, 그 자리에 못 박힌 듯 움직이지 못했다.

이게 뭐야? 나야……?

진심으로 그렇게 생각했다.

이후 기묘한 친근감을 느끼고 해파리를 본격적으로 조사했다. 해파리에게는 뇌도 심장도 혈액도 없다. 기본적으로 입과 위와 촉수, 생식소와 감각기, 체내에 영양분을 전달하는 수관이 있을 뿐이다.

생각하지 않는다. 움직이지 않는다. 그저 우연하게 닿은 먹이를 먹으며 물의 흐름에 몸을 맡기고 떠 있을 뿐이다.

머리도 마음도 피도 없는 생물은 약 5억 년 전부터 거의 아무런 형태 변화 없이 생식해오고 있다. 수많은 생물이 탄생하고 사라지는 가운데 해파리는 커다란 진화도 퇴화도 없이 원래의 모습을 유지해온 것이다. 즉 해파리의 생태는 생물로서 가장 세련된 형태라고 할 수 있다.

그렇다면 어쩔 수 없지 않나.

이게 가장 살기 쉬운 생태라면 나도 앞으로 생각하지 않고, 움직이지 않으며, 저항하지 않을 것이다. 우연히 찾아오는 역할을 맡아 살아간다.

누가 나를 비웃을 수 있는가.

파란색 LED 빛을 받고 둥실둥실 떠 있는 반투명한 해파리를 가만히 바라봤다.

미쓰히코에게는 나이 차가 많이 나는 누나가 있다. 누나는 어릴 때부터 총명하고 우수했는데 여대 부속 고등학교에 들어간 뒤로는 정서적으로 계속 불안정했다. 학교에 가지 않고 방에 틀어박히더니 이따금 폭풍처럼 난동을 부리며 부모님에게 욕설을 퍼부었다. 물론 본인이 가장 괴로웠을 테지만, 누나와 어머니의 갈등은 심각해서 어느새 사이에 낀 아버지가 안타까웠을 정도다.

툭하면 난동을 부리는 누나를 필사적으로 달래는 부모님을 멀리서 보며 참고 지낼 수밖에 없었다.

생각하지 않는다, 움직이지 않는다, 저항하지 않는다.

그 무렵부터 해파리 같은 습성을 몸에 익혔는지 모른다.

현재 부모님은 이미 다 타계하시고 누나는 지방에서 결혼한 뒤로 안정을 찾아 조용히 살고 있는데 "누나는 너무 진지하게 생각해서 사는 게 힘들 거야"라고 중얼거리던 아버지의 말은 지금도 미쓰히코의 마음 깊이 새겨져 있다.

이후 사회로 나온 뒤로 이유는 잘 모르겠으나 자기의 해파리 같은 습성이 귀하게 여겨질 수 있음을 깨달았다. 큰 흐름에 몸을 맡기고 목적의식 없이 떠다니는 게 무리를 나와 무언가를 향해 혼자 헤엄치는 일보다 훨씬 안전함을 받아들였다.

우습게도 머리도 마음도 피도 눈물도 없는 쪽이 살기 편하다.

해파리와 눈물은 관계없는 이야기인가…….

무럼해파리의 반투명한 신체에 떠오른 네잎클로버 같은 문양을 바라보며 슬쩍 웃는다.

그때 터널 수조 쪽에서 대화 소리가 들려왔다. 1층에서 돌고래와 바다사자를 보던 가족 손님이 지하로 내려오는 모양이다. 미쓰히코는 무럼해파리 수조를 떠나 출구를 향해 천천히 걷기 시작했다. 해파리들을 만난 덕분에 훨씬 마음이 편안해졌다.

밖으로 나오자마자 오후 5시를 알리는 차임이 울렸다.

동요 〈희미해지는 저녁놀〉의 멜로디를 들으면서 문득 무리를 뛰쳐나간 사람을 떠올렸다.

미사키 가즈야. 그는 요즘 뭘 하고 있을까? 프리랜서로 활동

한다는 소문은 들었는데.

어설픈 호기심에 스마트폰을 꺼내 앱을 열었다. 과거 동기 프로듀서의 이름을 검색하자마자 제일 먼저 나온 기사 제목에 미쓰히코의 눈이 커진다.

**우리는 영상 업계에 뿌리 깊은 직장 내 괴롭힘이 사라질 때까지 싸우겠습니다.**

성명을 낸 영상 업계 관계자 가운데 미사키의 이름이 있다.

**영상 업계뿐만 아니라 직장 내 괴롭힘으로 고민하는 분이나 직장 내 괴롭힘 대책에 관심이 있는 기업의 메시지를 기다립니다. 함께 직장 내 괴롭힘 없는 세상을 만들어요.**

지지자를 모으는 메일 폼도 달려 있었다.

여전히 이렇게 피곤한 짓을 하고 있구나.

—기획이 마무리되어서 다행이야.

말과는 다른 차가운 눈빛을 떠올리며 어금니를 악문다. 미사키의 표정은 후쿠시마의 비웃음으로 가득한 추악한 미소보다 훨씬 미쓰히코를 조급하게 만든다.

커다란 흐름을 거스르려 해봤자 소용없어.

직장 내 괴롭힘도 끈질긴 바이러스와 마찬가지로 절대 완전히 사라지는 일은 없어. 처음에만 조금 소란스럽다가 결국은 또 흐지부지될 것이다.

그게 현실이야. 저항하면 피곤해질 뿐이야.

세간의 관심이 잦아들 때까지 기다린다고 후쿠시마는 당연한 듯 말했다. 상대는 어차피 그 정도 일이라고만 생각한다. 그리고 그런 사람들이 다수다.

세상의 흐름은 다수가 만든다.

감각도 실력도 있는데 미사키는 바보다. 그래서 아무런 뜻도 없는 나 같은 놈에게 기획을 빼앗기는 신세가 된 것이다.

왜 이렇게 화가 나는지도 모른 채 거칠게 앱을 닫았다.

다음 날 아침, 미쓰히코는 평소처럼 스모커의 성지에서 모닝세트를 먹고 커피를 테이크아웃해 출근했다.

후쿠시마가 떠맡긴 기획서를 보고해볼까 싶어 비서실에 연락하니 사장은 다음 달 초까지 출장으로 타이베이에 있다고 한다. 드디어 해외 출장이 자유로워진 모양이다.

유예 시간이 생긴 느낌이라 커피를 들고 흡연실로 향했다.

미쓰히코의 현재 직장 파라웨이 본사는 미나토구 고층 빌딩의 20층부터 23층을 쓰고 있다. 흡연실은 마케팅부가 있는 23층에 있다.

유리로 둘러싸인 흡연실에는 아무도 없다. 마케팅부는 젊은 사원이 많아 애당초 담배를 피우지 않는 사람이 많을 것이다. 예전 흡연실은 남성 직원들만의 사교의 장으로 그곳에서의 어필이 출세와 인사에 큰 역할을 했다지만 지금은 도시 전설 같은 이야기다.

어쨌든 그런 도시 전설이 한때 현실이었던 탓에 미쓰히코는 비교적 건강을 신경 쓰는 편인데도 여전히 담배를 끊지 못하고 있다.

아니, 시대 탓으로 돌리는 건 공평하지 않다. 같은 세대 중에 금연하는 사람은 많다. 건강에 안 좋아, 너무 비싸졌잖아, 피울 수 있는 곳이 줄었어, 담배는 백해무익이야.

그런데 끊지 못하는 이유는 무엇일까.

창밖의 스카이트리를 바라보면서 후, 소리를 내며 하얀 연기를 토해냈다. 아무도 없으니 실컷 연기를 뱉을 수 있다.

뱉은 하얀 연기가 어제의 무럼해파리처럼 흔들흔들 공중을 떠도는 모습을 멀거니 바라봤다.

"세나 이사님. 좋은 아침입니다! 오늘도 히사노 가게에 가셨네요?"

흡연실을 나오니 마케팅부 매니저 요네카와 에리코가 인사를 건넸다. 에리코는 파라웨이가 운영하는 인터넷 쇼핑몰 파라다이스 게이트웨이의 주력 부문인 뷰티와 라이프스타일 팀을 총괄하는 사십 대 중반의 워킹맘이다.

"이제는 내 아침 루틴이라."

미쓰히코는 마스크를 고쳐 쓰고 로고가 박힌 종이컵을 들어 보이며 웃었다.

얼마 전, 스모커의 성지의 점장 우에다 히사노가 에리코의 대학 동창임을 알았다. 굉장한 우연이라 처음에는 미쓰히코도 흥분했는데 지금은 왠지 쑥스럽기까지 하다.

미쓰히코가 이혼한 독신이라는 사실을 안 이후 에리코는 각종 이유를 갖다 붙여 미혼 친구인 히사노를 어필했다. 정작 본인에게는 그런 느낌이 하나도 없는데.

"작년 말에 어머니를 잃어서 걱정이에요. 의지할 사람이 곁에 있으면 좋겠는데."

오늘은 그런 화제를 던지며 떠본다.

어쩔 수 없는 일이겠지. 오십 대 중반의 이혼남과 사십 대 중반의 싱글 여성이 만나면 무슨 일이 일어나리라 기대하는 게 인지상정이다.

—저, 스마트폰으로 표를 사본 적이 없어서…….

북풍이 몰아치는 골목에서 히사노가 눈물 흘리던 모습이 떠올랐다. 히사노 어머니의 용태가 급변했을 때 고향 가는 비행기 표를 끊는 데 도움을 줬다는 사실을 알면 에리코는 과연 어떤 반응을 보일까.

그날 이후 히사노와는 이따금 개인적인 대화를 나누게 되었다. 그녀의 취미가 미술 감상이라는 얘기도 들었다. 그러나 히사노의 태도에는 이쪽을 남성으로 의식하는 느낌이 전혀 없었고 그래서 더 편안했다.

괜찮지 않나? 오십 대 중반의 이혼남과 사십 대 중반의 싱글 여성이 만나 아무 일이 일어나지 않아도.

자신이 히사노를 보려고 매일 가게에 다닌다고 생각하는 것도 싫고 그녀가 단골손님을 그런 눈으로 본다고 상상해도 짜증스러워진다. 에리코는 그저 친구를 걱정하는 것일 수 있으나 그런 괜한 오지랖은 성희롱에 해당할 수 있다.

히사노의 담백한 태도는 남녀 사이에 대한 이상한 압력을 깨끗이 지워버린다. 미쓰히코가 젊었을 때는 '차려놓은 밥상을 먹지 않으면 남자의 수치'라는 관념이 뿌리 깊게 기능하고 있었다. 여직원과 단둘이 로케이션 헌팅에 가서 아무 일 없었다고 하면 선배들로부터 "한심하네", "그러고도 남자냐?"라고 놀림을 당하던 시대를 분명 경험했다.

"얼마 전 제작하신 기업 광고, 반응이 아주 좋아요."

이쪽의 안색을 살폈는지 에리코가 화제를 바꿔 가슴을 쓸어내렸다.

"그랬다면 다행이네."

정말 아무것도 안 하고 있을 수는 없어서 예전 후배들에게 부탁해 제작한 15분 길이의 인터넷용 홍보 동영상이다. 파라다이스 게이트웨이를 이용해 젊은 남녀가 '일상을 좀 더 다채롭게 만든다'라는 드라마 형식의 광고다.

"상품을 이용한 고객들도 만족하고 있어요."

뷰티팀의 데라시마 나오야가 담당하는 상품과 라이프스타일팀의 야하기 기리토가 담당하는 상품을 각각 중요한 아이템으로 등장시켰다. 제품 간접 광고(product placement, PPL)라는 영화나 드라마에서 자주 사용하는 광고 기법이다.

"매출에도 효과가 있었나?"

"네. 아주 많이요."

기분이 나쁘지는 않았다.

특히 기리토가 담당하는 공정 무역 코코아는 순식간에 매진되었다고 한다.

"허허. 그거 대단하네."

"야하기 담당은 원래 소규모 업체가 많기도 해요. 그런데 출연한 여배우가 개인 인스타그램에서도 '앞으로 사 먹을 거예요'라고 상품을 소개해서……."

에리코가 이야기하는데 갑자기 뒤에서 목소리가 들렸다.

"세나 이사님, 요네카와 매니저님. 좋은 아침입니다."

돌아보니 뷰티팀의 중심 나오야가 세련된 양복을 입고 서 있다. 아무리 봐도 요즘 청년이다.

"마침 잘됐네요. 세나 이사님께 드릴 말씀이 있었는데."

나오야는 에리코를 밀치듯이 다가왔다.

"그럼, 저는 이만." 에리코가 순간 화가 치민 듯한 표정을 지었으나 바로 고개를 숙이고 사무실로 돌아갔다. 미쓰히코는 그 뒷모습을 바라보며 에리코도 나름 고생이겠다는 생각이 들어 그녀의 수고를 이리저리 생각했다.

고객을 관리하는 시스템팀에 정신적 문제가 있는 여성 직원이 있는데 그 대응을 둘러싸고 문제가 생겼다는 소문은 미쓰히코도 마케팅부 이사에게서 들은 바 있다.

그 여직원 간바야시 리코를 오가다 살펴봤는데 누나처럼 긴장감을 뿜어내는 인상은 아니었다. 검은 테 안경을 쓰고 컴퓨터 모니터만 보고 있는 옆얼굴은 오히려 아주 차분했다.

그러나 그녀가 발작을 일으키는 바람에 원래 사이가 좋지 않은 데라시마 나오야와 야하기 기리토의 대립이 더 심각해졌다고 한다.

“아까 말씀하시던데 후원사를 모아오면 기업 광고 2탄도 만들 수 있나요?”

이쪽을 똑바로 보고 말한다. 아직 이십 대 젊은이인데 사장이 눈여겨보는 사원이기도 하다. 아마 사장에게도 이런 식으로 겁 없이 접근했겠지.

“물론이지.”

“그렇다면 다음에는 뷰티팀 전용 광고를 만들어주시겠어요?”

뭐……? 미쓰히코는 속으로 깊이 신음했다.

마음에 들지 않는 팀을 배제하겠다는 제안을 이렇게 상큼한 얼굴로 당당하게 한단 말인가.

“조금 전 요네카와 매니저 말씀대로 야하기가 담당하는 점포는 소규모 업체가 많습니다. 애써 화제가 되었는데 공급이 수요를 따라가지 못하면 의미가 없죠. 그러나 제가 담당하는 업체라면 절대 그럴 리 없습니다.”

나오야는 자신만만하게 말을 이었다.

“제가 마케팅부 이사님께 기획서를 제출하면 되나요?”

나오야는 매니저인 에리코를 거치지 않고 일을 진행할 생각한 듯하다.

"그러게. 후원사만 모이면 제작 스태프를 부를 수 있으니까."

"역시 영상 제작의 프로시네요!"

나오야의 눈동자가 반짝 빛을 뿜었다.

"정말 많은 영화를 제작하셨죠? 알아봤더니 정말 많은 영화에 제작자로 이름이 올라 있으셔서 감탄했습니다."

이런 사람, 꼭 있지…….

미쓰히코는 조금은 그리운 마음으로 야심을 숨기지 않는 나오야의 눈빛을 바라본다. 굳이 말하자면 후쿠시마 같은 인간도 이런 과이다. 힘 있어 보이는 사람에게 여지없이 들러붙는 타입이다.

흡연실 사교가 사라진 지금도 이런 어필은 언제나 유효하다.

윗사람들은 사실 현장을 그리 자세히 보지 않는다. 그러므로 이렇게 다가오는 사람에게 후한 점수를 준다.

"세나 이사님처럼 대단한 분이 파라웨이에 와주셔서 정말 다행이에요. 야하기는 롱테일을 목표로 하는 모양인데 저는 회사에 더 공헌하고 싶어요."

그런 사람의 이야기에 타인에 대한 부정적인 요소가 포함되어 있더라도 일단 나를 칭찬하는 사람이 좋은 법이지.

"친한 인플루언서 중에 연기 공부하는 사람들이 있는데 혹시 추천해도 될까요?"

"그래. 본인 역할로 나올 수도 있어."

"우와! 최고네요! 이사님. 정말 든든합니다."

나오야가 요란하게 기뻐한다.

"그러면 잘 부탁드립니다."

미쓰히코는 수없이 고개를 숙이며 사라지는 나오야를 한 손을 들어 배웅했다.

역시 조직의 근본은 하나도 변하지 않았다. 쇼와시대나 지금이나, 영상 업계나 일반 기업이나 어필과 아첨이 전부다.

다만 나오야는 잘못 계산했다. 미쓰히코는 그런 말로 기분이 좋아질 만큼 자기 일을 좋아하지 않았다.

주말, 미쓰히코는 오랜만에 딸 아카리와 약속을 잡았다. 대학 졸업 축하로 맛있는 걸 사주겠다고 연락하자 "회전초밥집 아닌 데서 초밥을 먹고 싶어"라고 말해서 도라노몬힐스의 초밥집에서 만나기로 했다.

정각에 사무실을 나와 도라노몬힐스로 향했다. 파라웨이가 있는 빌딩에서는 걸어서 몇 분밖에 안 걸린다.

금요일 밤 도라노몬힐스는 사람들로 북적였다. 잔디광장에서는 마스크 쓰기 조치 완화로 개방적인 분위기에 들뜬 사람들이 추운데도 캔 맥주를 기울이고 있다.

가게에 들어가니 아카리는 이미 카운터 자리에 앉아 있었다. 오프화이트 원피스를 입은 아카리가 젊은 시절의 아내와 너무 닮아서 순간 당황한다.

"아버지. 오랜만이야."

"졸업, 축하해."

활짝 피어난 딸과 일단은 맥주로 건배했다.

"졸업식은 무사히 끝냈니?"

"일단은. 규모가 좀 줄긴 했지만."

아카리는 먼저 나온 불똥꼴뚜기 된장 초무침을 먹으면서 어깨를 움츠린다. 아카리의 대학 생활 절반은 코로나가 차지했다. 졸업식에서야 마스크를 안 쓴 얼굴을 처음 본 동급생도 여럿이란다.

"와! 참치 뱃살, 너무 좋아! 전복튀김도 있어!"

차례차례 등장하는 음식에 아카리는 환호성을 질렀다. 이날, 미쓰히코는 딸과의 만찬에 살짝 흥분해 가장 비싼 '주방장 추천 코스'를 선택했는데 좋아하며 요리를 오물대는 딸의 모습을 보니 오랜만에 흐뭇했다.

"무사히 취직자리를 잡았어. 완전 기대돼. 잘 봐, 나 엄청나게 활약할 거니까."

한없이 해맑게 그런 말을 하는 딸을 보며 점점 복잡한 마음이 된다.

"너무 애쓰지 마."

사회에 나간 다음이 훨씬 힘들다. 아카리는 전부터 원하던 인테리어 디자인 회사에 취직했는데 딸만은 가능한 한 사회의 더럽고 거친 파도에 휩쓸리지 않길 바랐다.

기대하면 배신당한다. 열심히 하면 좌절한다. 노력하면 손해를 본다. 흐름을 거스르면 고립된다……. 그게 세상이다.

아카리의 '의욕 충만 선언'을 적당히 흘려들었다.

"알았어, 알았다고. 그래도 너무 일에만 열중하지 마라. 회사에서 애쓰는 것만큼 쓸데없는 일은 없어."

최대한 딸의 기분을 해치지 않으려 조심했는데 요리가 한바탕 나오고 초밥이 나오기 시작할 무렵, 기어이 아카리는 미간에 주름을 잡았다.

"아버지. 아까부터 왜 그래? 왜 그렇게 비관적인 말만 해?"

별로 비관적인 말은 한 적 없는데.

"난 그저 걱정하는 거야."

왜냐하면 그게 진실이니까. 사랑하는 딸이 상처 입는 모습은 보고 싶지 않다.

"난 널 생각해서……."

"그렇다면 찬물 좀 끼얹지 마. 응원 좀 해줘!"

아카리의 갑작스러운 큰 소리에 카운터 안에서 묵묵히 일하고 있던 주방장이 힐끔 이쪽을 봤다.

"아카리."

"아버지가 자기 일을 싫어한다고 해서 나까지 똑같이 취급하지 마."

타이를 생각이었는데 날아온 말에 숨을 삼킨다.

"아버지는 왜 영화계에 들어갔어?"

정면 공격에 당황했다.

솔직히 그리 큰 이유가 있었던 건 아니다. 미쓰히코가 구직 활동을 할 무렵에는 지망하는 부서란에 주로 기획 안건을 다루는 종합직과 일반 사무 업무를 보는 일반직이라는 구분이 있었다. 무엇보다 영화사를 지원하면서 일반직을 원하는 사람은 적을 듯해 일부러 일반직 면접을 보고 그대로 채용된 것이다. 당시는 압도적인 구직자 우위 시장이었다. 거품경제기의 취직은 대체로 그랬다.

이후 프로듀서가 된 건 우연히 흘러온 결과였다.

"영화 프로듀서는 아무나 되는 게 아닌데 아버지는 자기 이름이 들어간 영화에도 그다지 애착이 없어. DVD는 그냥 방에 굴러다니기만 하고, TV에서 방영해도 보려고 하지 않았잖아."

딸이 그런 일까지 기억할 줄은 상상도 못 했다.

“좋아하지도 않은 일을 어떻게 수십 년씩 계속했어? 혹시 나랑 엄마 때문에?”

“아냐. 그건 아냐.”

간신히 부정한다. 딱히 영화 일이 싫지는 않았다.

생각하지 않는다, 움직이지 않는다, 저항하지 않는다. 그게 이 세상을 살아가는 가장 세련된 방법이었기 때문이다.

“엄마가 왜 아버지랑 이혼했는지 알아?”

“아니…….”

미쓰히코는 힘없이 고개를 저었다. 그 이유는 여전히 모른다.

“엄마가 그러더라. 아버지는 늘 다른 사람이 하라는 대로 한다고. 엄마가 결혼하고 싶다고 해서 결혼하고, 아이를 갖고 싶다고 해서 아이를 가졌다고.”

반론의 여지를 주지 않고 아카리가 계속 말했다.

“아버지의 가장 큰 단점은 자신을 소중히 여기지 않는 거래.”

자신을 소중히 여기지 않아?

그렇지 않다. 건강도 나름대로 신경 쓰고 무엇보다 누구와도 갈등을 일으키지 않고, 어떤 것에도 저항하지 않으며 자신을 보호해왔다.

생각이 너무 많아서 힘든 거야. 생각하지 않으면 편하게 살 수 있다. 그런 거 아니었나.

"난 아버지처럼 되기 싫어."

초밥이 놓인 카운터에 딸의 말이 툭 떨어져 울린다.

이후로는 둘 다 말없이 맛없는 초밥을 묵묵히 먹었다. 마지막으로 불에 살짝 그을린 참치 뱃살이 나왔으나 아카리는 다시 환호성을 지르지 않았다.

"아버지, 미안해."

헤어질 때 아카리가 울음을 터뜨릴 듯한 표정으로 사과해 오히려 미쓰히코가 미안해졌다. 아카리가 사과해야 할 이유는 전혀 없었다.

지하철역으로 향하는 딸을 배웅하고 터덜터덜 걷기 시작했다. 일단 파라웨이 사무실로 향했다. 빌딩 주차장에 세워둔 로드바이크를 가지러 가야 했고, 무엇보다 이대로 혼자 집에 갈 마음이 생기지 않았다.

사원증으로 보안 장치를 풀고 아무도 없는 사무실로 들어간다. 책상에 앉아 컴퓨터를 켰다.

메일을 확인하니 후쿠시마가 재촉하고 있다. 다른 출자 후보도 얼마든지 있는데 옛정을 생각해 제일 먼저 제안한 거니 큰 은혜인 줄 알라고 쓴 다음에 '요시오카 대표가 진짜로 화내기 전에 괜찮은 대답을 해'라며 협박에 가까운 말까지 적혀 있다.

사장이 해외 출장 중이라는 답장을 쓰려다가 손을 멈췄다.

웹 브라우저를 열어 전에 일했던 프로덕션 이름을 검색했다.

공식 홈페이지 첫 화면에 '사과문'이라는 글자가 있다.

**당사 대표 요시오카 준이치의 성희롱과 갑질 보도로 많은 분에게 큰 심려를 끼친 점 깊이 사과드립니다.**

도대체 누구한테 하는 사과인지 모를 글이 뒤이어 빼곡하게 적혀 있다.

표면적으로는 깊이 사과드린다고 하면서 뒤에서는 이 사람을 화나게 하면 큰일을 당할 거라는 공갈에 가까운 글을 태연히 써서 보내고 있다.

이 명분과 속내는 뭐란 말인가? 다양성의 사회라고 떠들지만 구시대적인 약육강식은 여전히 세상의 상식이다.

미쓰히코는 반사적으로 메일을 지우려다가 끝내 사장이 돌아올 때까지 기다려달라는 변명의 메일을 보냈다. 그쪽이 압도적으로 편하기 때문이다.

그러나 발송 버튼을 누르는 순간 가슴속에서 안개 같은 게 뭉게뭉게 피어올랐다.

컴퓨터를 끄고 흡연실로 향했다. 23층은 아직 불이 켜져 있었다. 마케팅부 사무실 바로 앞 흡연실에 들어가 담배에 불을 붙였다.

아무도 없는 흡연실에서 과감하게 하얀 연기를 내뱉는다.

—지금의 너는 다 요시오카 대표 덕분에 있는 것임을 명심해. 그 사람이 없었으면 넌 총무에서 썩다가 진즉에 구조 조정당했을 거야.

—아버지가 자기 일을 싫어한다고 해서 나까지 똑같이 취급하지 마.

—설마 너, 네 능력으로 헤드헌팅되었다고 생각하는 건 아니지? 문외한이 크레디트의 이름만 보고 네게 제안했을 뿐이야.

—영화 프로듀서는 아무나 되는 게 아닌데 아버지는 자기 이름이 들어간 영화에도 그다지 애착이 없어.

후쿠시마와 아카리의 목소리가 번갈아 울려 연달아 담배를 피웠다.

그때 갑자기 깨달았다. 자신이 담배를 끊지 못하는 이유는 언제나 가슴속에 있는 응어리를 토해내기 위해서가 아닐까. 생각해보면 탄식할 이유를 깊이 생각하지 않고 다른 사람 앞에서 이렇게 크게 한숨을 쉴 도구는 담배 외에는 없다.

들이켜는 게 아니라 토해내려고 피우는 것이다.

그 사실을 깨닫자, 무럼해파리처럼 공중을 부양하는 하얀 연기가 한층 공허하게 보였다.

가슴속이 텅 빌 때까지 계속해서 연기를 내뱉었다. 세 대 연속 담배에 불을 붙이니 기분이 완전히 나빠졌다.

흡연실을 나와 손목시계를 보니 이미 밤 11시가 넘었다. 이렇게 늦은 시간까지 남아 있는 사람은 누굴까. 회사의 노예가 누군지 얼굴이나 확인하자는 생각에 마케팅부 사무실로 들어갔다.

넓은 사무실에 달랑 혼자 컴퓨터와 마주 앉아 있는 사람은 라이프스타일팀의 야하기 기리토였다. 책상 주위에 상품이 담긴 종이 상자가 성을 이루고 있다.

가련한 회사의 노예가 이 녀석이었나.

"수고하네."

다가가 말을 거니 집중하고 있었던 듯 기리토의 어깨가 흠칫 떨렸다.

"아, 세나 이사님. 죄송해요. 미처 알아뵙지 못해서."

"아냐. 이런 시간까지 고생이 많아."

"세나 이사님이야말로 고생하십니다."

배려하는 눈빛이라 담배를 피웠을 뿐이라는 말이 절로 들어갔다.

"어? 혹시 상품 평을 직접 쓰나?"

"네. 처음 입점하는 곳만요. 일단은 담당자로서 먼저 체험해

봐야겠다고 생각해서요."

책상 위의 찻잔 받침에 시식한 티백이 여러 개 놓여 있다.

피곤해 보이는 기리토의 얼굴에 역시 전문 작가에게 맡기지 않고 늘 직접 영화 제작 노트를 쓰던 미사키 가즈야의 얼굴이 떠올라 갑자기 심박수가 뛴다. 그 남자도 자기 일에 성실하고 지나치다 싶을 만큼 진지했다. 그런데…….

"저기 말이야."

저도 모르게 젊은 시절의 미사키를 연상시키는 기리토에게 입을 연다.

"그렇게 애를 써도 회사는 아무것도 안 해줘."

결국 너는 나 같은 놈에게 기획을 빼앗겨. 아무리 노력해도 다 소용없어. 회사는 네 노력을 이용할 뿐 중요할 때는 아무것도 도와주지 않아. 누군가가 노력을 알아준다는 말은 새빨간 거짓말이야. 아무리 그럴듯한 말을 늘어놓아도 회사가 필요로 하는 사람은 재능도 실력도 아닌 마음대로 쓸 수 있는 '말'이야. 그게 조직이야.

그러니까 너무 열심히 살지 마. 아카리도, 기리토도, 눈을 떠.

회사 같은 데서 괜히 몸부림치지 마. 고생하지 마.

"상관없습니다."

"응?"

생각에 잠겨 있던 미쓰히코는 담담한 대답에 순간 어리둥절했다.

"회사를 위해 하는 게 아니니까요."

"누구를 위해 하는 건가?"

설마 클라이언트를 위해서라는 모범생 같은 말을 할 생각은 아니겠지?

긴장하는 미쓰히코 앞에서 기리토는 고개를 기울인다.

"글쎄요. 누구를 위해서일까요. 굳이 말하자면 제가 납득하고 싶어서일까요?"

그게 뭐야? 자신이 납득하고 싶어서?

30년 이상 일해왔으나 그런 식으로 생각해본 적은 없다.

아니, 그보다…… 자신은 이제까지 스스로 온전히 납득한 적이 있나.

—아버지의 가장 큰 단점은 자신을 소중히 여기지 않는 거래.

조금 전 들은 아카리의 말이 떠올라 미쓰히코의 마음에 불쾌감이 솟구쳤다.

"그러고 보니 얼마 전, 데라시마가 다음에는 뷰티팀만의 기업 광고를 만들어달라고 하더군."

일부러 도발하는 말을 던졌다.

"그는 자네가 목표로 하는 롱테일이 아니라 더 회사에 공헌할 수 있는 일을 하고 싶다고 하던데."

기리토의 표정이 흐려지는 걸 보고 바로 후회했다. 이래서는 괴롭힘이다. 이런 식으로 젊은 사원을 치졸하게 괴롭히다니, 후쿠시마의 협박과 뭐가 다른가.

너무 안타까워 가슴이 더 답답해졌다.

"……그건 어쩔 수 없어요."

마침내 기리토가 한숨처럼 말했다.

"제 담당은 거의 소규모 업체라 갑자기 주문이 몰려도 대응할 수 없어요."

"화가 안 나나?"

"왜요?"

"그야 데라시마가 동료인 자네를 따돌리려고 하잖아."

그만하고 싶은데 또 도발하고 있다. 그러나 기리토는 천천히 고개를 저었다.

"저랑 그는 서로 다른 방식으로 일할 뿐이에요."

화를 낼 필요도 없다. 기리토는 그렇게 말하고 싶은 듯하다.

"그래?"

미쓰히코는 일부러 가볍게 고개를 끄덕인다.

―기획이 마무리되어서 다행이야.

어쩌면 미사키 가즈야도 비난이 아니라 정말 그렇게 생각했을지 모르겠네. 마음 한구석으로 생각했다. 화를 낼 만큼 자신은 미사키 근처에 도달해 있지 않았다.

미사키나 기리토 모두 흘러 다닐 뿐인 자신과는 다르다.

마음대로 해. 자신이 납득할 때까지 실컷 일해라.

자포자기하고 몸을 돌리려는데 문득 발밑의 종이 상자에 든 상품이 눈에 들어왔다.

"이게 뭐지?"

잠시 시야에 들어온 반투명한 물체에 깜짝 놀란다.

"아! 그거 재밌죠? 인테리어용 아쿠아리움이에요."

기리토가 종이 상자에서 상품을 꺼냈다. 조그만 수조 안에 해파리가 일렁이고 있다.

"진짜는 아니에요."

저도 모르게 몰입해 보고 있었는지 기리토가 웃었다.

"그래도 정말 잘 만들었어요. 이 업체 대표가 해파리를 아주 좋아해서 정성껏 만들었대요. 해파리는 보고 있으면 위로가 되잖아요. 예쁘고, 이거 꽤 팔릴 것 같지 않아요?"

미쓰히코가 흥미를 보여선지 기리토는 약간 기쁜 표정을 짓는다.

"그거 아세요? 해파리는 사실 굉장해요."

미쓰히코는 웬일로 수다스러워진 기리토를 멍하니 바라봤다.

4월에 들어와 순식간에 몇 주가 흘렀다.

파라웨이에도 대졸 신입 사원이 몇 명 들어와 평소라면 회사 안이 활기가 넘쳐야 하는 시기이다. 그러나 지난 며칠, 사무실은 어느 층이나 소란했다.

미쓰히코는 23층 흡연실에서 커피를 들고 담배를 피우고 있다. 오늘은 드물게 마케팅부 이사가 같이 있다.

"귀찮게 됐어요. 별일도 아닌 게 요즘에는 바로 문제가 되는 시대라."

같은 세대인 이사가 담배를 피우며 말을 걸었다.

미쓰히코는 애매하게 고개를 끄덕이고 창밖으로 시선을 돌렸다. 구름 많은 하늘은 이미 저물어 연보라색 조명을 받은 스카이트리에 빛의 고리가 둘러져 있다.

"꽤 촉망되던 젊은이였는데 이걸로 끝이겠네요. 사장님도 상당히 아끼던 친구인데."

이사가 하얀 연기를 내뱉으며 얼굴을 찌푸렸다.

"어쩌다 내가 품의를 통과시키는 바람에 나까지 불똥이 튀었어요. 도대체 왜 실무 매니저가 있는 건지. 이래서 워킹맘 매니저는…… 아, 지금은 이 말도 성차별이죠?"

재떨이에 담배를 비벼 끄고 어깨를 움츠린다.

"세나 씨 쪽에도 폐를 끼쳤네요."

형식적인 사과에 애당초 네가 제대로 일을 안 해서 벌어진 일이라는 눈빛을 던졌다.

"아니, 나는 딱히……."

"그럼, 저는 이만."

이사는 미쓰히코의 대답을 기다리지 않고 재빨리 흡연실을 나갔다. 그대로 어딘가 나가는 듯하다. 여전히 소란한 마케팅부 사무실로는 돌아오지 않을 것이다.

평소처럼 혼자가 된 흡연실에서 멍하니 지난 일주일 사이에 벌어진 일들을 회상했다.

이번 달 들어 뷰티팀의 데라시마 나오야가 전에 말한 PPL 후원사를 모아와 기업 광고 2탄의 제작을 준비하기 시작했다. 나오야가 추천한 인플루언서를 포함한 캐스팅도 결정되고 이제 슬슬 촬영 일정을 정하려는 때 예상치 못한 일이 벌어졌다.

나오야와 인플루언서의 메시지 앱 대화 내용이 SNS에 유출된 것이다.

시작은 2만 명 이상의 팔로워를 거느린 'SAYU'라는 뷰티 인플루언서의 계정에서 발신된 내용이었다.

**유명 인터넷 쇼핑몰 파라다이스 게이트웨이의 영업 담당자에게 사기당했어요.**

눈물 흘리는 이모티콘이 붙은 글 아래에 메시지 앱 대화 내용을 캡처한 사진도 첨부했다.

**안녕하세요. 파라웨이의 ○○○입니다. 이번에 저희 팀에서 광고 영상을 제작하려고 합니다. 인플루언서분들의 출연도 생각하고 있습니다. 혹시 괜찮으시면 SAYU님이 추천하는 브랜드의 홍보 담당자분을 소개 받을 수 있을까요?**

나오야의 이름은 지워져 있었고 SAYU가 '사기당했다'고 난리를 피울 정도의 내용은 없었으나 읽기에 따라서는 광고에 출연할 수 있는 듯 내비치고 후원사를 소개해야 출연할 수 있다는 식으로 대화가 이어진 듯 보일 수 있었다.

실제로 광고 촬영을 기대하고 후원사를 소개했는데 정작 출연은 라이벌 인플루언서로 결정되었다며 SAYU는 한탄했다.

"여러 번 회의도 했는데……"라는 글에는 나오야가 SAYU에게 "한잔하러 가요!"라고 제의하는 메시지와 둘이 먹은 걸로 보이는 요리 사진도 첨부되었다.

그런데 나오야로 보이는 개인 계정이 '사실무근에 악의적 왜곡'이라고 반론하며 소동은 오히려 커졌다.

**'아니, 이거 본인이야? 아무리 봐도 성희롱이잖아.'**

**'광고 출연이 미끼로 걸려 있으니 거절할 수 없었겠네.'**

**'이 녀석 이런 식으로 인플루언서를 몇 명이나 가지고 놀았을까?'**

**'파라다이스 게이트웨이는 다시는 이용하지 않을 거야.'**

파라웨이 해시태그를 단 글들이 순식간에 퍼지며 비판 글이 줄줄이 이어졌다.

사장도 곧 이 사태를 알게 되어 매니저 직급 이상을 소집해 긴급회의가 열렸다. 에리코와 함께 사장 앞에 끌려간 나오야는 성희롱 같은 일은 없었으며 모든 건 오디션에서 떨어진 인플루언서의 앙갚음이라는 말을 필사적으로 되풀이했으나 인터넷에서 본인이 특정되고 시스템팀에까지 고객의 항의 전화가 쇄도한 사실을 알고는 천하의 그도 새파랗게 질리고 말았다.

에리코는 바로 파라다이스 게이트웨이 홈페이지 첫 화면에 혼란을 일으킨 데 대한 사죄와 내부적으로 사실 관계를 조사 중이라는 공지를 올렸다. 하지만 소동은 전혀 가라앉지 않았다.

상품을 소개하는 영상의 호스트를 맡고 있었던 것도 악영향을 미쳐 인터넷에는 나오야의 개인 정보까지 폭로되었다.

—꽤 촉망되던 젊은이였는데 이걸로 끝이겠네요.

마케팅부 이사는 그렇게 차갑게 내뱉었다.

멍청한 녀석…….

거침없이 다가오던 나오야의 야심 가득한 눈빛을 떠올리며 미쓰히코는 속으로 중얼거린다. 정말 성희롱이 있었는지를 조사하기도 전에 회사는 꼬리를 자르는 걸로 이 건을 정리하려고 할 게 틀림없다.

기업은 다 그 모양이다.

재떨이에 꽁초를 버리고 커피 종이컵을 쓰레기통에 던지고는 흡연실을 나왔다.

곧장 마케팅부 사무실로 들어간다.

평소에는 비교적 조용한 사무실인데 지금은 무시무시하게 전화벨이 울리고 있다. 층 전체를 둘러볼 수 있는 창가 책상에서는 에리코가 핏대를 세우고 전화를 받고 있다. 당사자인 나오야는 몸이 아프다며 최근 며칠 결근 중이다. 아무래도 이대로 퇴사로 몰릴 것이다.

회의에서는 앞으로 뷰티와 라이프스타일 팀을 통합하는 조직 개편안이 나왔다.

"야하기 씨. 잠깐 시간 되나?"

미쓰히코는 전화에서 해방되기를 기다려 기리토에게 말을 걸었다.

"왜 그러시죠?"

자리에서 일어나는 기리토를 보며, '이 녀석, 보기보다 상당히 크네'라는 상황에 어울리지도 않은 감상을 떠올렸다.

"그게 말이야."

눈가에 거뭇거뭇한 다크서클을 늘어뜨리고 있는 기리토를 데리고 회의 부스로 왔다. 직원들의 전화 대응 소리가 소음처럼 울리는 가운데 입을 열었다.

"기업 광고, 자네가 이어서 계속하지 않겠나?"

"네?"

미쓰히코의 제안에 기리토는 허를 찔린 표정을 짓는다.

"후원사는 PPL에 관심이 많아서 담당자만 바뀌면 아무도 불평하지 않을 거야. 앞으로 뷰티와 라이프스타일 팀이 통합된다니까 자네가 데라시마의 기획을 인계해도 되지 않을까?"

내가 했던 것처럼…….

놀라 입을 다물지 못하는 기리토를 보며 계속 말을 이었다.

"물론 출연진에서 인플루언서는 다 빼야지. 그게 회사로서도 제일 좋은 방법 아닐까?"

한참 입을 다물고 있던 기리토는 마침내 천천히 입을 열었다.

"……그렇지만 요네카와 매니저님은 독립 조사위원회를 설치하고 데라시마와 SAYU 씨의 이야기를 모두 들은 다음 사실관계를 명확히 해야 한다고 했습니다."

진심이야?

파티션 너머에서 전화 대응에 시달리고 있는 에리코를 살핀다. 사장도 마케팅부 이사도 그런 말은 한마디도 하지 않았다.

"저도 그래야 한다고 생각합니다. 데라시마의 기획을 어떻게 할지는 그다음에 생각하면 되죠."

기리토는 의외로 강인한 눈빛을 던지며 말했다.

"세나 이사님도 전에 말씀하셨잖아요. 회사는 아무것도 안 해준다고요. 그렇다면 우리가 해야죠. 정말 성희롱이 있었는지 아닌지도 모르는데 데라시마만 그만두고 흐지부지 끝나는 건 싫습니다."

이번에는 미쓰히코가 할 말을 잃을 차례였다.

에리코는 마케팅부 전원 앞에서 정말 성희롱과 갑질이 있었다면 그 교정과 향후 방지책을 마련하도록 회사에 요청하겠다고 말했다고 한다.

그러나 에리코는 중간 관리자다. 마케팅부 운영에 대한 실질적인 결정권은 없다. 이걸로 끝이라고 내뱉었던 마케팅부 이사가 그런 성가신 요청을 받아들일 일은 거의 없을 것이다.

"위에서 받아들이지 않으면?"

"그때는 저희가 업무를 거부할 겁니다."

기리토는 딱 잘라 말한다.

"……어쩐지 난, 영문을 모르겠군."

정신을 차리니 미쓰히코는 그렇게 중얼거리고 있었다.

자신이 아무 생각 없이 흘러온 사이에 여성과 젊은 세대는 이렇게 강해졌나.

완전히 기세가 꺾여 자기 자리로 돌아왔다.

마케팅부만큼 소란스럽지는 않으나 사업 개발부 옆의 비서실에도 상당히 전화가 오는 모양이다.

"이사님, 전화입니다."

갑자기 들려온 목소리에 정신을 되찾는다.

나한테까지 전화가? 도대체 누구지?

"여보세요."

반쯤 멍하니 전화를 받는데 갑자기 귓가에 성난 목소리가 울렸다.

"이봐! 왜 답이 없어? 이제 사장도 귀국했을 거 아냐?"

아아, 뭐야? 후쿠시마인가. 옛 동료의 목소리에 새삼 격세지감을 느끼며 듣는다.

"작작 좀 하고 답장 보내라. 요시오카 대표도 참을 만큼 참았으니까."

후쿠시마는 인터넷도 안 보나. 파라웨이에 지금 얼마나 큰일이 생겼는지 모르나.

아니면 그에게는 성희롱 소동쯤은 아무것도 아닌가.

맞다.

이번 일을 핑계 삼아 거절하면 그만이다. 실은 우리 회사 멍청한 젊은 놈이 성희롱 소동을 일으켜 한동안은 같은 성희롱 소동이 있는 당신 회사 기획은 받을 수 없습니다.

목구멍까지 그 말이 나왔다.

"이 기획을 통과시키지 않으면 이 업계에서 두 번 다시 일하지 못할 줄 알아."

그러나 그 협박을 듣는 순간 입이 움직였다.

"입 닥쳐."

"뭐?"

놀란 후쿠시마의 목소리가 울린다. 전화 앞에서 넋을 놓은 얼굴이 눈에 선하다.

미쓰히코는 이번에는 더 힘을 주어 말했다.

"해볼 테면 해봐. 이 쓰레기 같은 자식아."

그 순간, 가슴에 이제껏 느끼지 못한 후련함이 찾아왔다. 내내 막혀 있던 게 단숨에 빠져나간 기분이다.

한껏 후련해진 마음으로 곰곰이 생각한다.

'너 같은 게'라는 말을 들으며 지겹도록 무시당했으나 사실 말하는 대로 움직이는 내가 없으면 일을 못 할 사람들은 바로 너희들이잖아?

확실히 조금쯤은 요시오카의 덕을 봤을 것이다. 그것도 망가질 뻔한 몇 편의 기획을 성립시켰으므로 끝난 일이다.

동시에 미쓰히코는 깨닫는다.

세상의 흐름을 만드는 사람은 요시오카와 후쿠시마 같은 사람들이라고 생각했는데 아니다. 목소리가 큰 놈들을 너무 쉽게 따르는 자신 같은 무기력한 인간이야말로 자기도 모르는 사이 빠져나갈 수 없는 흐름을 만들고 말았다. 절대로 딸은 느끼지 않았으면 하는 더럽고 거친 세상의 파도를 만든 사람은 모든 걸 포기해온 자신이었다. 딸을 포기시키기 전에 해야 할 일이 있음을 처음으로 깨달았다.

"다시는 너희랑 일할 생각 없어. 더는 전화하지 마."

후쿠시마가 무슨 말을 하려는데 미쓰히코는 바로 전화를 끊었다.

바이러스와 마찬가지로 직장 내 괴롭힘이 세상에서 완전히 사라지는 일은 없을 것이다. 그러나 흐지부지될 거고 아무 일 아니라고 여기는 사람들보다 정면 대응하려는 바보들에게 걸어보겠다.

무엇보다 보고 싶지 않은가? 에리코와 기리토가 목표로 하는 곳에 자신이 상상도 하지 못했던 세계가 있다면.

그곳에서 활기차게 활약하는 아카리의 모습이 선명하게 보이는 듯하다.

—그거 아세요? 해파리는 사실 굉장해요.

그날 밤, 기리토가 잔뜩 흥분해 말해준 이야기가 머리 한편에 떠오른다.

뇌도 심장도 혈액도 없는 해파리는 실은 몸 전체가 뇌이고 심장이라는 연구가 있다고 한다. 해파리의 몸에 있는 '산재 신경계'는 신경이 그물 상태로 뻗어 있다는 점에서 인간의 뇌와 척수에 있는 '집중 신경계'와 구조적으로 동일하다는 것이다. 그리고 해파리의 박동은 심장과 거의 같은 역할을 한단다.

미쓰히코의 마음속에 있는 무럼해파리가 이 순간 크게 박동했다.

컴퓨터를 켜고 인터넷에 접속한다.

다시 수화기를 들고 내선 번호를 눌렀다.

좀처럼 연결되지 않았으나 끈질기게 기다리니 마침내 '네……'라는 피곤한 목소리가 났다.

“요네카와 씨. 세나입니다.”

“아, 네? 세나 이사님?”

에리코의 목소리에 당황한 기색이 묻어 있다.

“요네카와 씨. 이번 건으로 독립 조사위원회를 설치할 생각이라고 들었는데요.”

“네. 그런데 윗선에서 반대해서…….”

“저도 참여할게요.”

“네?”

에리코의 당황이 더 커진 듯하다. 무리도 아니다. 이제까지 회사 안에서 태평하게 돌아다니기만 하던 아저씨가 느닷없이 게임 참가를 선언했으니 말이다.

그러나 여기서 변하지 않으면 평생 변하지 못한다.

너구리들은 똑같은 문제가 일어나도 젊은 직원만 버리고 ‘세간의 관심이 가라앉을 때를 기다리며’ 끊임없이 살아남는다. 그런 현실에 안일하게 매달려 있는 이상 직장 내 괴롭힘의 근본적인 해결은 영원히 있을 수 없다.

개인적으로도 풋내기 같은 생각이라는 느낌이 들었으나 지금은 부끄러워하기보다 내 마음을 최우선으로 두자. 그게 곧 나를 소중히 하는 거겠지.

“내 옛 지인 중에 직장 내 괴롭힘 근절 운동을 하는 사람이 있어요. 믿을 만한 사람입니다. 그가 있는 단체가 직장 내 괴롭힘 대책에 관심 있는 회사의 연락을 받고 있습니다. 좋은 기회이니 우리도 여기서 일단 공부해봅시다. 앞으로의 리스크 매니지먼트도 될 테고."

"꼭 부탁드리겠습니다!"

에리코의 목소리에 아주 살짝 평소의 밝음이 돌아온다.

**미사키 가즈야 씨. 정말 오랜만입니다. 세나 미쓰히코입니다…….**

다음에는 취직 축하 선물로 아카리를 데리고 수족관에 가자. 그 용궁 같은 터널 수조를 걸으며 마음껏 앞으로의 꿈을 들어주자. 딸과 둘이서 바라보는 해파리들의 세계는 지금까지와는 전혀 다르게 보일 것이다.

물속을 둥실둥실 떠다니는 그들은 머리도 마음도 피도 없는 듯 보여도 실은 온몸이 뇌이고 심장이다.

미쓰히코는 그런 생각에 잠긴 채 다시는 만나지 못할 줄 알았던 옛 동료에게 길고 긴 메시지를 쓰기 시작했다.

# 흑성

도쿄는 돈이 없으면 즐길 거리가 하나도 없는 도시라고 한다. 그런데 실은 꼭 그렇지만도 않다. 찾아보면 적당히 즐길 수 있는 곳이 그럭저럭 많다. 그중에는 무료로 온종일 즐길 수 있는 편안한 장소도 있다.

일테면 여기.

간바야시 리코는 초여름 녹음이 상쾌한 중정 테라스 자리에 앉아 충만한 기분으로 아름다운 벽돌 건물을 바라본다.

우에노온시 공원 외곽에 있는 국제어린이도서관 열람실에서 아침부터 느긋하게 그림책을 잔뜩 읽었다. 국제어린이도서관은 르네상스 양식의 레트로 벽돌 건물과 유리를 이용한 근대적인 아치 건물이 있는데, 커다란 창문이 늘어선 벽돌 건물은 원래 메이지시대에 지어진 일본 최초의 국립도서관인 제국도서관이다.

오전 내내, 리코가 다양한 나라의 그림책을 본 '세계를 알아야'라는 이름의 열람실은 과거에는 귀빈실로 쓰이던 곳으로, 인테리어가 특히 멋지다. 회반죽 장식이 있는 천장에는 난꽃 모양의 유리 샹들리에가 매달려 있고 바닥은 쪽매붙임 나무 세공이다.

'세계를 알자' 열람실은 '어린이의 방'이라는 이름의 다른 열람실이나 2층 갤러리와 비교하면 이 도서관의 원래 이용객인 초등학생과 가족 나들이객이 적게 와서, 내년이면 서른 살이 되는 리코가 오랫동안 자리를 차지하고 있어도 그리 눈에 띄지 않는다.

3층짜리 벽돌 건물에는 엘리베이터가 설치되어 있으나 천장까지 통해 있는 중앙 계단 역시 볼거리라 리코는 그곳을 오르내리는 걸 좋아한다.

높은 천장에서 늘어진 샹들리에, 하얀 벽, 각 층과 이어진 중후한 느티나무 문, 아라베스크 문양의 정교한 손잡이. 모든 게 옛 모습 그대로 유지되어 있다.

우에노 숲 주변에는 국제어린이도서관 말고도 역사적 가치를 지닌 서양식 건축물이 많이 있어서 그것들을 보며 산책해도 즐겁다.

여기까지 오면, 사람도 별로 없고…….

리코는 파라솔 아래에 앉아 토트백에서 물통과 손수건으로 감싼 도시락통을 꺼냈다. 국제어린이도서관에는 카페도 있으나 중정 테라스 자리는 음식물 반입이 가능하다. 무성한 공원 나무들의 녹음과 고색창연한 건축물을 바라보며 가져온 점심을 천천히 즐기는 일은 꿈만 같다.

공원 중앙에 있는 카페는 항상 너무 혼잡한데 파라솔까지 준비된 이곳 테라스 자리에는 휴일임에도 사람이 거의 없다.

손수건을 풀어 테이블에 놓으면서 언제나 쓰고 있는 마스크를 벗었다. 어젯밤 비가 내린 탓인지 풀 냄새가 짙다. 해가 긴 6월은 리코가 제일 좋아하는 계절이기도 하다.

장마가 시작되었으나 예보에 따르면 올해는 예년보다 비가 적게 온다고 한다. 지금은 아직 상쾌하나 이제부터는 지긋지긋하게 무더운 도쿄의 여름이 시작된다.

찰나의 좋은 계절을 즐기자는 마음으로 도시락 뚜껑을 열었다.

회사에도 매일 도시락을 싸 가지만, 사실 이렇다 할 요리를 만드는 일은 거의 없다. 계속하려면 간단한 게 제일 좋다.

최근 꽂힌 음식은 주먹밥이다. 랩 위에 김을 깔고 밥을 올린

다음 그 위에 재료를 놓고 랩으로 감아 자르기만 하는, 사실 주먹으로 밥을 쥐지 않는 주먹밥이다. 이 조리법을 처음으로 소개했다는 인기 만화를 읽어보지는 않았는데 인터넷에서 만드는 방법을 보고 시도해보니 정말 편해서 마음에 쏙 들었다. 자른 단면이 샌드위치처럼 화려해 도시락통을 열었을 때 가슴이 설레는 점에도 높은 점수를 줬다.

오늘은 우엉 무침과 삶은 달걀 주먹밥, 감자샐러드와 콘 비프와 샐러드 주먹밥이다. 설명만 들으면 대단히 공들인 재료처럼 보일지 모르나 실제로는 슈퍼마켓에서 파는 반찬이나 통조림을 조합했을 뿐이다.

삶은 달걀의 노른자 단면이 엿처럼 은은한 빛을 낸다. 감자샐러드의 하얀색, 콘 비프의 짙은 분홍색, 샐러드 채소의 초록색이 어우러져 눈이 즐겁다. 우엉 무침 주먹밥부터 들고 한입 베어 문다. 포근한 삶은 달걀과 씹는 맛이 있는 우엉이 김에 싸인 쌀밥과 잘 어울려 맛있다. 반찬은 원래 간이 세서 조미김을 쓰면 소금을 더하지 않아도 간이 딱 맞는다.

본격적인 여름을 향해 가는 왕성하게 우거진 녹음을 바라보며 직접 만든 주먹밥을 오물오물 씹는다. 혀가 맛을 느끼고 목으로 넘기고 위가 받아준다는 게 그저 감사하다.

원래 먹는 건 좋아하는 편이다. 내시경 검사 결과 리코의 위는 아무 문제가 없다. 양성 폴립이 있다는데 오히려 위가 건강한 사람에게 자주 보이는 것이라고 한다.

그러나 도무지 음식을 받아들이지 못하는 상태가 된 적도 여러 차례 있었다.

정상적인 식욕. 그것은 리코에게는 너무나 감사한 일이다.

먹을 수만 있으면 된다. 살아가기 위한 척도다.

어느새 철학적으로 들리는 생각을 한 자신이 살짝 부끄럽다.

작년 여름, 오랜만에 심한 구역질과 위통에 시달려 식사하는 게 너무 힘들었다. 그러나 평소보다 더 아무렇지 않게 행동해서 직장에서는 몰랐을 것이다. 주위 사람에게 들키지만 않으면 그런 일은 없었던 거나 마찬가지다.

그러니까 괜찮다. 나는 아무렇지 않다.

첫 주먹밥을 다 먹어치우고 이번에는 감자샐러드와 콘 비프 주먹밥에 손을 뻗었다.

다음 주먹밥도 마요네즈 맛의 조금 달콤한 감자와 짠맛이 강한 콘 비프가 밥과 잘 어울려 뒷맛이 길었다. 잔뜩 넣은 샐러드 채소도 신선하고 윤기가 흐른다. 이미 가공된 재료를 적당히 이용하고 있을 뿐이나 나름 식재료를 조합하는 센스는 갖췄다고 자화자찬하고 싶어졌다.

지난주 회사에 싸 간 게맛살과 크림치즈, 삼엽채를 넣은 주먹밥도 정말 맛있었다. 맛을 살릴 숨은 재료로 홀그레인 머스터드를 사용한 게 정답이었다.

물통에서 차가운 보리차를 컵에 따라 마시며 한숨 돌린다.

나는 정말 내 기분을 잘 맞춘다.

오늘은 지금부터 옛 도쿄음악학교 주악당의 일요 콘서트에서 고악기 연주를 감상한 뒤, 도쿄예술대학 미술관에서 향후 일본 예술계를 이끌어갈 예대생들의 작품을 실컷 음미할 예정이다. 아침부터 이렇게 충실한 일정을 수행하는데도 비용은 주악당 입장료 몇백 엔이 전부다.

도쿄, 의외로 최고의 장소 아닌가.

메이지시대에 창설된 벽돌 양식의 역사적인 서양 건축을 볼 수 있는 녹음 가득한 중정을 거의 독차지하며 새삼 만족감을 곱씹었다.

이날 일요 콘서트에서는 도쿄예술대학 대학원 음악연구과의 대학원생들이 파이프오르간을 연주했다. 곡목은 익숙지 않은 고전 음악이었으나 리코는 풍부한 울림이 있는 소리에 마음껏 몸을 맡겼다.

약 300명을 수용할 수 있는 주악당은 예전에 천재 작곡가 다키 렌타로가 피아노를 치고 일본을 대표하는 작곡가 야마다고사쿠가 노래를 부른 적도 있다고 한다.

이 유서 깊은 음악 홀도 서양식 건축으로, 벨벳 커튼이 드리운 창문으로 우에노 공원의 녹음을 바라보면 리코는 언제나 시간 여행을 온 듯한 기분이 든다.

콘서트가 끝난 뒤에는 예대생들이 연주하는 소곡을 느긋하게 즐기며 밖으로 나왔다. 오후 5시였다.

여름철 일몰까지는 아직 시간이 있다.

밝은 햇살 속에서 리코는 네즈를 향해 걷기 시작했다. 우에노 숲에서 네즈로 가는 길에 리코가 좋아하는 카페가 있다. 그곳에서 시나몬과 카르다몬 향이 강한 차이티를 즐기는 게 리코의 우에노 산책 마무리 일정이다.

카페 문을 열었는데 다행히도 그리 북적이지 않았다. 눈에 띄지 않는 구석 자리에 앉아 차이티를 주문한다. 이 가게 직원은 자신과 또래 여성들만 있는데 적당히 손님을 신경 쓰지 않는 분위기가 편안했다.

드문드문 자리를 차지하고 있는 손님들은 이십 대로 보이는 커플과 세련된 분위기의 여성들뿐이다. 파스텔 색깔의 블라우스와 레이스가 달린 원피스를 입은 여름꽃 같은 여성들 가운데 리코만이 늘 똑같은 검은 셔츠와 검은 데님 차림이다. 검은 테 안경을 끼고 맨얼굴에 선크림만 바른 상태다.

이걸로 충분하다. 화려한 꽃그늘에 몸을 숨길 수 있을 것 같아 오히려 편하다.

3월부터는 마스크 착용도 개인의 자유가 되는데 리코는 앞으로 계속 마스크를 쓸 생각이다. 신종 코로나바이러스가 독감과 같은 5류 전염병이 된다고 해도 바이러스가 사라진 상황은 아닌지라 감염도 예방하고 맨얼굴을 가릴 수도 있어서 일거양득이다.

향신료 향이 강한 차이를 마시면서 문고판 단편 소설을 하나 읽고 일어났다.

이제 정육점에 들러 멘치카츠라도 사서 오늘 저녁 반찬으로 할까. 그런 생각을 하며 계산하는데 여자 직원이 리코의 얼굴을 똑바로 보며 생긋 웃었다.

"늘, 감사합니다."

순간 느긋했던 리코의 가슴이 단숨에 위축된다.

밝은 미소를 짓는 여성의 얼굴을 똑바로 보지 못해 고개를 떨군 채 가게를 나왔다.

나를 알고 있어…….

직원 잘못이 아니다. 이런 데 일일이 신경 쓰는 내 잘못이다. 지나친 의식이라는 것도 안다.

더는 이 가게에 못 오겠구나.

불특정 다수로 있을 수 없다는 사실을 아는 순간, 리코는 그곳에서 편안히 지낼 수 없다. 마음에 드는 카페를 또 하나 잃어서 조금 낙담했다.

다음 주가 되어 리코는 여전히 컴퓨터에 시선을 고정한 채 묵묵히 데이터를 입력했다.

대졸 신입으로 입사한 전자상거래 기업 파라웨이의 사무실은 도라노몬에 있는 빌딩의 고층에 있다. 커다란 창으로는 고층 빌딩들 너머로 솟은 스카이트리가 잘 보였다.

리코가 속한 시스템팀은 마케팅부에서 가장 안쪽에 있다. 이 자리는 기둥 뒤이고 창문과도 멀다.

그래서 좋다.

커다란 회색 마스크 아래에서 리코는 입을 굳게 다문다.

원래 자기 같은 사람이 이런 대도시의 IT 기업에 정사원으로 숨어든 것 자체가 잘못이니까.

미나토구에서 근무하는 일은 처음에는 영 마음에 걸렸으나 상업지구로 들어서면 자신은 '점'에 지나지 않는다. 오히려 누구에게도 인식될 일이 없다는 생각에 입사 원서를 보냈는데 이게 웬일! 채용되고 말았다.

처음부터 사무직을 희망한 게 컸을지 모른다.

함께 입사한 여자 동기들은 모두 마케팅부나 홍보부를 지원했다. 그러나 염원하던 마케팅부에 배속된 여자 동기들은 입사 7년 차인 현재 거의 회사에 남아 있지 않다. 겉으로는 화려해 보이는 이커머스 업계는 사실 의외로 험난하다. 신규 개척 대상은 인터넷 사업을 잘 모르는 중소기업이나 개인 사업장을 운영하는 초로의 남성들인데, 그들을 상대하다가 나가떨어지는 일이 많았다. 특히 담당자가 젊은 여성이면 수익이 오르지 않았을 때 역정을 내는 남성 클라이언트가 많다는 소리를 얻어듣기도 했다.

의욕이 넘쳤던 그녀들은 속속 이직하고 직장에 꿈이라고는 없는 자신이 이렇게 남아 있다니 우습다.

현재 빈번히 교체되는 마케팅 담당 이십 대 여직원들은 거의 모두 계약직 사원이다. 평균 나이가 젊다고 하면 듣기에는 좋으나 실상은 높은 이직률을 가리킬 뿐이다.

신규 데이터 입력을 끝내고 잠깐 시선을 들었다.

마케팅부의 매니저인 요네카와 에리코와 리코의 동기 야하기 기리토가 중심부에 서서 대화하고 있다. 곧 "네"라고 고개를 끄덕이고 기리토가 사무실을 가로질러 갔다.

최근 기리토는 전보다 더 바빠진 듯하다.

지난달, 마케팅부의 꽃이었던 뷰티팀이 라이프스타일팀과 통합해 뷰티·라이프팀이 되었다.

다른 이유도 있었겠으나 가장 큰 계기는 뷰티팀의 중심이었던 데라시마 나오야가 뷰티 인플루언서 SAYU에게 성희롱으로 지목당해 SNS에서 난리가 난 일이다.

원래 윗선에서는 나오야를 자르고 소동을 잠재우려 했는데 에리코와 기리토가 적극적으로 움직여 독립 조사위원회가 설치되었다. 그런데 정작 장본인인 나오야는 몸이 안 좋다며 계속 회사를 쉬어서 SAYU와의 삼자대면은 결국 이루어지지 못했다.

이 건을 계기로 외부 인플루언서를 기용한 영상 서비스 등의 판촉은 조심스러워졌다.

리코는 시선을 키보드로 돌리고 다음 데이터 입력으로 넘어간다.

영상 서비스의 호스트를 맡기도 한 나오야 역시 리코의 동기다. 뷰티팀의 나오야와 라이프스타일팀의 기리토. 영상 서비스와 대대적인 할인 쿠폰 전략으로 요란하게 매출을 올리는 나오야와 담당 업체의 상품을 하나씩 써보고 꾸준히 추천평을 써온 기리토는 동기이면서도 물과 기름 같은 존재였다.

―너무 고지식하게 일하면 마케팅부에는 민폐라고.

마케팅부에 늦게 합류한 기리토는 나오야의 견제를 받은 듯하다. 이 사실을 밝힐 때 기리토의 얼굴은 지독하게 피곤해 보였다. 늘 거의 잠을 못 잔다고도 했다.

화려한 방법으로 매출을 올리는 나오야는 윗사람에게도 잘 보인 모양인데 두 팀의 매출 데이터를 입력하는 리코가 보기에는 순간 풍속처럼 매출이 오르기는 하나 오래 지속되지 못하는 나오야의 담당 업체와 출발은 미미하나 재구매율이 높은 기리토의 담당 업체 전체 매출은 길게 보면 그리 다르지 않다.

윗사람들은 어째서 그런 세밀한 부분을 제대로 보지 않을까.

말단 사원인 자신이 경영에 대해 알 도리는 없다. 그러나 회사란 어차피 목소리가 큰 사람이나 자기 어필을 잘하는 사람 의견만 듣는 느낌이다.

이번 소동을 계기로 나오야의 담당 업체들에서는 쿠폰 남발을 강요했다는 등의 민원이 뒤따라 나왔다. 상황이 여기까지 오면 아무리 '유능한 사람'으로 통했어도 윗사람들의 태도는 차가워지기 마련이다.

결국은 정정당당한 방식이 끝까지 살아남는 걸까.

그렇다면 처음부터 회사가 자기 어필을 잘하는 사람만 아끼지 않으면 되는 거 아닌가.

거기까지 생각하다가 리코는 마스크 속에서 쓴웃음을 지었다. 자신처럼 회사 피라미드 최하층 인간이 이런 생각을 끊임없이 해봤자 소용없는 일이다.

—저기, 이봐! 여기 좀 봐.

갑자기 경박한 남자의 목소리가 귓가에 되살아나 키보드를 두드리는 손을 멈출 뻔했다.

작년 여름, 나오야가 상품을 소개하는 영상을 촬영하려고 인기 남성 인플루언서를 사무실로 불렀다. '한물간 노는 오빠'를 자칭하는 인플루언서는 여성에게 들이대는 말투로 새 화장품을 여직원에게 쓰게 해보고 "예쁘다!"라고 호들갑을 떨어 웃음을 유도했다. 뷰티팀 여직원들도 찰떡처럼 분위기를 맞춰 촬영은 막힘없이 진행되었다.

그런데 어째서인지 남성 인플루언서가 사무실 구석에서 컴퓨터 작업 중이던 리코를 발견했다.

"저기, 이봐. 아가씨. 무시하지 말아줄래?"

얼굴 앞에서 손을 휘휘 내저어 싫다는 의향을 거듭 밝혔으나 그가 끈질기게 다가오자 리코는 진심으로 초조해졌다.

당시를 회상하면 여전히 심박수가 오른다.

이제까지 회사에서는 아무에게도 눈에 띄지 않고 평범하게 지냈는데……. 리코의 마음에 쓴물이 올라온다.

"거기 안경, 딱 좋다. 아가씨, 포텐셜이 아주 높아. 튀지 않는 게 오히려 섹시해."

그가 자신에게만 들리게 속삭이고 팔을 잡았을 때 리코의 머릿속이 하얘졌다.

'섹시'라는 단어. 어둠 속에서 쓱 튀어나온 남자의 손.

—얘들아. 이루미네까지 가는 길 아니?

이제는 얼굴도 잘 기억나지 않는데 아무리 잊으려 해도 귓가에 들러붙은 끈적끈적한 남자의 목소리가 눈앞의 남자의 목소리와 겹치며 온몸에서 피가 빠져나갔다.

20년도 더 된 일인데 끔찍한 기억은 지금도 선명한 윤곽을 지니고 리코를 덮쳐온다.

정신을 차렸을 때는 사무실 가득 쇳소리 같은 비명을 지르고 있었다.

이후 나오야와 인플루언서의 반응은 솔직히 거의 기억나지 않는다. 뷰티팀 직원이었던 이토 도모카가 소란스러워진 사무실을 헤치고 곧바로 빌딩 안 제휴 병원에 데려다준 덕분일지 모른다. 병원 대기실에 들어가자마자 리코는 떨리는 손으로 주머니를 뒤져 항상 몰래 가지고 다니던 신경안정제 몇 알을 삼켰다. 남아 있는 기억은 그 모습을 바라보는 도모카의 놀란 눈빛뿐이다.

이토 씨…….

그녀를 생각하면 리코의 마음은 살짝 아프다.

뷰티팀의 화장품 마케팅 담당답게 세련되고 아름다운 여성이었다. 무엇보다 아주 능력 있는 직원이었다. 신규 업체 개발 실적이나 매출도 데이터로만 보면 나오야나 기리토와 비교해도 결코 손색이 없었다.

그런데도 계약 사원인 그녀는 정직원이 되지 못했다. 3년간의 계약이 만료되었을 때 정규직 고용 가능성이 없음을 깨달은 도모카는 계약을 갱신하지 않고 회사를 떠났다.

—대학을 졸업했을 때 리먼 쇼크가 일어나서 가기로 되어 있던 회사의 입사가 취소됐어.

퇴직하기 전에 슬쩍 들은 이야기가 지금도 리코의 마음 어딘가에 걸려 있다.

이 세상은 공평하지 않다.

나도 모르는 데서 운명이 휙 손바닥을 뒤집는 일이 일어난다. 자기처럼 불안정한 사람이 너무 쉽게 대졸 신입으로 입사하고 도모카처럼 훌륭한 인재가 여전히 정직원 자리를 얻지 못하다니. 행운이나 불행이라는 단어로 치부할 문제가 아니다.

어쩔 수 없는 일이라는 사실도 너무나 잘 알고 있다.

절로 한숨을 내쉬고 목을 돌린다. 아침부터 컴퓨터만 바라보고 있어서인지 양어깨에는 무거운 돌을 얹고 있는 듯하다. 현재 시스템팀의 정직원은 리코 하나이고 다른 사람은 전부 파트타임이나 계약 사원이다. 코로나 사태 이후 사무직은 재택근무가 권장되어 매일 사무실에 나오는 사람은 리코뿐이다. 매일 함께 데이터를 입력해도 거의 얼굴을 보지 못하는 사람도 있다. 리코 본인은 그런 자기 처지에 불만이 전혀 없다.

그러나 도모카가 회사를 그만두고 한동안 리코는 자신을 대하는 분위기가 날카로워졌음을 느꼈다. 정신질환자까지 배려해가면서 일할 수 없다며 촬영을 망친 나오야가 에리코 매니저에게 대들었다고 한다.

동시에 회사에서 공황 발작을 일으킨 리코는 정직원이라고 보호받고, 사람으로서나 직원으로서나 훌륭한 도모카가 비정규직이라는 이유로 회사를 떠나야 하는 모순에 많은 계약직 사원이 불만을 품었기 때문이기도 했다.

당연하다. 만약 자신이 비정규직 사원이었다면 고용 해지되었을 것이다. 지금은 어느 기업이나 다양한 제도가 정비되어 있으나 그 제도로 권리를 보호받는 사람은 대체로 정직원이다. 파라웨이의 취업 규칙에서 심신의 질병에 따른 휴직은 비정규직에게는 기본적으로 인정되지 않는다. 여기에 큰 격차가 있다.

그러므로 리코는 아무리 차가운 시선을 받더라도 어쩔 수 없다고 생각했다.

나오야가 사실상 입지를 잃은 후 아주 조금쯤 분위기는 부드러워졌으나 지금도 차가운 시선을 느끼는 일이 많다.

답답함이 차오른다.

문득 컴퓨터 시계로 눈을 돌리고 얼른 정신을 차렸다. 이제 곧 정오다. 적당한 지점에서 데이터 입력을 일단락하고 토트백을 든다.

"요네카와 매니저님. 먼저 점심 먹고 오겠습니다."

회사 메신저에 점심 휴식을 입력하고 창을 등지고 있는 매니저 자리의 에리코에게 말을 걸었다. 에리코가 선뜻 고개를 끄덕이는 걸 보고 자리에서 일어났다.

"아직 12시 안 되지 않았어?"

"저 사람, 늘 저러더라."

"자기 마음대로라니까. 질린다, 질려."

어디선가 냉담한 속삭임이 들려온다. 힐끗 던진 시야 끝에 스기모토 하루미를 비롯한 이전 뷰티팀 여직원들의 차가운 표정이 보였으나 리코는 모르는 척하고 그대로 사무실을 나섰다.

밖으로 나오니 아직 6월인데 숨이 턱 멎을 듯 더웠다.

주말은 아직 상쾌했는데…….

돌이켜보면 작년 6월도 상당히 지독했다. 지구 온난화 탓인지 좋아하는 6월이 점점 변해간다. 이러다가 일본은 극단적으로 덥거나 추운 나라가 될지 모른다.

리코는 생각에 잠기면서도 발걸음을 재촉했다.

도라노몬 빌딩가에 리코만의 특별한 점심시간 '은신처'가 있다. 좁은 골목 끝. 도로에서 살짝 내려간 장소가 그곳으로 가는 입구이다.

3년 전, 이곳을 발견했을 때는 정말로 심장이 두근거렸다.

'한낮의 플라네타륨—도시에서 하늘 가득한 별에 둘러싸여'

파라웨이가 운영하는 쇼핑몰의 이름은 파라다이스 게이트웨이, 즉 '천국으로 가는 입구'라는 뜻인데 따져보면 이곳은 '우주로 가는 입구'인 셈이다. 게다가 입장료도 없다.

리코는 익숙하게 건물로 들어가 2층으로 올라갔다. 돔 모양의 플라네타륨에 들어간 순간 서늘한 공기가 몸을 감싼다. 중앙에 최신식 프로젝터가 설치된 옅은 먹색의 공간에는 좌우에 100석 넘는 좌석이 널찍널찍 놓여 있다.

드문드문 앉은 관객은 거의 단골들이다. 남성은 양복 차림이 많다. 직장 유니폼을 입은 여성도 있다. 모두 점심시간에 사무실을 빠져나왔을 것이다.

프로젝터 오른쪽 중앙 가까이. 리코는 늘 앉는 자리에 앉아 리클라이닝 좌석을 거의 수평으로 넘겼다. 좌석에 몸을 눕히면 돔의 천장이 눈앞에 크게 펼쳐진다.

속세가 멀어지며 천천히 온몸의 힘이 빠진다.

마스크를 벗고 눈을 감은 순간 익숙한 그림자가 재빨리 플라네타륨에 뛰어 들어왔다. 마스크 너머로 안도의 숨을 내쉬며 구석 자리에 앉은 사람은 야하기 기리토였다.

야하기 씨. 오늘은 제시간에 왔네…….

시야 끝으로 확인하면서 가볍게 눈을 감는다. 이곳은 오랫동안 리코만의 비밀 은신처였는데 작년 여름부터 단골 하나가 가세했다. 그게 동기인 기리토였다.

생각하면 한낮의 플라네타륨 덕분에 기리토와 단둘이 대화할 수 있게 되었다. 특별히 같이 오는 것도 아니나 늘 정신없이 바빠 보이는 기리토가 이곳에서 한숨 돌릴 수 있다면 그것도 괜찮을 것이다.

마침내 시간이 된 듯 돔 안이 캄캄해지고 투영이 시작된다.

늘어선 오피스 빌딩, 레인보우브리지, 도쿄타워, 스카이트리……. 미나토구의 풍경 서쪽에 동그란 석양이 떨어진다. 고층 빌딩이나 레인보우브리지의 조명이 하나씩 꺼지면 어느새 눈앞에는 하늘 가득 별이 뜬 밤이 펼쳐진다.

한낮의 플라네타륨에서는 그날 밤 미나토구의 밤하늘을 충실하게 재현하고 있다. 사람의 해설은 전혀 없다. 조용하고 편안한 음악들을 배경으로 저녁부터 새벽까지의 별하늘이 천천히 돔 천장을 돌 뿐이다.

북쪽에서 남쪽에 걸쳐 멋진 은하수가 나타났다. 눈으로 직접 볼 수는 없으나 거리 조명으로 번쩍거리는 도시 하늘에도 사실은 이만큼의 별들이 무수히 반짝이고 있다.

플라네타륨의 별하늘은 투영된 거지만 이 별들의 모습은 환영이 아니다. 한낮의 하늘에서도 정말 빛나고 있다.

보이지 않는다고 해서 존재하지 않는 건 아니다.

실눈을 뜨고 별하늘을 바라보던 리코는 완전히 눈을 감았다. 좌석에 온몸을 묻자, 의식이 멀어진다. 점차 닫은 눈꺼풀 안쪽에 무수한 별이 펼쳐졌다. 초여름의 별하늘에 안겼더니 훌쩍 몸이 가벼워졌다.

그대로 위로 올라가 정신을 차리니 별들이 휘황찬란하게 빛나는 칠흑 같은 우주에 몸이 떠 있다. 작은 별들을 넘고 은하수를 건너 누군가가 이쪽으로 오고 있다.

—도오루 오빠!

아, 오늘도 만났네. 리코의 마음에 기쁨이 샘물처럼 솟구친다.

어릴 때 좋아했던 도오루 오빠가 그날과 똑같은 모습으로 리코에게 손을 내밀고 있다. 모든 걸 벗어던진 리코가 그의 품에 뛰어든다.

도오루의 몸은 피가 돌아 따뜻하다. 그의 품에 꼭 안겨 몸과 마음을 맡기고 그의 존재를 정신없이 음미했다.

과거 겪은 일 때문에 리코는 남성과 신체적 접촉을 하지 못한다. 내년이면 서른 살인데 연애 경험은 전혀 없다.

그러나 이걸로 충분하다.

도오루와의 은밀한 만남은 절대 꿈이 아니다. 내게는 현실이다. 도오루 오빠는 여기에 있다. 미친 듯이 서로를 끌어안으며 하나가 된다. 어마어마한 행복이 몸속을 내달려 마침내 정신이 아득해졌다.

그대로 곯아떨어진 듯 문득 깨어났을 때는 이미 약 20분간의 투영이 끝나 주위가 밝아져 있었다. 눈을 뜨니 뺨이 눈물로 젖어 있다.

슬프지 않은데 왜 눈물이 날까.

손등으로 눈물을 닦고 마스크를 쓴 다음 리클라이닝 좌석을 제자리로 돌려놓았다.

이것은 아마 행복의 눈물일 거야.

리코는 자신을 설득한다. 생생한 도오루의 감각은 지금도 리코의 몸 여기저기에 남아 있다.

도오루와의 시간은 매일 애쓴 자신에 대한 보상이다. 그 덕분에 버틸 수 있다. 리코는 진심으로 그렇게 생각한다.

주위를 돌아보니 다른 관객은 거의 없다. 리코는 마지막으로 플라네타륨을 나섰다.

계단을 내려 1층에 도착하니 입구에 기리토가 보였다. 과학관 안내를 맡는 인형 로봇과 마주 서 있다.

"야하기 씨."

이름을 부르니 기리토가 고개를 든다.

"뭐 해요?"

"아니, 갑자기 이 로봇이 말을 걸어와서……."

기리토가 가리키자, 아이 정도의 크기인 로봇이 턱을 척 들었다. 고양이를 연상시키는 커다란 눈동자에 초록색 빛이 점멸하며 경쾌한 목소리로 떠들기 시작한다.

"있잖아, 이러니저러니 해도 인생에서 즐거움을 이길 건 없지."

"어?" 갑작스러운 말에 기리토는 당황했다.

"나, 좀 괜찮은 말 하지 않았나요?"

로봇은 의기양양하게 말을 이었다.

"으음……. 하지만 페퍼 군. 세상을 승패로만 나눌 수 없어."

기리토가 성실하게 대답했다.

"아? 그래요?"

로봇이 평범하게 질문하는 것 같기도, 비아냥거리는 것 같기도 한 목소리로 말했다.

"그러면 퀴즈를 내겠습니다."

뜬금없이 로봇은 화제를 바꿨는데 그 순간 배터리가 다 되었는지 좀처럼 다음 말을 내놓지 않았다. 그리고 어깨를 축 늘어뜨리고 고개를 떨구더니 더는 움직이지 않았다.

그 모습은 절망해 낙담한 인간의 모습과 흡사했다.

"프로그래밍이 어떻게 된 거지?"

기리토가 어깨를 으쓱해 보인다.

일개 로봇을 대하는 기리토의 성실함에 리코는 마스크 밑에서 몰래 웃고 만다.

"간바야시 씨. 오늘도 정말 잘 자더라. 좋은 꿈이라도 꾸는 것처럼 보였어."

기리토의 다음 말에 반사적으로 고개를 저을 뻔했다.

그건 꿈이 아니야. 내 현실이라고.

"부러워. 늘 기분 좋아 보여서."

이유도 없이 리코의 마음에 살짝 짜증이 일어난다. 점심시간의 비밀 은신처에 기리토가 나타났을 때 저 사람이라면 마음대로 선을 넘어오지 않으리라는 생각에 개의치 않았다.

플라네타륨에서 자면 보고 싶은 사람을 만날 수 있어.

스스로 비밀을 밝히기까지 했다.

그런데…….

—늘, 감사합니다.

카페 직원의 화사한 미소.

—자기 마음대로라니까. 질린다, 질려.

하루미의 차가운 눈빛.

왜 다들 나 같은 사람을 신경 쓰지? 주위에 폐를 끼치지 않으려고 최대한 노력하고 있는데 왜 가만두질 않지?

"그런 말을 들으면 관찰당하는 것 같아서 불쾌해."

정신을 차렸을 때는 이미 말을 내뱉고 있었다.

"아, 미안해. 그럴 생각은……."

마스크 너머로 기리토가 당황한 기색이 역력했다.

"난 점심 먹으러 갈게."

리코는 홱 얼굴을 돌리고 그에게 등을 돌렸다. 오늘도 도라노몬힐스의 잔디광장에서 싸 온 도시락을 먹을 계획이므로 편의점에서 점심을 사 먹는 기리토와 함께 먹어도 상관없겠으나 도무지 그럴 마음이 생기지 않았다.

성큼성큼 멀어져 알아보지 못할 거리에서 살짝 돌아본다. 장신의 기리토는 로봇처럼 어깨를 축 늘어뜨리고 있는 듯 보였다.

그날 밤, 리코가 부엌에서 저녁 먹고 남은 여주 볶음과 가다랑어포를 섞어 주먹밥을 만들고 있는데 스마트폰 벨이 울렸다.

거실로 몇 걸음 걸어 스마트폰을 집어 든다. 액정에 뜬 '어머니'라는 글자를 본 순간 기분이 우울해진다. 그러나 그냥 무시했다가는 지나치게 걱정할 우려가 있어서 더 성가시다.

"여보세요."

리코는 각오를 다지고 스마트폰을 귀에 댄다.

"리코. 잘 지내니?"

어머니의 걱정스러운 목소리가 울렸다.

"잘 지내지."

무뚝뚝하게 대답한다. 집은 어떠냐고 되물을 수 없었다. 아직 환갑도 안 지난 부모님은 잘 지낼 테고 대화가 길어지는 게 싫어서다.

리코는 사이타마의 아파트 단지에서 자랐다. 신종 코로나바이러스가 유행하기 전부터 거의 고향에는 돌아가지 않았다.

"오늘, 네 고등학교에서 동창회 안내장이 와서……."

그런 일로 전화하다니 진저리가 난다.

"안 갈 거니까 버려."

내뱉듯 말했는데 전화 너머의 어머니가 미적거리는 느낌이 든다.

"……중학교는 싫을 수 있겠지만 고등학교도 안 가?"

리코도 순간 할 말을 삼켰다.

"고등학교는 누구도 아무 말 안 하지 않아?"

물론 누구도 아무 말 하지 않는다. 그러나 고등학교에도 초등학교 때 동급생이 있다.

"딱히 누가 무슨 말을 하지 않아. 그냥 일이 바빠서 못 가는 거지."

"그렇게 바빠?"

"휴일에도 해야 할 일이 꽤 있어."

"그렇구나."

어머니의 맞장구에 어렴풋한 안도의 빛이 물드는 순간을 리코는 놓치지 않았다. 어쩌면 어머니는 리코에게 '친구'나 '남자친구'가 생겼다고 착각할지 모른다.

참 딱한 사람이다.

고향 동네에서는 혼자라면 시간이 남아돌 수 있겠으나 도쿄는 친구나 남자친구 없이도 충분히 즐길 게 넘쳐난다.

"그래도 올여름은 와라. 도오루의 13주기이기도 하니까."

그 말에 가슴에 출렁 물결이 인다.

13주기……. 그렇게 긴 세월이 흘렀나. 그러나 도오루와는 오늘 낮에도 만났는데.

"넌 옛날부터 도오루를 정말 좋아했잖아."

절절한 목소리로 속삭이는 어머니의 말에 리코는 더 견딜 수 없게 되었다. 심박수가 오르고 두근거림이 가라앉질 않는다.

큰일이야. 애써 먹은 저녁이 다시 올라오려 한다.

"엄마. 나 내일까지 해야 할 일이 좀 있어."

고통을 견디며 말했다.

"그래? 이런 시간에도 일해?"

어머니가 의외라는 듯 목소리를 높였다.

"지금은 재택근무가 중심이라 시간은 그다지 중요하지 않아."

"그렇구나. IT 회사는 정말 힘들구나."

리코의 실제 업무를 상상도 못 할 어머니는 바로 이해해주었다.

"자, 오봉에는 꼭 집에 와라."

어머니는 못을 박고 전화를 끊었다. 통화를 끝내자마자 리코는 스마트폰을 내던지고 화장실로 달려갔다. 웩웩, 구역질이 시작되자 멈추지 않았다.

처음 끈질긴 구역질에 시달렸을 때 소화기 내과를 찾아갔다. 내시경 검사 결과 위에는 아무 문제가 없음을 알게 되었다.

다음에 찾아간 정신과에서 '적응 장애'라는 진단을 받았다. 구역질은 심리적 스트레스로 일어난 것이라고 한다. 이후 구역질이 시작되면 신경안정제를 복용했는데 먹으면 딱 멈출 때도 있는 반면 좀처럼 가라앉지 않을 때도 있다.

요즘은 컨디션이 좋았는데…….

후후, 호흡을 몰아쉬며 바닥에 웅크렸다.

도오루를 과거로 말하고 싶지 않다. 리코의 '현실'에서는 여전히 도오루는 살아 있다. 도오루를 처음 꿈에서 만난 게 언제였더라.

리코는 안고 있는 무릎에 머리를 묻고 가만히 생각한다.

도오루는 띠동갑인 친척 오빠였다. 리코가 고등학교 2학년 때 일찍 세상을 떠난 그는 생각해보면 지금 자신과 같은 나이였다. 꿈을 꾸기 시작한 것은 그가 죽고 얼마 안 있어서인데 처음 꿈속의 그에게 안긴 것은 아마도 리코가 사회에 나온 다음이었을 것이다. 도오루의 나이와 비슷해지면서인 듯하다.

그것은 너무나 행복한 경험이라 작은 알약에 의존하지 않으면 견딜 수 없는 힘든 현실을 모두 잊게 해주었다.

작년 인플루언서가 치근거렸을 때도 과거의 나쁜 기억이 되살아나 한동안 밥 먹는 데 고생했다. 특히 그때는 과학관이 초등학교 여름방학에 맞춘 프로그램에 들어가 한 달 이상 한낮의 플라네타륨이 중지된 점도 컸다.

나는 불완전하다. 그건 잘 안다.

그래도 주위에 폐를 끼치지 않으려고 나름대로 최선을 다해왔다.

그러니까 제발 그냥 좀 놔둬. 걱정도 동정도 관심도 필요 없어. 내게는 나만의 현실이 있어. 남들이 세운 기준의 현실을 내게 억지로 들이밀지 말아줘.

리코는 아주 오랜 시간, 화장실 바닥에 웅크리고 있었다.

캄캄한 머릿속에 문득 낮의 기리토가 떠오른다. 리코가 불쾌하다고 하자, 기리토는 배터리가 떨어진 로봇처럼 어깨를 축 늘어뜨렸다.

혹시 그때 기리토는 그곳에서 나를 기다리고 있었던 걸까.

그렇게 생각하니 갑자기 나쁜 짓을 한 것 같다. 정신질환이 있는 사람까지 일일이 배려해가며 일할 수는 없다고 나오야가 에리코에게 대들었을 때, 기리토가 잘못한 건 그쪽이라며 자신을 감싸준 사실은 회사를 떠난 도모카가 알려줬다.

—난 거의 잠을 못 자거든.

눈에 커다란 다크서클을 드리우고 힘없이 웃던 기리토의 얼굴을 떠올렸을 때 리코는 고개를 들었다. 왠지 그 얼굴에서 받아들일 수 있는 현실의 아주 작은 점을 발견한 것만 같다.

드디어 심장의 고동이 가라앉아 비틀비틀 일어난다. 세면실에서 입을 헹구고 거실로 돌아와 TV를 켰다.

7월에 들어서자 무더운 날이 이어졌다. 사전 예보대로 비는 그다지 내리지 않았다.

리코는 평소처럼 컴퓨터를 보고 앉아 마스크 속에서 무거운 한숨을 연거푸 내쉬고 있다. 요즘 영 컨디션이 좋지 않다. 잠을 제대로 못 자는 데다 식욕도 사라져 밥 먹는 게 고역이다. 특히 느닷없이 찾아오는 구역질이 심하다.

초등학교 여름방학이 시작되면서 올해도 한낮의 플라네타륨이 중지되어 리코의 마음을 더 불안하게 만들었다. 그 플라네타륨은 도오루와 만나는 소중한 장소이기도 한데.

이번 주말에는 신사의 칠석 축제에 가서 소원을 써서 걸 계획이다. 그다음 주는 다시 우에노 공원에 가서 시노바즈 연못에 피기 시작한 연꽃을 봐야지…….

어떻게든 즐거운 계획을 머릿속으로 그리는데 그때마다 목구멍이 꽉 막힌다. 너무 메슥거린다. 이마에 밴 땀을 닦으며 왜 이토록 컨디션이 나쁜지 생각한다. 도오루의 13주기가 다가오고 있기 때문일까.

그럴 수도 있고 회사 분위기 때문일 수도 있다.

7월에도 나오야는 출근하지 않았는데 전 직원이 직장 내 괴롭힘 방지 강연을 듣게 되었다.

물론 그에 관해 이의는 없다. 그런데 최근 몇 개월 사이에 성희롱 소동 건을 놓고 주위의 여론이 미묘하게 변화했음을 느낀다.

처음에는 나오야에 대한 민원이 시스템팀으로까지 와서 회사에서는 나오야의 요란한 방식을 문제라고 생각하는 경향이 강했다. 그러나 최근에는 조금씩이나마 확실히 반동이 일어나고 있다. 제일 먼저 파라웨이의 SNS에서 움직임이 일어났다.

'그 직원, 결국은 그만뒀나요?'

동영상의 호스트를 맡았던 나오야를 걱정하는 글이 이따금 보이기 시작했다.

'파라웨이의 영상은 이해하기 쉬워서 좋았는데.'
'논란이 일어난 후로 영상을 보지 못해 아쉬워요.'

나오야를 옹호하는 흐름이 생기자 서서히 소동의 원인을 만든 인플루언서에 대한 비판으로 옮겨가기 시작했다.

'애당초 그 SAYU라는 인플루언서, 너무 냄새나지 않음?'
'이번 일도 일부러 노린 덫 아니었을까?'
'불쌍해. 이런 일은 상대가 여자면 남자가 압도적으로 불리해.'
'무엇보다 당했다는 메시지 내용, 뭐 대단한 것도 없었잖아? 여자가 너무 요란을 떨었어.'
'여자라는 걸 이용하는 인플루언서는 아웃!'

우연히 본 글의 내용이 뇌리에 들러붙어 떨어지지 않는다.

여자 상대면 남자가 불리. 너무 요란을 떨어…….

특히 이런 표현들이 작년 인플루언서를 상대로 공황 발작을 일으킨 자신을 가리키는 듯했다. 실제로 나오야는 그때 일을 에리코 매니저에게 '과잉 반응'이라고 보고했다고 들었다.

내 얘기가 아냐.

알고는 있는데 신경이 쓰인다. 그야말로 자의식 과잉이다.

사실은 아무도 나 같은 건 보지 않고 신경 쓰지 않는다. 그런데 스스로 자신을 얽매고 있다. 그러니까 이제까지 적응 장애 같은 걸로 고생하는 거다.

과거의 끔찍한 기억, 그것도 실제로는 아무것도 아니었다.

평소에는 절대로 의식으로 끄집어내지 않을, 여전히 치유되지 못한 상처에 조심스럽게 손을 뻗는다. 상처 부위 근처만 가도 이미 아프다. 역시 그곳에는 여전히 고름이 맺혀 있다.

초등학교 3학년에 막 올라갔을 무렵, 하굣길에 리코는 중년 남자의 차에 끌려갈 뻔한 적이 있다. 우연히 근처에서 공사하던 사람들이 리코의 비명을 듣고 달려와 큰일을 당하지는 않았다. 도주했던 범인도 금방 잡혔다.

소문은 단지 안에 순식간에 퍼졌다.

경찰에게서 수없이 똑같은 질문을 받고 드디어 풀려났는데 다음은 이웃에게 둘러싸였다.

—리코, 괜찮아?

—다친 데는 없어?

걱정하며 묻는 사람들일 텐데 어른이나 아이 모두 이상할 정도로 눈을 번뜩이고 있는 게 무서웠다.

—리코는 늘 귀엽게 꾸미고 다녀서 말이야.

조금 뒤 들린 누군가의 속삭임은 절대 빠지지 않는 가시가 되어 지금도 치유되지 못한 상처에 박혔다.

사건은 미수로 그쳤다. 실제로 아무 일도 일어나지 않았다. 이웃들은 이제 기억도 못 할 것이다. 그러나 리코의 기억에서는 지울 수 없었다.

모르는 남자에게 손목이 잡힌 공포보다 더 오래 리코를 괴롭힌 것은…….

가슴이 갑자기 답답해졌다. 큰일이야. 속이 안 좋아.

자리에서 일어나 화장실로 달려갔다. 화장실 칸에서 가슴을 누르고 웩웩, 구역질을 해보지만 역시 토하지도 못한다. 메슥거림이 가라앉기를 기다려 비틀거리며 칸에서 나왔다.

출근하기 전에 신경안정제도 먹었는데…….

거울에 비친 창백한 얼굴을 멀거니 바라보며 손을 씻는데 누군가가 화장실로 들어왔다. 그 사람이 스기모토 하루미임을 인식하자마자 심장이 쿵 뛰었다. 눈을 내리깔고 출구로 향했다.

"간바야시 씨. 그거 알아요?"

최대한 빨리 그 자리를 떠나려는 리코의 등에 하루미의 목소리가 쫓아온다.

"데라시마 씨, 결국 그만둔대요."

그 말에 리코가 살짝 뒤돌아보았다.

"이번 일로 데라시마 씨가 얼마나 고생하고 초췌해졌는지 어차피 아무도 관심없겠죠……."

하루미는 혼잣말처럼 계속한다.

"뷰티팀은 이제까지 내내 데라시마 씨 혼자 끌어왔는데 도무지 이해가 안 돼요."

탄식처럼 내뱉고는 얼른 돌아서서 가버렸다.

리코는 순간 망연자실했는데 살짝 고개를 젓고 문에 손을 댄다. 하루미가 나오야를 좋아했나. 어쩌면 더 깊은 관계였을지도 모르겠다.

그러나 나오야가 퇴사를 결정한 일과 자신은 전혀 상관없다.

하루미가 보기에는 공황 발작을 일으켜 영상 서비스를 망친 리코가 나오야가 입지를 잃는 데에 한 요인을 제공했다고 생각할지 모르겠으나 그건 너무 말도 안 되는 트집이다.

자리로 돌아오니 정오가 다 되었다. 회사 메신저에 점심 휴식을 입력하고 토트백을 들고 사무실을 나섰다.

밖은 사우나처럼 무더웠다. 비는 내리지 않는데 아마 습도는 높을 것이다. 대부분이 마스크를 벗었는데 회색 마스크로 얼굴을 단단히 가린 리코는 미나토과학관으로 가는 걸음을 서두른다. 식욕은 전혀 없으나 플라네타륨에서 도오루와 만나면 기분이 좀 나아질 것이다.

플라네타륨의 옅은 먹색 돔의 공기는 오늘도 서늘했다. 리클라이닝 좌석을 넘기고 몸을 눕히고 큰 한숨을 내쉬었다. 조명이 꺼졌는데도 기리토가 나타나지 않아 괜스레 안도했다.

돔 천장에 별이 가득한 하늘이 나타나자, 리코는 온몸의 힘을 빼고 눈을 꼭 감았다.

며칠 뒤, 회사에서 직장 내 괴롭힘 관련 강연회가 열렸다. 리코는 접이식 의자가 가지런히 놓인 대회의실 구석에 조용히 앉았다.

수런대는 회의실 안에서 이야기를 걸어오지 않도록 깊이 고개를 숙인다. 여전히 컨디션은 최악이다. 새벽까지 잠들지 못했고 간신히 몇 시간 자고 일어나니 이번에는 심한 구역질이 찾아왔다. 최근에는 주먹밥을 만들 기력도 의욕도 없어서 아침도 점심도 젤리 음료로 대신하고 있다.

더 심각한 일은 하루미로부터 나오야의 퇴사 사실을 들은 뒤로 한낮의 플라네타륨에서도 잠들지 못하는 것이었다.

평소에는 바로 의식이 멀어지고 별하늘을 건너 도오루를 만나러 갈 수 있었다. 편안한 부유감 속에서 사랑하는 사람에게 실컷 위로받을 수 있었다. 그런데 아무리 눈을 감고 있어도 도무지 그 순간이 찾아오지 않는다.

금방 20분의 시간이 흘러가버린다. 리코는 초조할 대로 초조했다. 지금은 그토록 손꼽아 기다리던 한낮의 플라네타륨 시간을 즐길 수 없다.

관찰당하는 것 같아 불쾌하다는 말을 한 뒤로 기리토도 미나토과학관에 오지 않았다. 배려하는 것일 수도, 단순히 강연회 준비로 바쁜 것일 수도 있다.

이윽고 회의실이 사람들로 가득 차자 리코는 벽에 몸을 기대어 더 몸을 웅크렸다. 꼼짝도 하지 않고 가만히 앉아 만성적인 두통을 견딘다.

이 강연회는 에리코와 기리토 외에 사업개발부의 세나 미쓰히코가 중심이 되어 개최했다.

작년 이사 대우로 파라웨이에 온 미쓰히코가 가세하지 않았다면 강연회나 독립 조사위원회 설치는 어려웠을 거라고 전에 기리토가 말했다.

미쓰히코는 파라웨이에 오기 전에는 대형 영화 제작 프로덕션에서 일하며 수많은 영화와 드라마의 프로듀서를 맡았다고 한다.

"경력이 있는 사람이 말하니까 사장님도 귀를 기울여주시더라고요."

기리토는 솔직히 기뻐했으나 에리코는 줄곧 마케팅부 매니저를 맡고 있었고 기리토도 이미 뷰티·라이프팀의 핵심 직원이니까 다른 업계에 있던 사람의 의견이 없더라도 사장은 좀 더 현장의 소리를 들어야 한다고 리코는 아픈 머리 한 편으로 생각했다.

생각해보면 이 회사의 경영진은 평사원에서 올라간 사람이 적다. 에리코 역시 리코가 입사하기 전에 사장이 직접 헤드헌팅을 해 파라웨이에 왔다고 들었다.

처음부터 사원을 키우는 게 아니라 유능한 누군가를 스카우트하는 게 빠를지 모른다. 그런 의미에서 아직 오십 대라는 사장은 상당히 유능한 사람일지 모르겠다.

연말연시 전체 모임이나 사보 외에는 제대로 볼 일이 없는 사장의 얼굴을 멀거니 떠올렸다. 이날도 사장은 상하이 출장 중이라고 한다. TV에서는 관계 악화 뉴스만 다뤄지는데 파라웨이 같은 중견 이커머스 기업에 중국과 한국과의 관계는 떼려야 뗄 수 없음을 데이터만 보는 리코 같은 말단 직원도 잘 알고 있다.

회의실 앞쪽에 설치된 단상에 미쓰히코가 올라 강사진을 소개한다. 직장 내 괴롭힘 문제에 정통한 변호사 외에 영상 업계에서 성희롱, 직장 내 괴롭힘 근절 운동을 벌이는 미사키 가즈야 프로듀서가 마이크를 잡았다.

"처음 뵙겠습니다. 미사키 가즈야입니다."

마스크 너머로도 단정함이 드러나는 미사키의 또렷한 목소리가 울린다.

"지금까지 방송 연예계는 성희롱과 직장 내 괴롭힘이 횡행하는 온상이었습니다. 오랫동안 업계에 몸담은 사람으로서 너무나 부끄러운 일입니다. 업계의 틀을 넘어서 이렇게 여러분과 함께 직장 내 괴롭힘 방지에 대해 공부하게 되어 정말 기쁩니다."

미사키는 미쓰히코의 옛 지인으로, 조만간 파라웨이는 그가 프로듀서를 맡은 영화에 출자한다고 한다. 그 영화의 원작이 옛날 도오루가 좋아하던 작가의 작품이라는 사실에 리코는 조금 놀랐다. 그다지 알려지지 않은 작가인데 도오루의 방 책장에는 그 작가의 책이 여러 권 꽂혀 있었다. 나중에 서점에서 문고판을 발견하고 사봤는데 꼼꼼한 필치가 도오루를 연상시켜 리코도 어느새 그 작가의 팬이 되었다.

미사키가 변호사에게 질문하는 형태로 강연이 진행되었다. 대화를 나누며 꾸준히 다음과 같은 내용을 이야기했다.

직장 내 괴롭힘은 누구나 할 수 있고 당할 수 있다는 것. 한 번이라도 직장 내 괴롭힘을 당하면 입 다물지 말고 용기를 내어 공개할 것. 그 방법은 익명이든 문서든 상관없다. 직장 내 괴롭힘을 밝힌 사람에게 2차 가해나 반발(Backlash)이 일어나지 않는 환경을 정비할 것. 아무리 동의가 있었더라도 역학 관계에 주의할 것. 어떤 이유라도 가해 행위를 인정할 수 없는 인식을 철저히 할 것.

리코는 처음에는 그냥 흘려들으려고 했는데 점차 미사키와 변호사가 말하는 내용에 집중했다. 그들의 대화에는 자신이 여전히 건들지 못하고 있는 상처에 슬쩍 손을 대는 듯한 진지한 울림이 있었다.

그러나 약 한 시간 정도의 강의가 끝나고 질의응답 시간이 되자 이제까지의 분위기와는 확연히 달라졌다.

"질문 있으신 분은 손을 들어주세요."

미쓰히코의 말에 응하는 사람은 아무도 없다. 그제야 리코는 주위 사람들이 자기만큼 열심히 이들의 이야기를 듣지 않았음을 깨달았다.

"말씀은 잘 들었습니다만."

드디어 언제나 현장을 에리코에게 떠맡기고 있는 마케팅부 이사가 손도 안 들고 입을 열었다.

"너무 신경을 쓰다 보면 과감한 프로젝트는 아무것도 못 하는 거 아닙니까?"

이사는 쓴웃음을 지으며 발언하고 팔짱을 꼈다. 그 순간 공식 SNS를 담당하는 홍보부 남성 직원들이 "그렇지", "세상에는 예민한 사람투성이라니까"라며 수런대기 시작했다.

사실 기업의 공식 SNS에는 "그 표현은 상처를 주니까 자제해달라"는 글이 쇄도한다.

"직장 내 괴롭힘 대책도 지나치면 상처받은 사람만 이기는 싸움 아닌가?"

기세등등해진 이사의 농담 같은 발언에 웃음소리가 회장에 일렁인다.

"말씀하신 의견은 이해합니다."

앞쪽에 앉은 에리코가 이사를 응시한다.

"그러나 지금은 SNS 논란으로 출고 정지와 상품 회수가 일어나는 세상이에요. 리스크 매니지먼트 차원에서라도 직장 내 괴롭힘 대책은 필요합니다. 데라시마 씨 일을 보더라도……."

에리코가 나오야의 이름을 댄 순간 회의실 중앙에 있던 하루미가 힘차게 손을 들었다.

"그 건 말인데요, 피해자라고 주장하는 사람에게는 정말 잘못이 없었을까요?"

하루미의 강한 어조에 리코의 심장이 크게 뛴다.

"인플루언서 SAYU 씨의 이전 글을 다 찾아봤는데 데라시마 씨 건뿐만 아니라 평소 피해의식이 너무 강했어요."

하루미는 말하며 SAYU의 SNS 글을 인쇄한 용지를 주위에 배포하기 시작했다. 글에는 이른바 '뿌엥'이라고 부르는 우는 얼굴의 이모티콘이 많았다.

"팔로워들의 환심을 사려고 일부러 피해자 행세를 하며 소동을 부린 거 아닐까요?"

용지가 배포되면서 회장은 소란스러워졌다.

"그러고 보니 전에도 이런 글 올라왔어." "데라시마 씨 영상이 없어서 아쉽다는 의견도 있었지." "그런데 이 사람, 노출이 너무 심하지 않아?" "사실은 이 사람이 먼저 꼬신 거 아닐까?"

술렁임이 커지는 가운데 에리코가 서둘러 일어났다.

"여기서 데라시마 씨의 이름을 꺼낸 제가 경솔했습니다. 데라시마 씨와 SAYU 씨 건은 반드시 진실을 알아낼 테니 기다려 주세요."

"그렇지만 데라시마 씨는 퇴사하잖아요."

하루미는 상황을 수습하려는 에리코를 노려본다.

"일방적으로 나쁜 사람을 만들어 퇴사하게 만드는 것도 직장 내 괴롭힘 아닌가요?"

그때까지 잠자코 서기를 맡고 있던 기리토가 손을 들었다.

"스기모토 씨. 그 일은 조사위원회가 잘 얘기할 테니……."

"아니, 어차피 그만뒀는데 의미가 없잖아요?"

하루미는 물러설 기색이 없다.

"의미가 없다고 생각하지 않습니다."

미사키가 타이르듯 말했다.

"적어도 앞으로 같은 일이 반복되지 않게 노력할 수 있죠."

"그럴까요?"

하루미는 여전히 회의적이다.

"주위의 환심을 사려고 일부러 피해자 행세를 하는 사람이 있는 한 문제는 절대 사라지지 않아요."

결국은 끝까지 사태는 수습되지 못한 채 시간이 다 되어 강연회는 끝났다. 리코는 앞으로 함께 일하게 될 미사키를 배웅하는 미쓰히코의 뒷모습을 미안한 마음으로 바라본다. 자신은 미사키의 이야기에 공감했으나 동시에 그것이 현실에서 받아들여지는 일이 얼마나 어려운지 알려주고 싶은 마음도 있다.

"야! 스기모토, 굉장하던데?"

의자를 접는 홍보부 남성 직원들의 대화가 들려왔다.

"스기모토, 데라시마랑 사귀었어?"

"아니, 한 번 놀아준 게 다인데 여자친구라도 되는 양 굴어서 곤란하다고 전에 데라시마가 투덜대더라."

"허허. 당하고 버려졌는데도 장하네."

"지금이야말로 데라시마를 차지할 절호의 기회라고 생각하는 거 아닐까?"

"무서워. 여자의 집념은."

리코의 존재는 안중에도 없이 태연히 웃고 떠든다. 강연에서 나눈 내용과 남성 직원들의 대화에 너무 큰 격차가 느껴져 리코의 마음이 차가워진다.

구역질이 심해져 탕비실에 가서 신경안정제를 털어 넣듯 먹었다. 그대로 자리로 돌아가려고 복도를 걷는데 대회의실에서 나오던 기리토와 맞닥뜨렸다.

"간바야시 씨, 왜 그래?"

무슨 말인지 몰라 리코는 순간 그 자리에 멈춰 섰다.

"얼굴이 새파래. 병원에 가보는 게 좋지 않아?"

이제까지 시선이 마주칠 때마다 어색해했던 기리토가 심각한 표정으로 자신을 보고 있다.

"괜찮아. 아무렇지도 않아. 이제 곧 점심시간이고."

리코는 얼굴 앞에서 손사래를 친다.

"괜찮은 것처럼 전혀 안 보여."

"괜찮다니까. 관찰하지 말라고 했지?"

물러서지 않는 기리토를 내치고 리코는 자기 책상으로 돌아왔다. 그리고 한참 데이터 입력을 계속하는데 손가락이 달달 떨리기 시작했음을 깨달았다.

도오루 오빠. 나 좀 도와줘.

현실은 더럽고 비참하고 너무 괴롭다. 오늘이야말로 플라네타륨에서 도오루를 만나고 싶다.

컴퓨터 시계를 보니 이미 정오였다. 토트백을 움켜쥐고 이를 악문 채 자리에서 일어섰다.

익숙한 길이 이렇게 멀게 느껴질 줄은 몰랐다. 리코는 무거운 다리를 억지로 끌고 간신히 미나토과학관에 도착했다.

급히 2층으로 올라가 돔으로 뛰어든다. 옅은 먹색의 서늘한 공간에 감싸였을 때는 안도감에 정신을 잃을 뻔했다. 평소에 앉는 중앙 쪽 자리가 아니라 입구 근처에 앉는다.

오늘은 틀림없이 잘 수 있을 거야.

리클라이닝 좌석을 넘기고 조명이 꺼지기를 기다리지도 않고 얼른 눈을 감았다.

어느새 머리 위에 가득 펼쳐진 별하늘이 투영에 의한 건지 환영인지 모르겠다. 그러나 무거운 몸이 가벼워지고 호흡이 편해진다.

여름 하늘. 북쪽부터 남쪽까지 옅은 구름이 흐르는 듯한 은하수가 나타난다. 머리 바로 위에서 빛나는 별은 거문고자리의 베가. 칠석의 직녀성이다. 은하수를 끼고 빛나는 독수리자리의 알타이르, 견우성. 헤어진 연인들의 별은 백조자리의 데네브와 함께 여름의 대삼각형을 만든다.

커다란 작약의 꽃 비녀. 하늘하늘 공중에 날리는 분홍색 옷자락.

정신을 차리니 리코는 직녀의 옷을 입고 조용히 은하수를 건너고 있다. 건너편에서 견우의 모습을 한 도오루가 나타난다.

그랬구나. 칠석이구나. 그래서 좀처럼 만날 수 없었구나.

자기가 떠올린 생각을 받아들이며 도오루에게 손을 뻗었다. 바로 끌어당겨져 따뜻한 품에 얼굴을 묻는다.

이토록 마음을 쉴 수 있는 곳은 여기밖에 없다.

도오루 오빠. 나 열심히 살고 있지? 나 제대로 하고 있지?

리코의 물음에 대답하듯 다정하게 머리를 쓰다듬어준다. 도오루의 손가락이 꽃 비녀에 걸린 느낌이 들어 조금 몸을 틀었다. 드물게도 아름다운 옷을 입은 자신을 좀 더 보고 싶은 마음이 들었다.

갑자기 누군가의 목소리가 귓가에 울린다.

—리코는 늘 귀엽게 꾸미고 다녀서 말이야.

그 순간 리코의 몸이 굳고 말았다.

—피해자라고 주장하는 사람에게는 정말 잘못이 없었을까요?

먼 기억 속 목소리와 방금 들은 하루미의 목소리가 겹쳐지며 심박수가 단숨에 뛰어오른다.

—늘 머리에 빨강, 핑크 리본을 묶고…….

—살랑살랑한 치마에…….

—공주처럼 차려입고 다니니까…….

—전부터 눈에 띄더라…….

남자의 표적이 된 이유를 저마다 쑥덕였다.

귀여워서. 화려해서. 눈에 띄어서. 외동이라 공주님처럼 오냐오냐 키워 제멋대로라서.

—그렇지 않잖아!

이웃들의 쑥덕이는 소리를 일축한 사람이 옆 동에 살던 친척 오빠 도오루였다.

소문을 진심으로 받아들이고 낙담해 좋아하는 옷을 입힌 게 잘못이라며 우는 어머니에게도 진심으로 화를 내주었다.

잘못한 사람은 가해자이고 리코는 잘못한 게 하나도 없다. 이웃 사람들은 피해자에게서 이유를 찾아 "그러니까 우리 애는 괜찮아", "우리와는 상관없는 일이야"라며 안심하려고 근거도 없고 무책임한 소문을 퍼뜨리는 거라고 분개했다.

—괜찮아.

나이 차가 많이 나는 오빠는 울고 있는 리코의 눈을 똑바로 보며 딱 잘라 말했다.

—이상한 소문에 절대 지지 마. 리코는 오빠가 계속 지켜줄 테니까.

너무나 기뻤다. 너무나 든든했다.

그래서 나 열심히 노력했어. 오빠의 보호를 받을 만한 사람이 되려고. 그런데…….

도오루의 손을 끌고 은하수를 내려간다. 은하수가 더욱 밝게 빛나는 곳에 방패자리가 있고 그 아래에 사수자리의 남두육성이 약한 빛을 내고 있다.

돌아보니 북쪽 하늘에 거대한 천칭과 큰곰의 북두칠성이 놓여 있다. 중국에는 북두의 신선이 죽음을 관장하고 남두의 신선이 삶을 관장한다는 전설이 있다고 들었다.

그렇다면 부탁해요. 찢어진 우리의 수명 명부를 지금이라도 돌려줘요.

천계에서 바둑을 두면서 속세 인간의 수명을 관장하는 북두와 남두의 신선에게 기도했다.

지금으로부터 20년 전, 여행지에서의 사고로 도오루는 불귀의 객이 되었다. 취미였던 등산 중에 낙석에 맞아 등산로에서 벗어난 것이다.

왜? 나를 계속 지켜준다고 하지 않았어? 왜 나만 놔두고 갔어? 왜?

왜 내가 아니었어.

몰려드는 의문은 어느새 마지막을 향하고 있다.

이렇게 사는 게 힘든데. 아무리 내 기분을 잘 맞춰도 아무렇지 않게 살아지지 않는다. 어째서 사고를 당한 사람이 내가 아니라 도오루였나.

바둑이나 둘 때가 아니라고. 당장 운명을 바꿔줘!

그렇게 강력하게 기도하자마자 도오루의 몸이 휙 기울었다. 자신을 지켜주던 도오루가 무너져내려 리코는 깜짝 놀란다.

오빠, 왜 그래?

그 얼굴을 들여다봤을 때 온몸에 소름이 돋았다. 채색되지 않은 나무 인형처럼 도오루의 얼굴에는 눈도 코도 입도 없었다.

목구멍에서 비명이 터져 나오려고 하는 순간 별하늘에서 추락하듯 리코는 눈을 번쩍 떴다. 머리 위에 도오루와 함께 건넌 은하수가 흐르고 있다.

달걀 같은 도오루의 얼굴이 뇌리에 되살아나 가슴을 누른 채 리클라이닝 좌석을 일으켰다.

떨리는 다리로 일어나 어둠 속에서 출구를 찾는다. 여기에도 있을 수 없다면 도대체 어디로 가야 할까.

통로에서 주저앉을 뻔했는데 그림자 하나가 인도해주듯 내 앞에 섰다. 그 사람을 따라 간신히 출구까지 도착한다.

"간바야시 씨. 괜찮아?"

플라네타륨 밖으로 나오자마자 돌아본 사람은 기리토였다.

"야하기 씨, 어떻게?"

"그야 아무리 봐도 간바야시 씨, 괜찮아 보이지 않아서."

힘들어 보이는 리코를 걱정해 내내 뒤를 따라왔다고 한다.

"관찰하지 말라고 했는데."

"관찰한 게 아니야."

기리토는 난간에 매달려 계단을 내려가려는 리코를 따라온다. 나란히 선 그는 비틀거리는 리코를 부축할지 망설이는 듯하다.

"이제 괜찮아."

"전혀 괜찮아 보이지 않는다고!"

끝내 기리토는 목소리를 높였고 리코는 흠칫 놀라 몸을 움츠렸다.

"미안해……."

바로 어깨를 축 떨군 기리토를 보니 울고 싶은 마음이 든다. 함께 천천히 계단을 내려와 홀 앞 소파에 앉는다. 리코도 이제 기리토를 무작정 거절할 마음은 없다.

"야하기 씨는 왜 나 같은 사람을 신경 써?"

안 그래도 온갖 일을 짊어져 바쁜 사람이. 자기처럼 불완전한 사람까지 신경 써서 어쩔 셈인가?

"존경하니까."

기리토의 입에서 뜻밖의 말이 나왔다.

"뭐?"

얼빠진 소리를 내는 리코를 가만히 응시하며 기리토가 말했다.

"작년 여름, 우연히 여기서 만난 척했는데 사실은 아니야."

사실은 리코를 따라왔다가 이 장소를 알아냈다고 밝혔다.

"당시 나는 물류창고에서 막 마케팅부로 왔을 때였어. 매사에 자신이 없어서 망설이는 일이 많았어."

아무런 망설임 없이 당당하게 걷는 리코가 너무 눈부셔 보였다고 한다.

"그랬더니 이런 최고의 장소가 나왔지. 바로 근처에 이런 데가 있다는 사실, 우리 사무실 사람은 아무도 모를걸."

작열하는 콘크리트 정글 속에 조용하고 숭고한 우주의 입구를 발견했다. 잠깐의 휴식을 취하고 도라노몬힐스의 잔디광장 벤치에서 묵묵히 직접 싸 온 도시락을 먹는 리코의 모습을 동경했다고 기리토는 진지하게 말했다.

"난 일과 개인 생활을 좀처럼 분리하지 못하잖아. 이렇게 충실한 점심시간을 보내는 사람이 있다니, 진심으로 존경심이 들었어."

리코는 가슴의 답답함도 잊고 넋을 놓고 말았다.

타인의 관심을 받는 건 지금도 고통인데 설마 자신을 그런 식으로 보는 사람이 있을 줄은 생각도 못 했다.

"간바야시 씨는 굉장해. 남의 눈을 신경 쓰지 않고 혼자서도 충만해. 난 언제나 다른 사람들을 신경 쓰는데……."

반쯤 망연자실한 채 기리토의 이야기를 들으며 다시금 그와 처음 점심을 먹은 날을 떠올렸다.

—인정받고 싶어서가 아닐까?"

왜 잠들지 못할 정도로 애쓰냐고 묻는 리코에게 기리토는 그렇게 대답했다.

인정욕구. 요즘 모든 사람의 행동 원리를 설명하는 데 이만큼 적당한 단어는 없을 것이다.

—간바야시 씨는 그런 거 없어? 누구에게 인정받고 싶다거나.

난 없어.

그때 기리토의 질문에 리코는 단호하게 고개를 저었다.

그 말에 거짓은 없다. 귀여워서. 화려해서. 눈에 띄어서. 두 번 다시 그런 말은 듣고 싶지 않다.

아아, 그러나…….

"아냐. 난 야하기 씨에게 그렇게 평가될 만한 사람이 아냐."

리코는 양손으로 자기 얼굴을 덮는다.

다른 사람과 관계를 맺지 않으려고 하는 데는 자기 안에 인정욕구 이상으로 추한 게 잠들어 있음을 알기 때문이다.

경찰 말고는 아무에게도 말하지 못한 사실이 있다. 평생 말하지 않으리라 다짐했던 이야기를 정신을 차리고 보니 스스로 이야기하고 있다.

"나, 어릴 때 모르는 남자에게 유괴될 뻔한 적 있어."

갑자기 이런 말을 들으면 당황하지 않을지 걱정했는데 기리토는 의외로 냉정한 표정으로 리코의 다음 말을 기다렸다. 생각해보니 회사에서 공황 발작을 일으켰으니 자신이 불완전하다는 사실은 다 아는 일이다.

그렇게 생각을 바꾸니 마음이 조금 편안해졌다.

하나하나 순서를 따라 오랫동안 돌아보지 않은 과거를 더듬었다.

외동이라 예쁨을 받은 자신이 늘 공주 같은 옷을 입었다는 것. 어머니도 아버지도 늘 귀엽다고 말해 한껏 건방졌다는 것. 천진난만했었다고 하면 듣기에는 좋으나 그것만이 아니었다.

"잘못은 가해자가 했고 난 잘못한 게 하나도 없다는 말을 제일 좋아했던 오빠가 해줬는데……."

리코의 목이 멨다.

사실은 부모님에게도, 도오루에게도 하지 못한 말이 있다.

리코를 억지로 차에 태우려던 남자. 사실 그 중년남자는 그날 처음 만난 게 아니다.

—얘들아. 이루미네까지 가는 길 아니?

사건이 일어나기 일주일 전쯤 대여섯 명이 함께 하교하는데 바로 옆에 차를 세운 남자가 있었다. 이루미네는 리코와 친구들이 사는 단지에서 조금 떨어진 곳에 있는 세련된 레스토랑이다. 그 지역에서는 비교적 고급 레스토랑이라 그곳에서 식사해본 아이는 거의 없다.

—나, 알아!

의기양양하게 대답한 아이는 리코뿐이었다. 그럭저럭 유복한 가정의 외동으로 부모님의 사랑을 듬뿍 받는 리코는 몇 번 생일을 그곳에서 축하했다.

—그럼, 차에 타서 안내 좀 해줄래?

남자는 말하며 조수석 문을 열려 했다. 그러나 그때 건너편에서 자전거를 탄 여성이 오자 남자는 바로 몸을 뺐다.

그러고는 됐다며 차를 타고 떠났다.

그때 리코는 살짝 실망했다. 다른 애들이 부러운 눈빛으로 리코를 봤기 때문이다. 고급스러운 이루미네를 아는 사람은 여기서 나뿐이다. 혼자만 특별하게 선택된 기분이라 모두 앞에서 뽐내며 차에 타고 싶었다.

나중에 억지로 차에 끌려갈 때는 정말 무서웠는데 그때는 태평하게 생각했다.

너무나 오만한 특별하다는 의식…….

어릴 때부터 인정욕구보다 훨씬 추한 감정을 품고 있었다. 나는 특별하다며 다른 사람을 깔보고 자신에 도취해 있었다. 그 남자는 한눈에 그걸 간파했던 게 아닐까.

—그렇지 않잖아!

도오루는 진심으로 화를 내줬으나 정말 내게 그럴 만한 가치가 있을까.

—피해자라고 주장하는 사람에게는 정말 잘못이 없었을까요?

하루미의 말이 다시금 리코를 강하게 후려친다.

아무 잘못도 없다고 말해준 도오루의 믿음을 리코는 솔직히 받아들일 수 없었다.

"혹시 내게 지킬 가치가 없어서 오빠가 사고를 당한 게……."

입 밖에 내고 보니 너무 바보 같다. 이야말로 자의식 과잉이다. 그러나 그런 마음을 멈출 수 없다.

도오루의 사고사를 알았을 때 사실은 뒤를 따르고 싶었다. 그러나 모든 걸 알게 된 도오루가 자신을 버릴까 봐 무서워 그러지 못했다.

언젠가부터 리코는 노력하면 도오루가 봐줄 거라고 혼자 생각하기 시작했다.

괜찮아. 나는 아무렇지도 않아. 주위에 폐를 끼치지 않고 잘 살 수 있어.

마침내 그에 대한 상처럼 꿈속에서 도오루가 나타나기 시작했다. 그러나 그건 곧 자신이었다. 나무 인형을 스스로 조종한 것뿐이다.

꿈을 꿀 때마다 눈물을 흘린 이유는 그게 진짜 도오루가 아님을 마음 깊은 곳에서는 깨닫고 있었기 때문일 것이다.

"난 이상해. 불완전해."

리코는 이야기를 다 끝내고는 깊이 고개를 떨궜다.

"……아니라고 말하고 싶어."

기리토는 입을 다문 리코에게 조용히 읊조리듯 말했다.

"유괴도 오빠의 죽음도 다 간바야시 씨 탓이 아냐. 그렇게 말해주고 싶은데…… 자기 탓이라고 생각하는 마음도 조금 알아.”

기리토의 얼굴에 쓸쓸한 웃음이 찾아들었다.

“나도 아버지가 죽은 게 나 때문이라고 생각해. 지금도 이따금 그 생각을 해.”

리코가 반사적으로 고개를 들었다.

“우리 아버지, 뇌출혈 후유증이 있었는데 밤중에 혼자 화장실에 가다가 쓰러져 돌아가셨어.”

아버지 방은 기리토의 옆방이었다. 만약 자신이 낌새를 알아챘다면 아버지는 죽지 않았을까. 기리토는 나지막하게 말했다.

“아니…….”

리코는 기리토 탓이 아니라고 말하려다가 입을 다문다.

다른 사람 일은 냉정하게 판단한다. 그러나 마음은 그렇게 쉽게 정리되지 않는다.

“물론 범죄는 어떤 이유에서든 가해자 잘못이지. 그러나 그와는 별개로 우리는 이해할 수 없는 거야.”

기리토가 슬쩍 살피듯 리코를 봤다. 눈앞에 옅은 다크서클이 생겨 있다.

“이 세상에 일어나는 대부분의 일은 우리와 상관없이 흘러가.”

슬픈 일이나 기쁜 일까지 대체로 우연에 의한 것이라고 기리토는 말했다.

"그러나 너무 추하거나 부조리한 일이 일어나면 도무지 이해할 수 없어서 어떻게든 억지로 나와 연관을 짓는 게 아닐까?"

기리토는 힘없는 미소를 지으며 말한다.

"자의식 과잉도 인정욕구도 세상이 나와 그다지 관계없음을 인정하고 싶지 않아서, 슬프고 분하고 화가 나서 생기는 감정이 아닐까?"

기리토의 이야기를 들으면서 리코는 가만히 생각했다.

유괴 미수도 도오루의 사고사도 우연한 일이었다. 범죄도, 사람의 죽음도 명확한 설명 같은 건 어디에도 없을지 모른다. 그러나 그렇다고 해도 두렵다.

"간바야시 씨와 대화하며 나도 오늘 처음으로 깨달았어. 젊어지고 있다는 건 의존이나 마찬가지임을."

세상은 차갑고 두렵다. 개인의 마음 같은 건 전혀 고려하지 않는다.

나는 무언가에 겁을 먹고 무언가에 화를 내고 있었을까.

젊어지고 있다는 건 의존이나 마찬가지.

자의식 과잉도, 인정욕구도 자신과 세계의 무관함을 인정하고 싶지 않아서 생긴다.

"그렇지만 어쩔 수 없잖아."

기리토의 목소리가 훨씬 가벼워졌다.

"우리는 혹성에서 사니까."

"혹성?"

자기 말을 따라 하는 리코의 눈을 기리토가 응시한다.

"플라네타륨에 다니기 시작하면서 나도 조금씩 우주나 별을 공부했어. 그렇게 읽은 책에 굉장한 문장이 있었어."

별자리를 만드는 건 스스로 빛을 내고 거의 위치를 바꾸지 않는 항성이다. 그러나 우리는 항성인 태양의 중력을 받으며 주위를 도는 혹성, 지구에 살고 있다.

"항성의 주위를 도는 천체인 혹성은 밤하늘을 미혹하듯 위치를 바꿔서 '혹성'이라고 한다고 적혀 있더라. 혹성이란 단어를 줄곧 알고 있었는데 그런 뜻인지는 몰랐어."

기리토의 마스크 위 눈이 활 모양이 된다.

"지구 자체가 흔들리는데 거기 사는 우리가 제대로 있을 수 없단 말이구나."

리코가 슬며시 입을 열었다.

미나토과학관이 개최하는 별하늘 교실에 다닌 적도 있는데 이런 얘기를 들은 건 처음이다.

"간바야시 씨는 본인을 불완전하다고 하는데 완전한 사람이 과연 이 세상에 있을까?"

기리토의 질문에 리코는 대답하지 못한다.

"이 세상은 우리와 관계없고 지구는 흔들리고 있고…… 제대로 있는 게 오히려 이상하지. 그래도 난 아직 할 일이 있다고 생각해."

자신을 설득하듯 기리토가 고개를 끄덕인다.

"오늘 강연회도 소용없다고 생각하는 사람이 많겠지. 그래도 계속하고 싶어."

흔들리는 별. 지구 자체가 흔들리고 있다.

기리토가 한 말이 리코의 마음 깊숙한 곳에 떨어진다. 흐린 눈을 가리고 있던 게 떨어져 나간 기분이다.

그때 2층에서 인기척이 났다. 한낮의 플라네타륨이 끝난 모양이다.

"아! 벌써 시간이 이렇게 됐나?"

기리토가 소파에서 일어난다.

"뭐 좀 먹으러 갈까?"

그 제안에 리코는 선뜻 응했다.

동시에 뭔가가 툭툭 무릎 위로 떨어진다. 자기도 모르는 사이에 리코의 두 눈에서 눈물이 흘러나왔다.

"어! 간바야시 씨. 미안! 내가 또 이상한 말 했어?"

갑자기 기리토가 당황해 어쩔 줄 모른다.

리코는 말없이 고개를 흔들었다. 어느새 그토록 심했던 구역질이 사라지고 대신 흐르는 눈물을 멈출 수 없었다.

난, 조금도 괜찮지 않아. 이렇게 늘 어린애처럼 울고 싶었어…….

약하고 한심한 자신을 기리토 앞에서라면 인정받을 수 있을 것 같다.

기리토가 지켜보는 가운데 리코는 펑펑 울었다.

그날, 리코는 웬일로 퇴근 시간이 지났는데도 회사에 남아 있었다. 데이터 입력은 끝났는데 사업개발부의 세나 미쓰히코의 요청으로 완성된 영화 대본 초고를 읽었다. 어쩌다가 기리토에게 원작 팬이라고 말한 게 미쓰히코의 귀에 들어가 의견을 들려달라는 흐름이 되었다.

마케팅부 사무실에는 에리코 매니저와 여전히 샘플을 산처럼 쌓아두고 있는 기리토가 남아서 일하고 있다.

"아이고. 벌써 9월인데 너무 더워. 무슨 일이야?"

커다란 비닐봉지를 들고 미쓰히코가 들어왔다. 편의점에서 음식을 사 온 모양이다. 사상 초유의 무더위는 9월인 지금까지 이어지고 있다.

"아이스크림 먹을 사람!"

미쓰히코의 외침에 이들 외에도 남아 있던 직원들이 조금씩 모여들기 시작했다. 사람들 가운데 하루미도 있어서 리코는 살짝 긴장한다. 그러나 각본이 너무 재미있어서 이내 주위는 신경 쓰지 않게 되었다.

지난달 오봉에 리코는 오랜만에 본가를 찾았다. 그리고 도오루의 13주기에 참배하고 향을 올렸다. 13주기에는 도오루의 여자친구였던 사오리도 왔다.

낙석 사고를 당했을 때 도오루는 사오리와 등산 중이었다. 12년 후인 현재 사오리는 결혼해 한 아이의 어머니가 되었다.

무엇보다 도오루의 죽음에 자신보다 더 아파했을 여성의 존재를 마주하고서, 리코는 드디어 제대로 도오루의 죽음을 대면할 수 있었다. 사오리의 스마트폰에 여전히 담겨 있는 도오루의 사진을 처음 봤다.

당연하겠으나 전부 리코는 모르는 도오루의 얼굴과 모습이었다. 거기에는 유괴될 뻔한 친척 동생을 지켜주겠다고 맹세하던 모습만이 아니라 지금 자신과 동갑이었던 한 남성의 짧았으나 확실했던 인생이 있었다.

도오루 부모님의 허락을 받아 그날 리코는 도오루의 책장에서 유품으로 책 몇 권을 가져왔다. 그중에는 직접 문고판을 샀던, 지금 파라웨이가 출자하는 영화 원작도 있다.

도오루 오빠. 이번에 내가 일하는 회사가 이 소설 영화에 투자한대.

도오루의 영정에 보고했다. 영정 속 도오루는 웃고 있었는데 그 얼굴은 자신과는 상관없는 곳을 보고 있는 듯하다.

13주기란 영혼이 우주의 생명 자체인 대일여래와 하나가 되는 시기라고 한다. 독경을 끝낸 스님이 그렇게 말했을 때 리코는 마침내 도오루를 진정한 우주로 보낼 수 있었다.

"어쩐지 요즘은 온통 이 뉴스네."

어느새 미쓰히코가 사무실 TV를 켜고 손님용 소파에 다리를 올려놓고 있다. TV에서는 대형 예능 프로덕션 창업자가 배우에게 성적 가해 행위를 한 사실과 관련해 열린 회견이 끊임없이 방영되고 있었다.

"아! 이사님. 마음대로 TV 좀 켜지 마세요!"

에리코가 항의한다.

"어때서? 이미 퇴근 시간도 지났는데."

미쓰히코가 태평하게 대답한다.

"이런 일이 제대로 문제가 되는 시대가 오다니 감개무량해. 그러나 솔직히 이런 건 빙산의 일각이야."

오랫동안 영화계에 있었던 미쓰히코가 말하니 설득력이 있었다.

"조금이라도 변할까요?"

"그러려고 우리가 강연회를 하고 있잖아. 아, 그리 바뀌지 않은 사람도 있는 것 같지만."

미쓰히코가 스마트폰을 조작하니 익숙한 목소리가 흘러나온다.

"성희롱 논란, 이것도 정말 힘들었어. 솔직히 남성 혐오? 덫이랄까? 아, 자세한 이야기는 나중에 실컷 할 테니 일단은 회원 등록 부탁해!"

파라웨이를 그만둔 데라시마 나오야는 과거 리코와 얽혔던 남성 인플루언서와 손을 잡고 독자적으로 인터넷 라이브 쇼핑을 시작했다. 리코도 잠깐 들여다봤는데 인플루언서와 가볍게 대화를 나누는 나오야에게 초췌한 흔적은 보이지 않았다. 물론 진짜 그런지는 본인밖에 모르겠지만.

나오야의 목소리가 사무실에 울려 퍼져도 하루미는 쌩한 얼굴로 아이스크림을 먹었다. 이미 다 털어냈을지 모른다.

"야하기 씨, 감상은?"

미쓰히코가 놀리듯 묻는다.

"아무 생각 없는데요? 저와 그는 방식이 달라요."

"여전히 모범 답안이네. 좋아. 자네는 새로운 시대의 젊은이지? 내 시체를 넘어 거품경제 세대 아저씨들이 가지 못했던 새로운 세계를 보여주게."

“싫습니다.”

기리토는 컴퓨터 화면을 응시한 채 딱 잘라 거절했다.

“왜 제게 떠넘기세요? 여전히 현역으로 활약하고 계시면서? 함께 싸우셔야죠.”

기리토의 의외로 날카로운 지적에 미쓰히코는 얼빠진 표정이다. 더는 참지 못하겠다는 듯 에리코가 풋 웃음을 터뜨렸다.

“쳇! 뭐야! 열 받는데 담배나 피우고 와야겠다.”

부루퉁하게 소파에서 일어나는 미쓰히코의 등에 대고 리코가 말을 건다.

“세나 이사님. 각본 중간까지 읽었는데 정말 재미있어요.”

미쓰히코는 몸을 돌려 엄지를 세워 보이고는 그대로 사무실을 나갔다. 정말 담배를 피우러 가는 모양이다.

“이제 나도 퇴근할 테니 여러분도 적당히 하고 퇴근해요.”

에리코가 숄더백을 메며 자리에서 일어난다.

—오늘은, 저 안 나가요.

화려한 경력에 두 아이의 엄마. 모든 걸 갖춘 듯 보였던 에리코에게 그런 전화를 받은 날을 리코는 떠올렸다.

—알겠습니다. 잘 보내세요.

그때 자신은 분명히 그렇게 대답했다.

우리는 모두 혹성의 주민이다. 완전한 사람은, 하나도 없다.

저마다의 은신처에서 조금이나마 자신을 위로해도 때로는 무시무시하고 무자비한 세상과 대치해야만 한다.

그러므로 더욱 서로 의지해야 할지도 모른다.

9월 들어, 여름방학으로 중단했던 한낮의 플라네타륨이 재개되었다. 꿈속에서 도오루의 환영을 보는 일은 사라졌으나 플라네타륨은 여전히 리코의 은신처다.

최근에는 기리토와 한 자리를 띄우고 앉아 그날의 별하늘을 열심히 보게 되었다.

거기까지 생각했을 때 리코는 깜짝 놀랐다. 은신처에 함께 갈 수 있는 사람이 생기다니, 정말 큰 사건이 아닐까.

하나 띄운 빈자리를 메울 수 있는 날이 올지는 모르겠다. 그래도 나란히 별이 가득 뜬 같은 하늘을 바라본다.

내 마음속 어둠이 깨끗이 거칠 날은 없을 것이다. 아마도 앞으로도 계속. 그러나 그곳에는 별이 연약한 빛을 내고 있을 것이다.

오늘 밤에는 오랜만에 주먹밥을 만들자. 1인분이 아니라 2인분을.

그 생각과 함께 리코의 마음속에 반짝, 조그만 별이 흘러갔다.

# 은신처가 필요한 우리

도라노몬 빌딩가에 숨어 있는 미나토구립 미나토과학관에서는, 평일 12시 30분부터 20분 동안 '한낮의 플라네타륨'이라는 이름으로 무료 프로그램을 운영하고 있다.

이 프로그램 포스터를 우연히 봤을 때 도대체 어떤 사람들이 오는지 궁금해 얼른 '한낮의 플라네타륨'에 잠입을 시도했다. 입장객은 대부분 양복과 유니폼을 입고 혼자 온, 비교적 높은 연령대의 다양한 성인 남녀였다. 다들 점심시간을 이용해 인근 사무실에서 빠져나온 모양이었다.

20분간의 프로그램은 해가 질 때부터 날이 밝을 때까지의 미나토구 밤하늘을 충실하게 재현했다. 도시에서 실제로 볼 수 없는 은하수와 수많은 별이 조용한 음악에 맞춰 천천히 돔을

돈다.

리클라이닝 좌석에 몸을 묻고 하늘 가득 뜬 별을 바라보는 사람들을 몰래 관찰하고 있자니, 머릿속에 갑자기 '은신처'라는 단어가 떠올랐다. 동시에 내가 직장인이었을 때 사무실 근처에 이런 공간이 있었다면 틀림없이 나도 매일 이곳에 숨어들었겠다는 생각도 들었다.

플라네타륨에서 돌아온 나는 담당 편집자 S씨에게 연락해 '당신의 은신처는 어디?'라는 주제로 앙케트를 해줄 수 있는지 물었다.

이것이, 《도쿄 하이드어웨이》 집필의 시작이었다.

S씨는 넓은 인맥을 활용해 남녀노소 사람들의 은신처에 관한 앙케트를 모아주었다. 가게, 술집, 공원 등 구체적인 장소를 꼽은 사람이 많았는데, 그중에는 '아내 이외의 여성'이라는 적나라한 말을 쓴 사람도, 푹 빠져 있는 스포츠를 쓴 사람도 있었다. '세상을 떠난 첫사랑과의 꿈속 만남'이라고 쓴 여성과는 나중에 따로 인터뷰 시간을 가졌다.

각 앙케트에 적힌 은신처에 대한 뜨겁고 복잡한 속내를 읽어가다 보니 이 세상에는 더 많은 은신처가 필요하다는 사실을 새삼 깨달았다.

종종 '도망쳐도 괜찮아'라는 아량 있게 들리는 말을 들을 때마다 '도대체 어디로?'라고 생각한다. '도망가기'란 사실 매우 어렵다. 학교에서는 전학을 가야 하고 회사에서는 직장을 옮겨야 하는 일이니 그리 간단치 않다.

불가능하다는 걸 알면서도 당사자에게 모든 책임을 넘기는 게 '도망쳐도 괜찮아'라는 말의 정체 아닐까. 공공연하게 사용되는 개인의 책임이나 자조(自助)라는 말에도 똑같은 뉘앙스를 느낀다.

다만, '도망치는' 건 어렵더라도 잠시 '숨는' 건 가능하지 않을까.

내 경험을 통해서도, 앙케트 결과를 봐도 다들 같은 생각을 품고 있다는 걸 알 수 있었다. 다양한 어려움에 직면할 수밖에 없는 우리 현대인에게 과연 은신처란 무엇일까.

도심 속 플라네타륨에서 환상적인 별빛에 둘러싸이기, 출퇴근 열차에서 한 번도 내린 적 없는 역에서 내려보기. 생각지도 못한 스포츠에 빠져보기…….

앙케트, 인터뷰, S씨와의 장시간 미팅을 거치며, 별과 별을 연결해 별자리가 나타나듯 어느새 이야기의 윤곽이 드러났다.

이 책 속 등장인물들이 은신처로 삼는 수많은 장소는 실제로 찾아갈 수 있다.

도쿄는 돈이 없으면 즐길 수 없는 도시라는 말을 자주 하는데 사실은 꼭 그렇지만도 않다. 공립 미술관이나 박물관은 몇

백 엔이면 들어갈 수 있고 한낮의 플라네타륨처럼 무료로 즐길 수 있는 프로그램과 설치 작품도 많다.

무엇보다 내가 이런 도쿄의 매력을 깨달은 것은 오랫동안 몸담았던 영화사를 그만두고 시작한 달리기 덕분이다. 운동 부족 때문에 시작했는데 처음에는 처참했다. 고작 200미터쯤 달렸을 뿐인데 숨이 차고 무릎이 꺾였다. 그래도 달리기 위해 찾은 공원과 거리 풍경이 너무 아름다워 매주 간신히 계속할 수 있었다. 도쿄라는 도시가 이토록 사계절이 풍부하고 흥미로운 거리였는지 달리기를 하며 처음 깨달았다.

작품 속에 등장하는 곳들은 실제로 내가 달리기를 하며 찾은 나만의 비밀 장소들이다. 조금 특이한 도쿄 가이드로 즐겨 보면 어떨까. 사실은 혼자만 알고 싶은 '은신처'이기도 하다.

전염병, 재해, 전쟁…… 힘든 일들만 계속되는 세상에서 완전히 도망칠 수는 없겠지만 좋아하는 은신처에서 잠시나마 한숨 돌릴 수는 있지 않을까.

《도쿄 하이드어웨이》를 읽으면서 그런 생각이 든다면 좋겠다.

## 감사의 말

이 작품을 쓰기 위해 미나토구립 미나토과학관 전 홍보팀의 다키자와 신이치로 씨, 플라네타륨팀의 다카키 우쿄 씨에게 귀중한 말씀을 들었습니다. 이 자리를 빌려 깊은 감사를 드립니다. 또 많은 분이 '은신처'에 관한 앙케트와 인터뷰에 협력해주셨습니다. 역시 진심으로 감사드립니다.

이 작품은 2022년 여름부터 2023년 여름까지 1년 동안을 무대로 합니다. 각종 행사와 일어난 일들은 당시를 참고로 했습니다. 이 소설은 허구입니다. 사실과 다른 점이 있다면 모든 책임은 작가인 저에게 있습니다.

**옮긴이의 말**

# 도심 한복판에 나타난 나만의 은신처

일에 치이고 인간관계에 휘둘려 이제는 한계라고 여겨질 때 잠시 쉬어갈 장소가 있나요? 후루우치 가즈에 작가의 《도쿄 하이드어웨이》는 도시 속에서 살아가는 우리와 같은 사람들이 자그만 안식처를 찾고 즐기는 과정을 알려주는 지침서 같은 책이다.

여섯 편의 연작 단편으로 구성된 책은 신종 코로나바이러스가 한창 유행하던 시절의 도쿄를 무대로 여름부터 다음 해 여름까지 1년을 그리고 있다. 중심에는 팬데믹 시절, 우리의 일상을 견인했던 인터넷 쇼핑몰 회사가 있다. 대도시의 스마트한 청춘들이 일하는 화려한 빌딩 속 사무실. 넓은 통창으로는 하늘을 찌를 듯 솟은 빌딩들이 보이고, 그 너머로 새로운 도쿄의 상징 스카이트리가 버티고 있다. 모두가 꿈꿀 만한 공간에서 일하는 사람들의 일상이 펼쳐지며 이야기의 막이 오른다.

첫 단편 〈별하늘의 캐치볼〉의 주인공 야하기 기리토는 요즘 청년답지 않게 꼼꼼하고 성실한 사람이다. 처음 배속된 물류창고에서는 그 개성이 보물처럼 여겨졌으나 마케팅부로 자리를 옮기자 건실함은 곧 뒤떨어지고 낡은 습성, 나아가 주위에 피해를 주는 단점으로 인식된다. 가뜩이나 뒤늦은 본사 생활에 잔뜩 위축되어 있는데 가치관을 통째로 뒤흔드는 동기의 도발에 그는 한없이 작아진다. 그 순간, 골목에 나타난 플라네타륨. 그곳에서 별하늘을 올려다보며 폭풍처럼 흔들리는 가슴을 잠시 가라앉히고 다시 전장으로 돌아온다. 그토록 증오했던 아버지의 모습을 자기에게서 찾게 된 기리토는 뜻밖의 진실과 마주하고 한낮의 짧은 20분이 그에게 오래된 숙제를 푸는 장소가 된다.

〈숲의 방주〉에서는 중간 관리직, 그것도 여성 관리자로서 가정에서는 가장의 역할을 떠맡은 요네카와 에리코가 바통을 이어받는다. 남들이 보기에는 모든 걸 거머쥔 복에 겨운 여성처럼 보이나 그녀는 권한도 없는 현장 뒤처리에 내몰린 중간 관리자라는 역할, 어머니와 아내라는 역할 사이에서 매일 동분서 주한다. 어려서부터 수많은 역할을 완벽하게 해내며 잘 헤쳐왔다고 생각했던 그녀가 모든 걸 다 내던진 어느 날, 눈앞에 그녀를 태우고 갈 또 다른 배가 나타난다. 앞서 일을 둘러싼 가치관 문제를 다뤘다면 여기서는 여성 노동과 세대 간 갈등이라는 복잡하게 얽힌 문제를 다룬다.

이야기는 잠시 고층 빌딩을 벗어나 도쿄의 한 서민 마을에 사는 16세 소년의 고뇌를 다룬다. 〈몸, 기술, 마음〉의 주인공 오모리 게이타는 에리코의 대학 동창 도모코의 아들이다. 선배에게 괴롭힘을 당하는 게이타는 정상 등교란 그저 공포일 따름이다. 그의 탈출구는 판타지 노벨의 세계. 어느 날, 판타지 속 수호신이 눈앞에 나타나며 소년은 새로운 피난처를 찾아낸다. 이 단편에서는 16세 소년의 눈을 통해 궁지에 몰린 십 대 소년의 절절한 마음과 인터넷에서 벌어지는 마녀사냥의 심리적 기제가 교묘하게 교차한다.

〈전망 좋은 방〉 역시 커피 체인점 점장으로 일하는 사십 대 여성의 특별한 고민을 다룬다. 상식을 들이대는 사람들의 말은 조금 다른 정체성을 가진 그녀에게는 날카로운 가시가 된다. 그녀는 사회의 시선으로부터 기꺼이 고립을 선택하나 미술이라는 매개를 통해 외부 세계와 이어지고, 세계를 느끼려 안간힘을 쓰기도 한다. 자신은 아무것도 되지 않으리라고 포기했던 그녀는 자기 은신처를 소중한 사람과 공유함으로써 고립에서 나와 무언가가 되려 한다.

〈해파리는 거스르지 않는다〉의 무대는 다시 IT 기업의 고층 빌딩 안으로 복귀한다. 영화계에서 최근 전자상거래 업계로 자리를 옮긴 세나 미쓰히코는 흔히 말하는 거품경제기를 누린 아저씨이다. 풍요로웠던 세상을 누리고 지금은 돈과 지위가 보장된 듯 보이는 그에게도 영광의 상처가 있다. 성장 대신 포기해야 했던 그늘을 그대로 짊어진 채 세상을 긍정하지 못하는 그의 마음은 딸과의 갈등으로 이어진다. 미쓰히코는 호황기를 흘러오며 영화라는 화려한 세계에서 성과를 올린 듯 보이나 실은 직장 내 괴롭힘과 성희롱으로 얼룩진 시대를 관통해온 인물이기도 하다. 그 흐름을 찬성하지 않으나 거부하지도 못한 채 살아온 그는 딸의 취업과 자기가 믿었던 신념을 단숨에 부순 청년의 말로 새로운 전환을 맞는다.

마지막 〈혹성〉은 전편을 관통하며 가장 수수한 캐릭터처럼 보이나 사실 누구보다 강하게 주변의 마음을 흔드는 인물 간바야시 리코가 주인공이다. 극단의 고통을 품은 채 묵묵히 일상을 영유하려 애쓰는 그녀의 노력은 눈물겹기에 누군가에게는 존경심을 자아내고, 누군가에게는 내버린 일상을 아무렇지 않게 이어가게 하는 용기를 준다. 가장 무심하고 약해 보이면서도 작품 속에서 가장 강력한 구심점이기도 하다.

이 작품을 읽고 우리말로 옮기고 다듬으며 속절없이 여러 번 눈물짓고 말았다. 주인공들이 겪었을 상황이 우리 삶 언저리 어디쯤 반드시 숨 쉬고 있었기 때문이다. 이제는 사라져 궁금증을 풀 수도 없는 사람에 대한 그리움에, 수많은 역할에 짓눌려 뭉개져버릴 듯한 순간 찾아오는 새로운 희망에, 조금씩 변하는 자신에 대한 긍정에, 내 곁에 미래를 나눌 사람이 있다는 확신에, 지금 시작하지 않으면 안 된다는 결단에, 오래 붙잡고 있던 미련을 놓은 후련함에 울었다.

친근한 일상으로 다가와 가장 보편적인 감정을 건드리는 작품이다. 부조리한 현실에 가슴이 답답하다가도 용기를 짜내 당당하게 내뱉은 한마디, 그리고 누군가와 함께 내디딘 걸음, 홀로 들어가 잠시 마음을 다스리는 은신처가 있어 가슴이 뻥 뚫린다. 이 책을 옮기는 동안의 현실도 역시 부조리했으나 이 책 자체가 옮긴이에게 고마운 은신처가 되어주었다. 다음에 도쿄에 가면 책에 나오는 주인공들의 은신처를 하나씩 다녀봐야겠다. 어쩌면 현실의 주인공들과 스칠지도 모르겠다는 즐거운 상상이 든다.

## 참고 도서

《인기 플라네타륨 크리에이터가 만든 세상에서 가장 아름다운 별하늘 교과서》, 오하라 다카유키 지음, 다카라지마.

《신장판 별의 신화·전설 도감》, 후지이 아키라 지음, 포플라.

《신장판 별하늘 도감》, 후지이 아키라 지음, 포플라.

《기괴한 항해–나는 제5후쿠류마루》, 가와이 류스케 지음, 준보.

《해파리의 불가사의–전신이 뇌? 수수께끼의 부유 생물체》, 미야케 히로시 지음, 세이분도신코.

## 발표 지면

| | |
|---|---|
| 별하늘의 캐치볼 | 《소설 스바루》 2022년 12월호 |
| 숲의 방주 | 《소설 스바루》 2023년 1월호 |
| 몸, 기술, 마음 | 《소설 스바루》 2023년 4월호 |
| 전망 좋은 방 | 《소설 스바루》 2023년 6월호 |
| 해파리는 거스르지 않는다 | 《소설 스바루》 2023년 8월호 |
| 혹성 | 《소설 스바루》 2023년 11월호 |
| 은신처가 필요한 우리 | 《청춘과 독서》 2024년 6월호 |

**도쿄 하이드어웨이**

**초판 1쇄** 2025년 5월 7일

**지은이** 후루우치 가즈에
**옮긴이** 민경욱

**발행인** 문태진
**본부장** 서금선
**책임편집** 허문선 **편집 3팀** 이준환

**기획편집팀** 한성수 임은선 임선아 최지인 송은하 김광연 송현경 이은지 김수현 이예림 원지연
**마케팅팀** 김동준 이재성 박병국 문무현 김윤희 김은지 이지현 조용환 전지혜 천윤정
**저작권팀** 정선주
**디자인팀** 김현철 이아름
**경영지원팀** 노강희 윤현성 정헌준 조샘 이지연 조희연 김기현
**강연팀** 장진항 조은빛 신유리 김수연 송해인

**펴낸곳** ㈜인플루엔셜
**출판신고** 2012년 5월 18일 제300-2012-1043호
**주소** (06619) 서울특별시 서초구 서초대로 398 BnK디지털타워 11층
**전화** 02)720-1034(기획편집) 02)720-1024(마케팅) 02)720-1042(강연섭외)
**팩스** 02)720-1043
**전자우편** books@influential.co.kr
**홈페이지** www.influential.co.kr



ISBN 979-11-6834-285-9 (03830)